Scherz Krimi
Spannung
mit Niveau

## Von Agatha Christie sind erschienen:

Alter schützt vor Scharfsinn nicht
Auch Pünktlichkeit kann töten
Der ballspielende Hund
Bertrams Hotel
Der blaue Expreß
Blausäure
Das Böse unter der Sonne oder
Rätsel um Arlena
Die Büchse der Pandora
Der Dienstagabend-Klub
Ein diplomatischer Zwischenfall
Auf doppelter Spur
Elefanten vergessen nicht
Das Eulenhaus
Das fahle Pferd
Fata Morgana
Das fehlende Glied in der Kette
Feuerprobe der Unschuld
Ein gefährlicher Gegner
Das Geheimnis der Goldmine
Das Geheimnis der Schnallenschuhe
Die großen Vier
Hercule Poirot's größte Trümpfe
Hercule Poirot schläft nie
Hercule Poirot's Weihnachten
Die ersten Arbeiten des Herkules
Die letzten Arbeiten des Herkules
Sie kamen nach Bagdad
Karibische Affäre
Die Katze im Taubenschlag
Die Kleptomanin
Das krumme Haus
Kurz vor Mitternacht
Lauter reizende alte Damen
Der letzte Joker
Der Mann im braunen Anzug
Die Mausefalle und andere Fallen
Die Memoiren des Grafen
Mörderblumen
Mördergarn
Die Mörder-Maschen
Die Morde des Herrn ABC
Mord im Pfarrhaus
Mord im Spiegel oder
Dummheit ist gefährlich
Mord in Mesopotamien
Mord nach Maß
Ein Mord wird angekündigt
Morphium
Mit offenen Karten
Poirot rechnet ab
Der seltsame Mr. Quin
Rächende Geister
Rotkäppchen und der böse Wolf
Die Schattenhand
Das Schicksal in Person
Schneewittchen-Party
16 Uhr 50 ab Paddington
Das Sterben in Wychwood
Der Todeswirbel
Der Tod wartet
Die Tote in der Bibliothek
Der Unfall und andere Fälle
Der unheimliche Weg
Das unvollendete Bildnis
Die vergeßliche Mörderin
Vier Frauen und ein Mord
Vorhang
Der Wachsblumenstrauß
Wiedersehen mit Mrs. Oliver
Zehn kleine Negerlein
Zeugin der Anklage

Agatha Christie

# Der Mann im braunen Anzug

Scherz
Bern - München - Wien

Einzig berechtigte Übertragung aus dem Englischen
von Margret Haas
Titel des Originals: »The Man In The Brown Suit«
Schutzumschlag von Heinz Looser
Foto: Thomas Cugini

12. Auflage 1989, ISBN 3-502-50738-4

Gesamtherstellung: Ebner Ulm

Nadina, die russische Tänzerin, die Paris im Sturm erobert hatte, verneigte sich unter dem rauschenden Applaus. Das männliche Publikum trampelte vor Begeisterung, der Vorhang hob sich wieder und wieder. Endlich verließ sie die Bühne. Ihr Manager holt sie ein.
«Herrlich, Kleine, herrlich! Heute haben Sie sich selbst übertroffen.» Galant küßte er sie auf beide Wangen.
Madame Nadina nahm es als selbstverständlichen Tribut entgegen und verschwand in ihrem Ankleidezimmer, das ein Meer von Blumen war. Jeanne, ihre Garderobenfrau, reichte ihr eine Karte.
«Wünschen Sie den Herrn zu empfangen, Madame?» fragte sie.
Nadina warf einen Blick auf die Karte; sie las den Namen «Graf Sergius Pawlowitch», und ein plötzliches Flackern glomm in ihren Augen auf.
«Rasch meinen Umhang, Jeanne, ich will den Grafen empfangen. Und sobald er kommt, können Sie uns allein lassen.»
«*Bien*, Madame.»
Die Tänzerin schlüpfte in ein prächtiges Gebilde aus maisfarbener Seide und Hermelin. Sie lächelte ihr Spiegelbild an und setzte sich in Erwartung des Besuches.
Dieser ließ nicht lange auf sich warten – ein Mann von mittlerer Größe, sehr schlank, sehr elegant, sehr bleich und ohne besonders auffallende Merkmale, abgesehen von seinem Benehmen. Mit übertriebener Höflichkeit neigte er sich über die dargereichte Hand.
«Madame, ich bin überglücklich, Sie begrüßen zu dürfen.»
Das waren die letzten Worte, die Jeanne hörte, ehe sie das Zimmer verließ. Nadinas Lächeln vertiefte sich.
«Es ist wohl besser, wenn wir nicht russisch sprechen, lieber Graf», bemerkte sie, «obwohl wir anscheinend Landsleute sind.»
«Da wir beide kein Wort Russisch verstehen, Verehrteste, dürfte das entschieden vorzuziehen sein», lächelte der Graf. Die folgende Unterhaltung wurde englisch geführt, und sie ließ keinen Zweifel daran offen, daß dies die Muttersprache des Grafen war. Seine übertriebenen Gebärden hatte er abgelegt wie ein Verwandlungskünstler in einem Kabarett.
«Ich gratuliere zu Ihrem Erfolg», sagte er.
«Es ist nicht mehr das gleiche wie früher; ich bin etwas beun-

ruhigt», gab Nadina zurück. «Die Gerüchte, die während des Krieges aufkamen, sind nie ganz verstummt. Ich habe ständig das Gefühl, beobachtet zu werden.»
«Man hat Ihnen aber nie etwas anhaben können?»
«Dazu sind die Pläne unseres Herrn und Meisters viel zu sorgfältig gesponnen.»
«Lang lebe der ‹Oberst›», bemerkte der Graf lächelnd. «Haben Sie die erstaunliche Neuigkeit vernommen, daß er sich vom Geschäft zurückziehen will? Zurückziehen — wie ein kleiner Krämer!»
«Oder wie jeder große Geschäftsmann. Der ‹Oberst› ist nie etwas anderes gewesen als ein sehr tüchtiger Geschäftsmann. Er organisiert Verbrechen, wie ein anderer eine Schuhfabrik aufzieht. Ohne sich selbst jemals bloßzustellen, hat er eine ganze Serie von Handstreichen geplant und ausführen lassen, die ihm ein riesiges Vermögen einbrachten. Und dabei war ungefähr jeder Geschäftszweig vertreten: vom Juwelendiebstahl über Erpressung, Spionage, Streik und Sabotage bis zum diskreten Mord. Alles schlug in sein Fach. Und er ist ein kluger Mann: er weiß, wann er aufzuhören hat. Das Spiel wird gefährlich? Er zieht sich zurück — mit unermeßlichem Reichtum.»
«Hm», meinte der Graf. «Für uns ist es etwas peinlich. Wir stehen nun sozusagen auf der Straße.»
«Aber wir sind bezahlt worden, sehr freigebig bezahlt.»
Der leichte Spott dieser Worte ließ den Grafen aufhorchen. Nadina lächelte vor sich hin. Doch er fuhr diplomatisch fort:
«Ja, der ‹Oberst› ist immer freigebig gewesen. Darin lag ein Teil seiner Erfolge — darin, und in seiner Kunst, stets einen geeigneten Sündenbock zu finden, wenn es nötig wurde. Ein kluger Kopf, unzweifelhaft ein kluger Kopf! Und trotzdem abergläubisch wie eine Frau. Vor Jahren ließ er sich einmal die Zukunft wahrsagen. Das Weib prophezeite ihm ein Leben voller Erfolge — doch schließlich würde ihn eine Frau zur Strecke bringen.»
Nadina blickte interessiert auf.
«Das ist sehr merkwürdig», sagte sie. «Eine Frau!»
«Vielleicht wird er sich jetzt verheiraten, mit einer Frau, der seine Millionen rascher durch die Finger gleiten, als er sie verdiente.»
«Nein, das glaube ich nicht.» Nadina schüttelte den Kopf. «Hören Sie zu, mein Freund: morgen fahre ich nach London.»

«Und Ihr Vertrag?»
«Ich werde nur eine einzige Vorstellung versäumen. Und ich reise inkognito, kein Mensch wird jemals wissen, daß ich Frankreich überhaupt verließ. Und was glauben Sie, was ist wohl mein Grund?»
«Sicher fahren Sie nicht zum Vergnügen nach England. Scheußlich nebliger Monat. Es wird sich also jedenfalls um Geschäfte handeln.»
«Stimmt!» Sie erhob sich und stand ihm gegenüber, jede Linie ihres graziösen Körpers stolz und arrogant. «Ich habe eine Abrechnung mit unserem Herrn und Meister zu halten. Ich – eine Frau! – habe es gewagt, seine Pläne zu durchkreuzen. Erinnern Sie sich des Falles mit den Diamanten von Kimberley?»
«Ja, natürlich. Das geschah doch kurz vor Ausbruch des Krieges, nicht wahr? Ich hatte nichts zu tun damit und kenne die Einzelheiten nicht. Die Sache wurde geheimgehalten, soviel ich weiß. Einen guten Fischfang hat er jedenfalls damals getan.»
«Hunderttausend Pfund in Diamanten! Zwei von uns haben die Sache durchgeführt, natürlich genau nach den Plänen des ‹Oberst›. Und damals habe ich meine Chance wahrgenommen. Ich will Ihnen nicht die ganze Geschichte erzählen, doch eines dürfen Sie wissen: ich habe Beweise gegen den ‹Oberst› in der Hand; gute – diamantene Beweise. Bisher verzichtete ich auf ihre Auswertung, doch jetzt, wo er uns fallenlassen will, jetzt werde ich mit ihm abrechnen. Und diese Abrechnung wird ihn sehr viel Geld kosten.»
«Großartig», sagte der Graf. «Tragen Sie diese – diamantenen Beweise stets bei sich?»
Nadina lachte.
«Halten Sie mich für eine Närrin? Die Steine sind an einer sicheren Stelle, wo kein Mensch auch nur im Traume daran denken wird, sie zu suchen.»
«Sind Sie nicht etwas zu tollkühn? Der ‹Oberst› ist nicht der Mann, der sich leicht erpressen läßt.»
«Ich fürchte ihn nicht», sagte sie scharf. «In meinem ganzen Leben hatte ich nur vor einem einzigen Manne Angst – und der ist tot.»
«Hoffen wir also in Ihrem Interesse, meine Gnädigste, daß er nicht wieder lebendig wird.»
«Was wollen Sie damit sagen?» rief die Tänzerin entsetzt.
Der Graf schien erstaunt.

«Ich meinte nur, daß seine Auferstehung für Sie peinlich werden könnte», erklärte er. «Ein Scherz, nichts weiter.»
Sie seufzte erleichtert auf.
«Er ist im Krieg gefallen. Ein Mann, der mich einmal – geliebt hat.»
«In Südafrika?»
«Da Sie danach fragen: jawohl, in Südafrika.»
«Soviel ich weiß, ist das Ihre Heimat, nicht wahr?»
Sie nickte bloß. Ihr Besucher stand auf und griff nach seinem Hut.
«Nun, Sie werden wohl wissen, was Sie tun. Aber nach meiner Ansicht ist der ‹Oberst› gefährlicher als jeder enttäuschte Liebhaber. Er ist ein Mensch, den man sehr leicht – unterschätzt.»
Sie lachte zornig.
«Nach all diesen Jahren dürfte ich ihn zur Genüge kennen.»
«Wirklich? Sind Sie dessen so sicher?»
«Oh, keine Angst. Ich spiele dieses Spiel nicht allein. Das Postschiff aus Südafrika landet morgen in Southampton, und an Bord befindet sich ein Mann, der gewisse Befehle von mir ausgeführt hat. Der ‹Oberst› hat es nicht mit mir allein zu tun.»
«Halten Sie das für klug?»
«Es ist notwendig.»
«Und sind Sie dieses Mannes so sicher?»
Ein seltsames Lächeln umspielte den Mund der Tänzerin.
«Ganz sicher! Er ist zwar untüchtig, aber völlig vertrauenswürdig – für mich wenigstens. Ich bin nämlich mit ihm verheiratet.»

# 1

Jedermann bedrängte mich, diese Geschichte aufzuschreiben, und ich muß selbst zugeben, daß ich wohl die geeignetste Person dazu bin. Von Anfang an habe ich die Geschehnisse miterlebt, war in alle Gefahren verwickelt und durfte selbst die Lösung herbeiführen. Schließlich hatte ich auch noch das Glück, daß Sir Eustace Pedler mir sein Tagebuch zur Verfügung stellte, so daß ich auch diejenigen Lücken ausfüllen kann, die mir nicht durch eigene Erlebnisse bekannt waren.

So sei es also – und Anne Beddingfield beginnt die Geschichte!

Ich habe mich immer nach Abenteuern gesehnt, denn mein Leben zu Hause war entsetzlich eintönig. Mein Vater, Professor Beddingfield, galt als eine der größten Autoritäten für die Urgeschichte der Menschheit. Auf diesem Gebiete war er unübertroffen; sein Geist lebte in der Altsteinzeit, und jede Unbequemlichkeit des Daseins gipfelte für ihn darin, daß sich sein Körper mit der modernen Welt abzufinden hatte. Papa schätzte unsere Zeit gar nicht; bereits vom Neolithikum an war die Menschheit für ihn nur noch Herdenvieh.

Leider läßt es sich nicht ganz ohne die neuzeitliche Menschheit leben. Man muß eine Art Tauschhandel treiben mit Metzgern, mit Bäckern und Gemüsehändlern. Und da meine Mutter starb, als ich noch ganz klein war, und Papa sich schließlich in die Vergangenheit versenkte, lastete die praktische Seite des Daseins auf meinen Schultern. Ich bekenne, daß ich alles von Herzen hasse, was ins Paläolithikum zurückgeht, und obwohl ich Papa bei der Abfassung seines Werkes über *Die Neandertaler und ihre Vorfahren* helfen mußte, empfand ich es immer als ein Glück, daß diese Rasse vor undenklichen Zeiten ausstarb.

Ob Papa um meine Gefühle in dieser Hinsicht wußte, ist mir unbekannt, aber auf jeden Fall hätten sie ihn nicht interessiert. Die Ansichten anderer Menschen ließen ihn völlig kalt. Wahrscheinlich zeigte sich darin seine Größe. In ähnlicher Weise war er auch unbelastet von den Notwendigkeiten des täglichen Lebens. Er aß, was man ihm vorsetzte, doch immer wieder überraschte es ihn peinlich, daß Lebensmittel auch bezahlt werden sollten. Wir schienen nie im Besitz von Geld zu sein. Papas Berühmtheit war nicht von jener Art, die Barmittel einbrachte.

Ich sehnte mich nach Abenteuern, nach Liebe und Romantik – und schien zu einem Leben eintöniger Nützlichkeit verurteilt.

Unser Dorf besaß eine Leihbibliothek, die eine ganze Menge zerfetzter Romane enthielt, bei deren Lektüre ich in Abenteuern, Gefahren und Liebesromantik schwelgte.
Doch ohne daß ich es ahnte, war das Abenteuer ganz nahe.
Sicherlich gibt es eine Unmenge von Menschen auf der Welt, die nie etwas von einem prähistorischen Schädelfund in der Broken-Hill-Mine in Nord-Rhodesien gehört haben. Ich kam eines Morgens ins Wohnzimmer und fand Papa vor Erregung einem Schlaganfall nahe. Er überfiel mich sofort mit der Geschichte.
«Hast du das begriffen, Anne? Zweifellos sind gewisse Ähnlichkeiten mit dem Schädel von Java vorhanden, aber nur ganz oberflächliche, unwesentliche. Hier haben wir endlich den Beweis für die These, die ich immer verfocht: die Urform des Neandertalers stammt aus Afrika. Viel später erst tauchte sie in Europa auf . . .»
«Halt, Papa! Keine Marmelade zum Fisch!» sagte ich hastig und hielt die Hand meines geistesabwesenden Vaters zurück.
«Wir müssen sofort hinfahren», erklärte er bestimmt und erhob sich. «Es ist keine Zeit zu verlieren. Sicherlich werden dort noch viele weitere Funde gemacht, Geräte und Werkzeuge, und ich muß wissen, in welche Periode diese Funde einzuordnen sind. Ja, bald wird eine kleine Armee von Archäologen nach Rhodesien starten — aber wir müssen ihnen zuvorkommen. Bestelle heute noch die Karten bei Cook, Anne.»
«Und wie stellst du dir die Bezahlung vor, Papa?»
Er warf mir einen vorwurfsvollen Blick zu.
«Deine Gedankengänge enttäuschen mich schwer, mein Kind. Wir dürfen nicht so kleinlich denken, wenn es sich um die Wissenschaft handelt.»
«Ich befürchte nur, daß Cook in dieser Hinsicht kleinlich denken wird.»
Papa schien peinlich berührt.
«Du wirst eben zur Bank gehen und Geld holen.»
«Wir haben kein Guthaben mehr auf der Bank.»
«Mein Kind, ich kann mich wirklich nicht mit so nebensächlichen Dingen abgeben. Darum mußt du dich kümmern. Schreib doch an meinen Verleger.»
Die Lösung erschien mir zweifelhaft, denn Papas Bücher brachten mehr Ehre als Geld ein. Aber ich schwieg. Der Gedanke an eine Reise nach Rhodesien gefiel mir ausgezeichnet. Dann blick-

te ich meinen Erzeuger forschend an; irgend etwas an seiner Erscheinung stimmte nicht.
«Papa, deine Stiefel passen nicht zusammen. Zieh den braunen aus und nimm dafür den zweiten schwarzen. Und vergiß dein wollenes Halstuch nicht. Es ist sehr kalt heute.»
Ein paar Minuten später stakte Papa davon, korrekt angezogen und brav eingemummelt. – Spät abends erst kehrte er wieder heim, ohne Mantel und ohne Halstuch. Ich machte eine ärgerliche Bemerkung.
«Ach ja, Anne, du hast ganz recht. Ich habe beides in der Höhle ausgezogen. Man wird so schmutzig dort.»
Die schmutzige Höhle war der einzige Grund, warum wir in dem kleinen Nest wohnten. Es waren dort viele Funde aus der späten Eiszeit gemacht worden, und unser Dorf besaß sogar ein kleines Museum mit Gegenständen und Überresten aus der Aurignac-Kultur. Der Kurator und Papa verbrachten die meiste Zeit unter der Erde, wo sie nach Knochen von Höhlenbären und Nashörnern buddelten.
Papa hustete die ganze Nacht. Am nächsten Morgen hatte er Fieber, und ich ließ den Arzt kommen.
Armer Papa – er hatte nie Glück. Es war eine doppelte Lungenentzündung, und ein paar Tage später starb er.

## 2

Alle Leute waren sehr freundlich zu mir. In meiner Verstörtheit wußte ich das zu schätzen, obschon ich nicht übermäßig traurig war. Papa hatte mich nie geliebt, das wußte ich gut genug. Nein, es hatten keine besonders warmen Bindungen zwischen uns bestanden, aber wir gehörten zusammen, ich hatte für ihn gesorgt und im geheimen sein Wissen bewundert. Es schmerzte mich tief, daß er gerade in dem Moment sterben mußte, als sein Lebensinteresse an einem Höhepunkt angelangt war. Ich wäre ruhiger gewesen, wenn ich ihn so hätte bestatten dürfen, wie es seinem Leben entsprach: in einer Höhle, umgeben von Rentierknochen und Feuersteinen. Aber die öffentliche Meinung zwang mir ein ordentliches Grab mit Marmorsockel in unserem gräßlichen Friedhof auf. Die Trostworte des Vikars drangen mir nicht ins Herz, obzwar sie gut gemeint waren.

Es dauerte einige Zeit, bis ich begriff, daß ich nun wirklich die Freiheit besaß, die ich mir so lange erträumt hatte. Ich war eine Waise, völlig mittellos — aber frei. Erst jetzt drang mir auch die besondere Freundlichkeit aller Leute ins Bewußtsein. Der Vikar suchte mich zu überzeugen, daß seine Frau dringend eine Gesellschafterin benötigte. Unsere kleine Bibliothek brauchte plötzlich eine Assistentin. Und schließlich erschien unser kleiner, dicker Arzt bei mir. Er stotterte lange Zeit herum, bis er mich endlich fragte, ob ich seine Frau werden wolle.
«Das ist sehr freundlich von Ihnen», sagte ich. «Aber ich muß leider ablehnen. Ich heirate nicht — oder höchstens dann, wenn ich ganz irrsinnig verliebt bin.»
«Und Sie glauben nicht . . .»
«Nein, bestimmt nicht», erklärte ich fest.
Er seufzte.
«Mein liebes Kind, was gedenken Sie denn zu tun?»
«Ich will Abenteuer erleben und die Welt sehen», entgegnete ich, ohne zu zögern.
«Miss Anne, Sie sind noch ein halbes Kind und können nicht verstehen, wie . . .»
«. . . wie schwierig alles für mich sein wird? O doch, Doktor, das ist mir ganz klar. Ich bin kein sentimentales Schulmädchen, wissen Sie; ich bin eher ein hartes, gewinnsüchtiges Weib. Das würden Sie bald merken, wenn Sie mit mir verheiratet wären.»
«Wollen Sie sich's nicht noch einmal überlegen?»
«Ich kann nicht.» Er seufzte wiederum.
«Dann mache ich Ihnen einen anderen Vorschlag. Meine Tante in Wales sucht eine junge Dame als Haushaltshilfe. Würde Ihnen das zusagen?»
«Nein, Doktor. Ich gehe nach London und halte die Augen offen. Sie werden sehen: mein erstes Lebenszeichen erhalten Sie aus China oder aus Timbuktu.»
Mein nächster Besucher war Mr. Flemming, Papas Anwalt. Er kam extra von London, um mit mir zu sprechen. Da er selbst ein großer Anthropologe war, bewunderte er Papas Werke sehr. Er nahm meine Hände und tätschelte sie liebevoll.
«Mein armes Kind», sagte er, «mein armes, armes Kind!»
Ohne heucheln zu wollen, fand ich mich in die Rolle der armen, bedauernswerten Waise gedrängt. Es war wie eine Hypnose. Er behandelte mich väterlich freundlich und schien mich für ein dummes kleines Ding zu halten, das schutzlos der bösen Welt

gegenübersteht. Es war völlig zwecklos, ihn eines Besseren belehren zu wollen. Und wie sich die Dinge entwickelten, war es vielleicht ganz gut so.
«Mein liebes Kind, können Sie mir wohl folgen, wenn ich versuche, Ihnen einiges klarzumachen?»
«O ja, sicher.»
«Sie wissen, daß Ihr Vater ein großer Mann war. Die Nachwelt erst wird ihn richtig schätzen. Aber er war leider kein guter Geschäftsmann.»
Das wußte ich jedenfalls besser als Mr. Flemming. Aber ich enthielt mich einer Entgegnung. Er fuhr fort: «Sie werden wahrscheinlich nicht viel davon verstehen, aber ich will versuchen, mich so klar wie möglich auszudrücken.»
Seine klare Darstellung der Lage zog sich sehr in die Länge. Das Ergebnis davon war, daß ich das Leben mit einem Vermögen von 87 Pfund und 17 Schilling zu meistern hatte. Der Betrag schien nicht gerade überwältigend. Ich wartete mit einiger Spannung auf das, was nun kommen mußte. Sicherlich hatte Mr. Flemming eine Tante irgendwo in Schottland, die dringend eine junge Gesellschafterin benötigte. Doch das war ein Irrtum.
«Es handelt sich nun also um Ihre Zukunft. Soviel ich weiß, besitzen Sie keine näheren Verwandten?»
«Ich stehe ganz allein in der Welt», seufzte ich und fühlte mich als wahre Filmheldin.
«Haben Sie Freunde hier?»
«Jedermann war sehr nett zur mir», bemerkte ich dankbar.
«Wer sollte nicht nett sein zu einem so reizenden Kind», sagte er galant. «Nun gut, meine Liebe, wir müssen sehen, was da zu tun ist.» Er zögerte, ehe er fortfuhr: «Wie wäre es, wenn Sie vorläufig für einige Zeit zu uns kämen?»
London! Genau das, was ich mir gewünscht hatte!
«Das ist wirklich zu liebenswürdig von Ihnen!» rief ich rasch.
«Darf ich wirklich kommen? Nur so lange natürlich, bis ich eine Beschäftigung gefunden habe. Ich muß natürlich danach trachten, so bald wie möglich etwas zu verdienen.»
«Sie haben ganz recht, und wir wollen sehen, ob sich etwas — Passendes findet.»
Ich fühlte instinktiv, daß die Ansichten von Mr. Flemming über «etwas Passendes» nicht mit den meinen übereinstimmen würden. Aber jedenfalls war der Moment noch nicht gekommen, um darüber zu sprechen.

«Das wäre also erledigt. Wie wäre es, wenn Sie gleich mit mir zurückkehrten?»
«Oh, danke sehr. Wird Mrs. Flemming aber nicht...»
«Meine Frau wird glücklich sein, Sie bei sich aufzunehmen.»
Ich fragte mich, ob alle Ehemänner ihre Frauen so schlecht kannten. Wenn ich verheiratet wäre, ließe ich es jedenfalls nicht ohne Widerstand zu, daß mein Mann mir mittellose Waisen ins Haus schleppte.
«Wir werden meiner Frau ein Telegramm senden», fuhr der Anwalt fort.
Meine wenigen Habseligkeiten waren rasch gepackt. Wenn mir auch vor dem Empfang durch Mrs. Flemming etwas bange war, so hoffte ich doch, daß meine Aufmachung als ärmliche Waise ihre Gefühle besänftigen würde. Übrigens merkte ich bei unserer Ankunft in London sofort, daß auch Mr. Flemming etwas nervös war. Seine Frau begrüßte mich sehr liebenswürdig. Sie geleitete mich in ein hübsches Gastzimmer, hoffte, daß ich alles Notwendige vorfinden würde, und bemerkte, das Abendessen werde in einer Viertelstunde bereit sein. Dann überließ sie mich meinen eigenen Gedanken. Doch ehe sie das Wohnzimmer im unteren Stockwerk betrat, hörte ich sie mit etwas erhöhter Stimme sagen: «Aber Henry, was hast du dir nur gedacht...»
Der Abend verlief jedoch ganz friedlich, und wir kamen im Laufe unserer Unterhaltung überein, daß ich mich sofort nach einer Beschäftigung umsehen sollte.
Beim Zubettgehen betrachtete ich mein Gesicht eingehend im Spiegel. War ich eigentlich hübsch?

## 3

Die nächsten Wochen verliefen sehr langweilig. Meine Pläne machten keine Fortschritte. Unser Haus und die ganze Einrichtung waren verkauft worden, und der Ertrag hatte gerade gereicht, um die Schulden zu begleichen. Eine Stellung konnte ich nicht finden – ich gab mir allerdings auch keine besondere Mühe. Immer noch war ich fest davon überzeugt, daß ich mich nur umzuschauen brauchte, um einem Abenteuer zu begegnen. Nach meiner Ansicht kommt einem meist das entgegen, was man sich wünscht.

Und bald zeigte es sich, daß diese Ansicht richtig war.
Es geschah an einem kalten Januartag — am 8. Januar, um genau zu sein. Ich kehrte von einer erfolglosen Besprechung mit einer Dame zurück, die eine Sekretärin-Gesellschafterin gesucht hatte, und schlenderte zum Hyde Park Corner, wo ich die Untergrundbahn bestieg. Ich ging bis zum Ende des Bahnsteigs, weil ich neugierig war, ob man tatsächlich zwischen zwei Tunnels auf dieser Strecke ein Stück Tageslicht erblicken konnte. Zu meiner Befriedigung traf dies zu. Nur wenige Menschen standen auf dem Bahnsteig. Am Beginn des Tunnels befand sich außer mir nur noch ein Mann. Ich schnupperte mißtrauisch, als ich an ihm vorbeiging. Wenn es einen Geruch gibt, den ich nicht ausstehen kann, so ist es derjenige von Mottenkugeln. Und der schwere Mantel dieses Mannes war buchstäblich getränkt davon. Das schien mir merkwürdig, denn im allgemeinen holt man doch die Wintermäntel lange vor dem Januar hervor, und zu dieser Zeit sollte ihnen kein Geruch mehr anhaften. Der Mann schien völlig in Gedanken verloren, so daß ich ihn betrachten konnte, ohne unhöflich zu sein. Er war klein und mager, mit dunkel gebräuntem Gesicht und einem schwarzen Bärtchen.
Eben aus den Tropen gekommen, schloß ich. Deshalb riecht sein Mantel so stark. Vielleicht aus Indien? Ein Offizier ist er nicht, sonst würde er keinen Bart tragen. Eher ein Teepflanzer.
In diesem Moment wandte sich der Mann um, als ob er den Bahnsteig verlassen wollte. Er blickte mich flüchtig an, doch als seine Augen weiterwanderten, bekam sein Gesicht plötzlich einen Ausdruck der Panik. Entsetzt taumelte er einen Schritt zurück, als ob er sich aus einer Gefahr retten wollte. Doch dabei vergaß er, daß er dicht an der Bahnsteigkante stand. Er strauchelte und fiel rücklings auf die Schienen hinab. Aus den Schienen stoben elektrische Funken. Ich schrie laut auf. Fahrgäste rannten herbei, aus dem Nichts erschienen zwei Bahnbeamte.
Ich blieb stehen, wo ich war, wie festgenagelt durch den Schreck. Ein Teil von mir schien entsetzt über den plötzlichen Unglücksfall, während der andere Teil kühl und unbeteiligt zusah, wie man den Mann von den elektrisch geladenen Schienen weg wieder auf den Bahnsteig schaffte.
«Lassen Sie mich durch, ich bin Arzt», ertönte eine Stimme. Ein großer, schlanker Mann mit braunem Bärtchen drängte sich an mir vorbei und beugte sich über den leblosen Körper. Während

er ihn untersuchte, beschlich mich ein Gefühl der Unwirklichkeit. Das war nicht echt — konnte einfach nicht echt sein! Schließlich stand der Doktor auf und schüttelte den Kopf.
«Mausetot — nichts mehr zu machen.»
«Bitte zurücktreten», ertönte die Stimme eines Beamten. «Es hat keinen Zweck, sich hier herumzudrängen.»
Ein plötzlicher Brechreiz befiel mich, ich wandte mich um und lief blindlings die Treppe empor zum Lift. Luft! Ich mußte frische Luft schöpfen, das alles war zu gräßlich. Vor mir entdeckte ich den Arzt, der den Mann untersucht hatte. Der Lift war eben im Begriff, sich in Bewegung zu setzen, und der Arzt machte ein paar lange Schritte, um ihn noch zu erreichen. Dabei fiel ihm ein kleiner Zettel aus der Tasche.
Ich hielt an, ergriff den Zettel und rannte hinter dem Arzt her. Aber vor meiner Nase schloß sich die Lifttür, ich blieb zurück, den Papierfetzen in der Hand haltend. Als ich mit dem zweiten Lift endlich die Straße erreichte, war mein Wild nirgends zu sehen. Der Zettel war ein Abriß aus einem Notizblock mit beistiftgekritzelten Zahlen und Worten. *1 7.1 22 Kilmorden Castle.*
Auf den ersten Blick schien das keine Bedeutung zu haben. Und trotzdem zögerte ich, den Zettel wegzuwerfen. Ich blieb stehen, in seine Betrachtung versunken, und rümpfte unwillig die Nase. Wieder Mottenkugeln! Behutsam hob ich das Papier hoch. Tatsächlich: es roch durchdringend danach.
Ich faltete den Zettel sorgsam und steckte ihn in meine Tasche. Langsam und gedankenvoll begab ich mich auf den Heimweg.
Mrs. Flemming erklärte ich, daß ich Zeugin eines häßlichen Unfalls gewesen sei und mich gar nicht wohl fühle. Ich zöge es daher vor, in mein Zimmer zu gehen und mich hinzulegen. Die freundliche Dame beharrte darauf, ich müsse eine Tasse Tee trinken. Dann überließ sie mich meinen Überlegungen, und ich hatte Zeit, den Plan auszuarbeiten, den ich bereits auf dem Heimweg gefaßt hatte. In erster Linie mußte ich wissen, woher das merkwürdige Gefühl des Unwirklichen kam, das mich während der Untersuchung des Arztes plötzlich ergriffen hatte. Ich legte mich flach auf den Boden und versuchte die Stellung der Leiche nachzuahmen. Dann mußte ein Kissen meinen Platz einnehmen, während ich selbst jede Bewegung des Arztes wiederholte. Ja, nun wurde mir alles klar! Ich kauerte auf dem Boden und starrte die gegenüberliegende Wand an . . .
In den Abendzeitungen stand eine kurze Notiz, daß ein Unbe-

kannter in der Untergrundbahn ums Leben gekommen sei. man war sich nicht klar darüber, ob es sich um einen Unglücksfall oder um Selbstmord handelte. Diese Bemerkung schien mir meine Aufgabe klarzumachen, und als Mr. Flemming meine Erzählung hörte, stimmte er mir sofort zu.

«Zweifellos wird man Ihr Zeugnis bei der Leichenschau verlangen. Sind Sie sicher, daß außer Ihnen kein Mensch nahe genug war, um alles zu sehen?»

«Ich hatte das Gefühl, daß jemand hinter mir herkam, aber ich bin dessen nicht sicher.»

Die Leichenschau wurde abgehalten. Mr. Flemming hatte alles geordnet und nahm mich mit. Er schien zu glauben, daß das Ganze eine schwere Heimsuchung für mich darstellte und daß ich an ihm eine Stütze benötigte.

Der Tote war identifiziert worden als ein Mr. L. B. Carton. In seinen Taschen hatte man nichts gefunden als die Bewilligung eines Grundstückmaklers, ein Haus am Fluß in der Nähe von Marlow zu besichtigen. Die Genehmigung war ausgestellt auf den Namen L. B. Carton, Russel-Hotel. Ein Angestellter des Hotels bestätigte, daß der Mann am Vortage eingetroffen sei und ein Zimmer unter diesem Namen bezogen habe. Laut Eintragung im Gästeregister sei er aus Kimberley, Südafrika, gekommen, anscheinend direkt vom Dampfer.

Ich war die einzige Person, die das Geschehnis beobachtet hatte.

«Halten Sie es für einen Unglücksfall?» fragte mich der Coroner.

«Ich bin überzeugt, daß es kein Selbstmord war. Irgend etwas hat den Mann erschreckt: er fuhr blindlings zurück, ohne zu bedenken, wo er stand.»

«Was kann ihn erschreckt haben?»

«Das weiß ich nicht. Aber er muß etwas gesehen haben, denn er schien von wahrer Panik ergriffen.»

Einer der Geschworenen bemerkte, viele Menschen hätten vor Katzen Angst. Vielleicht sah er eine Katze? Mir kam dieser Hinweis recht kläglich vor, aber er fand Anerkennung vor dem Gericht, weil die Leute offensichtlich keine Lust zu einer näheren Untersuchung hatten. Einstimmig gaben sie das Verdikt ab, es handle sich um einen Unglücksfall und nicht um einen Selbstmord.

«Merkwürdig erscheint es mir», bemerkte der Coroner, «daß der Arzt, der den Mann zuerst untersuchte, sich nicht gemeldet

hat. Man hätte natürlich sofort seinen Namen und seine Adresse verlangen sollen. Diese Unterlassung ist sehr unkorrekt.»
Ich lächelte innerlich, denn ich hatte meine eigene Theorie über diesen Arzt. Diese Theorie gedachte ich so bald als möglich Scotland Yard mitzuteilen.
Doch der nächste Morgen brachte eine Überraschung. Die Flemmings waren Leser des *Daily Budget*, und das *Daily Budget* hatte seinen großen Tag.

Merkwürdige Folge des Unfalls in der U-Bahn
Frau in einem einsamen Hause erdrosselt

Begierig verschlang ich den Artikel.

«Eine aufsehenerregende Entdeckung wurde gestern im Haus zur Mühle bei Marlow gemacht. Der Besitz gehört Sir Eustace Pedler und wird unmöbliert vermietet. Eine Genehmigung zur Besichtigung des Hauses fand sich in der Tasche des Mannes, der in der Untergrundbahn ums Leben kam. Man wird sich erinnern, daß zuerst angenommen wurde, der Mann – ein Mr. L. B. Carton aus Kimberley – habe Selbstmord begangen, indem er sich bei der Station Hyde Park Corner auf die Schienen warf. Gestern wurde in dem Haus zur Mühle die Leiche einer bildschönen jungen Frau gefunden, die allen Anzeichen nach erdrosselt wurde. Bisher konnte die Frau nicht identifiziert werden, man hält sie jedoch für eine Ausländerin. Die Polizei glaubt eine Spur zu besitzen. Sir Eustace Pedler, der Eigentümer des Hauses, hält sich über die Wintermonate an der Riviera auf.»

## 4

Es fand sich niemand, der die Frau identifizieren konnte. Die Leichenschau brachte folgende Tatsachen ans Licht:
Kurz nach 13.00 Uhr am 8. Januar erschien eine elegante Dame mit fremdländischem Akzent bei den Häusermaklern Butler & Park in Knightsbridge. Sie erklärte, daß sie ein Haus an der Themse mieten oder kaufen möchte, das in erreichbarer Nähe von London liege. Die Makler machten verschiedene Vorschläge,

darunter auch das Haus zur Mühle. Die Dame nannte sich Mrs. de Castina und gab als Adresse das Ritz-Hotel an. Dort war jedoch dieser Name unbekannt; der zur Leichenschau berufene Empfangschef hatte die Dame nie gesehen.
Mrs. James, die Frau des Gärtners im Haus zur Mühle, wurde als Zeugin aufgerufen. Sie wohnte in einem kleinen Häuschen beim Parkeingang und verwaltete den Besitz während der Abwesenheit von Sir Eustace Pedler. Am 8. Januar erschien ungefähr um 15.00 Uhr eine Dame, um das Haus zu besichtigen. Sie wies die Genehmigung der Makler vor, worauf ihr Mrs. James wie üblich die Schlüssel aushändigte. Sie pflegte die Interessenten nicht zu begleiten, denn das Haus stand ziemlich entfernt von der Pförtnerwohnung. Ein paar Minuten später erschien ein junger Mann. Mrs. James schilderte ihn als groß und breitschultrig, mit einem tiefgebräunten Gesicht und hellen grauen Augen. Er war glattrasiert und trug einen braunen Anzug. Er behauptete, ein Freund der jungen Dame zu sein, die soeben das Haus besichtige; er habe nur noch rasch bei der Post ein Telegramm aufgegeben. Mrs. James wies ihm den Weg zum Haus und dachte nicht weiter über die Angelegenheit nach.
Fünf Minuten später kehrte der junge Mann zurück und händigte ihr die Schlüssel aus mit der Bemerkung, das Haus entspreche leider nicht ihren Wünschen. Mrs. James sah die Dame nicht, sie nahm daher an, daß sie bereits vorausgegangen sei. Jedoch fiel ihr auf, daß der junge Mann sehr erregt schien. «Er sah aus wie ein Mensch, der einen Geist gesehen hat. Ich glaubte, er sei plötzlich krank geworden.»
Am nächsten Tag wollte eine andere Dame mit ihrem Gatten das Haus besichtigen, und die beiden fanden die Leiche in einem Zimmer des oberen Stockwerkes. Mrs. James erkannte die Tote als die Dame, die am Tage zuvor gekommen war. Auch die Häusermakler identifizierten sie als «Mrs. de Castina». Der Polizeiarzt vertrat die Meinung, die Frau sei seit ungefähr vierundzwanzig Stunden tot.
Das *Daily Budget* zog den Schluß, der Mann aus der Untergrundbahn habe die Frau erdrosselt und danach Selbstmord begangen. Da jedoch das Opfer des Bahnunfalls um 14.00 Uhr starb, während die Frau um 15.00 Uhr noch lebte, gab es nur eine logische Schlußfolgerung: die beiden Vorkommnisse hatten nichts miteinander zu tun, und die Genehmigung zur Besichtigung des Hauses in Marlow in der Tasche des Verun-

glückten war nur einer jener Zufälle, die so oft im Leben vorkommen.
Das Urteil «Vorsätzlicher Mord durch eine oder mehrere unbekannte Personen» erging, und der Polizei wie auch dem *Daily Budget* blieb die Aufgabe, nach dem «Mann im braunen Anzug» zu forschen. Da. Mrs. James fest darauf beharrte, kein anderer Mensch habe in der fraglichen Zeit das Haus betreten, war der Schluß naheliegend, daß er der Mörder der unglücklichen Mrs. de Castina sein mußte. Sie war mit einem starken Seil erdrosselt worden, und zwar anscheinend so überraschend, daß ihr keine Zeit blieb, einen Schrei auszustoßen. Ihre schwarze Handtasche enthielt eine gut gefüllte Brieftasche und etliches Kleingeld, ein feines Spitzentaschentuch und eine Rückfahrkarte erster Klasse nach London. Nichts war da, das einen Anhaltspunkt geboten hätte.
So lauteten die Nachrichten des *Daily Budget*, und die «Jagd nach dem Mann im braunen Anzug» wurde zu seinem täglichen Kriegsgeschrei. Rund fünfhundert Leute behaupteten Tag um Tag, sie hätten den Gesuchten entdeckt, und Tausende junger Männer mit dunkler Gesichtsfarbe verfluchten den Tag, an dem ihnen ihr Schneider zur Wahl eines braunen Anzugs geraten hatte. Der Unfall in der Untergrundbahn geriet in Vergessenheit, weil sich kein Zusammenhang mit dem Mord in Marlow entdecken ließ.

Handelte es sich wirklich nur um ein zufälliges Zusammentreffen? Ich war dessen nicht so sicher. Natürlich hatte ich ein gewisses Vorurteil, denn ich hütete ja mein eigenes kleines Geheimnis in dieser Affäre. Jedenfalls konnte ich mich des Gefühls nicht erwehren, daß doch ein Zusammenhang zwischen den beiden Todesfällen bestehen mußte. Beidemal tauchte ein Mann mit gebräuntem Gesicht auf – anscheinend ein Engländer, der aus heißeren Gegenden kam – und beidemal gab es unaufgeklärte Fragen. Diese Unklarheiten waren es schließlich, die mich zu einem energischen Schritt veranlaßten. Ich fand mich in Scotland Yard ein und verlangte den Inspektor zu sprechen, der für den Mord in Marlow zuständig war.
Nach etlichen Schwierigkeiten wurde ich in das Zimmer von Detektiv-Inspektor Meadows geführt. Dieser war ein kleiner, rothaariger Mann mit aufreizenden Manieren. Irgendein Untergebener saß unbeachtet im Hintergrund.

«Guten Morgen», sagte ich mit nervös zitternder Stimme.
«Guten Tag. Wollen Sie bitte Platz nehmen? Ich höre, daß Sie mir etwas sagen wollen, das für uns von Nutzen sein soll.»
Sein Ton deutete an, daß er dies für sehr unwahrscheinlich hielt. Mein Blut kam in Wallung.
«Sie wissen natürlich Bescheid über den Mann, der in der Untergrundbahn tödlich verunglückte? Der Mann, der eine Genehmigung zur Besichtigung des Hauses zur Mühle in der Tasche hatte?»
«Ah!» knurrte der Inspektor. «Sie sind also die Miss Beddingfield, die als Zeugin bei der Totenschau auftrat. Stimmt, der Mann hatte eine solche Genehmigung in der Tasche. Aber das haben sicher noch viele – nur werden sie zufällig nicht getötet.»
Ich riß mich zusammen.
«Fanden Sie es nicht auffallend, daß der Mann keine Fahrkarte besaß?»
«So ein Ding kann einem leicht entfallen – ist mir selber schon passiert.»
«Er hatte auch kein Geld bei sich.»
«Doch. Ein paar Münzen in seiner Westentasche.»
«Aber keine Brieftasche.»
«Es gibt viele Menschen, die keine Brieftasche mit sich herumtragen.»
Ich versuchte einen anderen Angriff.
«War es nicht eigenartig, daß sich der Arzt nicht meldete, der den Mann untersuchte?»
«Ein stark beanspruchter Arzt kommt oftmals nicht dazu, die Zeitungen zu lesen. Wahrscheinlich hat er die ganze Sache längst vergessen.»
«Sie scheinen sehr entschlossen, Inspektor», sagte ich liebenswürdig, «an der ganzen Sache nichts Auffallendes zu finden.»
«Ich glaube, Sie nehmen das alles zu wichtig, Miss Beddingfield. Junge Damen sind eben romantisch veranlagt, ich weiß. Sie suchen gern Geheimnisse aufzustöbern. Aber ich bin ein vielbeschäftigter Mann.»
Der Untergebene erhob bescheiden seine Stimme.
«Vielleicht würde uns die junge Dame in kurzen Worten erklären, was sie zu uns führt, Inspektor?»
Der Inspektor stimmte dem Vorschlag bereitwillig zu.
«Ja. Setzen Sie sich wieder, Miss Beddingfield, und seien Sie nicht gekränkt. Sie haben bisher nur Fragen gestellt und ver-

schleierte Andeutungen gemacht. Bitte sagen Sie geradeheraus, was Sie denken.
Sie sagten bei der Leichenschau aus, es habe sich bestimmt um keinen Selbstmord gehandelt?» fuhr der Inspektor aufmunternd fort.
«Ja, ich bin dessen ganz sicher. Der Mann war fürchterlich erschrocken. Wer oder was hatte ihn in eine solche Panik versetzt? Ich jedenfalls nicht. Aber jemand hätte hinter mir herkommen können – jemand, den er wiedererkannte.»
«Sie haben niemanden gesehen?»
«Nein», gab sie zu. «Ich habe den Kopf nicht umgewandt. Doch kaum lag der Tote wieder auf dem Bahnsteig, da drängte sich auch schon ein Mann vor, um ihn zu untersuchen, und behauptete, er sei ein Arzt.»
«Das ist keineswegs ungewöhnlich», brummte der Inspektor trocken.
«Er war aber kein Arzt.»
«Was?»
«Er war kein Arzt», wiederholte ich ruhig.
«Woher wollen Sie das wissen, Miss Beddingfield?»
«Das läßt sich schwer erklären. Ich habe während des Krieges in Spitälern geholfen und viele Ärzte bei der Arbeit gesehen. Ärzte besitzen eine gewisse Art von empfindungsloser Geschicklichkeit, die diesem Mann fehlte. Außerdem pflegten Ärzte für gewöhnlich nicht auf der rechten Seite eines Körpers nach dem Herzen zu suchen.»
«Und das tat dieser Mann?»
«Ja. Im ersten Moment fiel es mir nicht auf, ich hatte nur das unbestimmte Gefühl, daß etwas nicht in Ordnung sei. Aber ich habe die Stellungen ausprobiert, als ich nach Hause kam, und da entdeckte ich natürlich, weshalb mir alles so unecht vorgekommen war.»
«Hm», machte der Inspektor. Langsam griff er nach Papier und Feder.
«Während dieser Mann den Körper abtastete, hatte er natürlich genügend Gelegenheit, die Taschen zu entleeren.»
«Das scheint mir unwahrscheinlich», bemerkte der Inspektor. «Immerhin – können Sie mir den Mann beschreiben?»
«Er war groß und breitschultrig, trug einen dunklen Mantel und schwarze Schuhe sowie einen Filzhut. Er hatte einen dunklen Spitzbart und goldgefaßte Augengläser.»

«Nimmt man den Mantel weg, den Bart und die Brille, dann bleiben nicht viele Erkennungszeichen übrig», knurrte der Inspektor. «Er konnte sein ganzes Aussehen innerhalb fünf Minuten ändern, wenn er wirklich der gerissene Taschendieb ist, für den Sie ihn zu halten scheinen.»
Das entsprach keineswegs meiner Ansicht. Aber von diesem Augenblick an gab ich den Inspektor als hoffnungslos auf.
«Sie können uns nichts weiter über den Mann sagen?» fragte er, als ich mich zum Gehen wandte.
«Doch», lächelte ich und ergriff die Gelegenheit zu einem letzten Schuß. «Seine Kopfform war ausgesprochen brachyzephal. Das wird er nicht so leicht ändern können.»

## 5

In der ersten Hitze der Empörung fiel mir mein nächster Schritt leicht. Ich hatte eigentlich nur einen ganz unklaren Plan gehabt für den Fall, daß mein Besuch in Scotland Yard unbefriedigend verlaufen sollte – und er war wahrscheinlich mehr als das! Es schien mir aber vorher keineswegs sicher, daß ich den Mut dazu aufbringen würde.
Doch Dinge, die man mit ruhigem Blut kaum zu unternehmen wagt, werden in einer Aufwallung des Ärgers plötzlich ganz einfach. Ohne mir Zeit zum Überlegen zu lassen, ging ich stracks auf das Haus von Lord Nasby zu.
Lord Nasby war der millionenschwere Besitzer des *Daily Budget*. In dieser Eigenschaft kannte ihn jede Haushaltung des Vereinigten Königreichs. Durch eine kürzliche Publikation über den Tageslauf des großen Mannes wußte ich, wo er zu dieser Zeit zu finden war. Es war eine Stunde, da er seiner Sekretärin zu Hause diktierte.
Natürlich nahm ich nicht an, daß er jede beliebige junge Dame empfangen werde, die bei ihm Einlaß begehrte. Doch dafür hatte ich vorgesorgt. Im Hause der Flemmings hatte ich eine alte Besucherkarte des Marquis of Loamsley entdeckt, dem berühmten Sportsmann. Diese hatte ich mit Brotkrumen gründlich gesäubert und darauf die Worte gekritzelt: «Bitte schenken Sie Miss Beddingfield ein paar Minuten Zeit.» Abenteuerinnen dürfen in ihren Methoden nicht allzu bedenklich sein.

Mein Trick hatte Erfolg. Ein betreßter Diener nahm meine Karte in Empfang, und bald darauf erschien ein bleicher Sekretär, den ich mit Leichtigkeit überwand. Geschlagen zog er sich zurück und kam gleich wieder mit der Bitte, ihm zu Lord Nasby zu folgen. Ich betrat ein großes Arbeitszimmer, aus dem gleichzeitig eine verschüchterte Stenotypistin flüchtete. Die Tür schloß sich hinter mir, und ich stand dem großen Manne gegenüber.

Ein großer Mann in jeder Beziehung. Ein gewaltiger Kopf mit dichtem Bart, gut gepolsterte Fleischmassen. Ich riß mich zusammen, denn schließlich war ich nicht hergekommen, um Lord Nasbys Körpermaße zu betrachten. Bereits bellte er mich an.

«Nun, was gibt es denn? Was will Loamsley von mir? Sind Sie seine Sekretärin?»

«Zuerst muß ich Ihnen sagen, daß ich Lord Loamsley überhaupt nicht kenne», begann ich so kühl als möglich. «Ich habe seine Karte bei Bekannten gestohlen und selbst die einführenden Worte geschrieben. Es war sehr wichtig für mich, zu Ihnen vordringen zu können.»

Im ersten Moment schien es fraglich, ob Lord Nasby der Schlag treffen würde oder nicht. Doch dann schluckte er zweimal schwer und hatte es überwunden.

«Ich bewundere Ihre Keckheit, junges Fräulein. Nun, Sie sehen mich also. Und wenn Sie mich zu interessieren vermögen, können Sie mich noch genau zwei Minuten länger ansehen.»

«Das genügt mir vollständig», gab ich zurück. «Und ich weiß, daß ich Sie interessieren werde. Es betrifft den Mord im Haus zur Mühle.»

«Falls Sie den Mann im braunen Anzug gefunden haben, schreiben Sie an den Herausgeber», unterbrach er mich hastig.

«Wenn Sie mich noch weiter unterbrechen, brauche ich länger als zwei Minuten», bemerkte ich kaltblütig. «Ich habe den Mann im braunen Anzug noch nicht gefunden, aber ich bin auf dem besten Wege dazu.»

So kurz als möglich schilderte ich ihm den Unfall in der Untergrundbahn und meine Schlußfolgerungen. Als ich fertig war, fragte er unvermittelt:

«Was wissen Sie über brachyzephale Kopfformen?»

Ich erwähnte Papa.

«Der Mann mit der vorsintflutlichen Rassentheorie, wie? Nun, meine Dame, Sie scheinen einen ganz vernünftigen Kopf auf

Ihren Schultern zu tragen. Aber Ihre Angaben sind sehr mager. Damit läßt sich nicht viel anfangen. Jedenfalls nutzlos für uns – vorläufig.»

«Das ist mir völlig klar.»

«Was wollen Sie denn eigentlich?»

«Eine Stelle als Reporterin, um der Sache nachgehen zu können.»

«Unmöglich. Wir haben unseren eigenen Mann, der dahinter her ist.»

«Und ich habe meine eigenen Kenntnisse, die er nicht besitzt.»

«Nur das, was Sie mir eben erzählten?»

«O nein, Lord Nasby. Das Wichtigste habe ich nicht gesagt.»

«Tatsächlich? Nun, Sie sind wirklich ein recht selbstsicheres Mädchen. Was gibt es denn noch?»

«Als der sogenannte Arzt zum Lift stürzte, fiel ihm ein Zettel aus der Tasche. Ich hob ihn auf. Das Papier roch nach Mottenkugeln – genau wie der Anzug des Verunglückten. Der Doktor hatte diesen Geruch nicht an sich. Es war also klar, daß er den Zettel dem Toten abgenommen hatte. Ein paar Zahlen standen darauf und zwei Worte.»

«Lassen Sie sehen.» Lord Nasby streckte die Hand aus.

«Das werde ich kaum tun», lächelte ich. «Es ist mein privater Fund, nicht wahr?»

«Ich hatte doch recht: Sie sind ein kluges Mädchen. Keine Skrupel, daß Sie es der Polizei nicht gemeldet haben?»

«Ich komme eben von Scotland Yard. Die Polizei bleibt dabei, die Sache habe nichts mit dem Mord in Marlow zu tun. Daher hielt ich das Papier zurück. Außerdem hat mich der Inspektor geärgert.»

«Kurzsichtiger Mann! Nun, mein Kind, ich kann nur eines für Sie tun: verfolgen Sie die Sache weiter, und wenn Sie etwas entdecken, das unsere Leser interessieren kann, dann sollen Sie Ihre Chance haben. Für wirkliche Begabungen ist immer Platz beim *Daily Budget*. Aber zuerst müssen Sie etwas leisten, verstehen Sie?»

## 6

Frohlockend gelangte ich nach Hause. Mein Plan hatte besser gewirkt, als ich jemals zu hoffen gewagt hätte. Lord Nasby war eine Glanznummer. Jetzt mußte ich nur noch «etwas leisten», wie er es ausdrückte. In meinem Zimmer eingeschlossen, zog ich das kostbare Papier hervor und studierte es eingehend. Hier lag der Schlüssel zu dem Geheimnis.
Was hatten die Zahlen zu bedeuten? Fünf Zahlen waren es, mit einem Punkt nach der zweiten. «Siebzehn — einhundertzweiundzwanzig», murmelte ich.
Das besagte gar nichts.
Als nächstes versuchte ich es mit Addieren. Das wird in Romanen oft gemacht und bringt erstaunliche Ergebnisse.
«Eins und sieben macht acht und eins ist neun und zwei gibt elf und zwei macht dreizehn.»
Dreizehn, die Unglückszahl! Bedeutete das eine Warnung für mich, die Sache fallenzulassen? Möglich — aber außer einer Warnung ergab diese Ziffer gar nichts. Sicher würde kein Verschwörer Dreizehn auf so umständliche Weise schreiben.
Meine arithmetischen Übungen schienen zu keinem Resultat zu führen. Ich gab es auf und beschäftigte mich mit den Wörtern.
*Kilmorden Castle* — das war wenigstens ein Anhaltspunkt. Vermutlich handelte es sich um einen Ort, vielleicht um die Wiege einer noblen Familie (verschwundene Erbin? Titelanwärter?) oder um eine malerische Ruine (vergrabener Schatz).
Der Gedanke an einen vergrabenen Schatz sagte mir am meisten zu. Zahlen bedeuten immer etwas in solchen Fällen. Ein Schritt nach rechts, sieben Stufen in die Tiefe ... oder so ähnlich. Das konnte ich später feststellen. Zuerst mußte ich Kilmorden Castle so rasch als möglich ausfindig machen.
Ich machte einen strategischen Ausfall aus meinem Zimmer und kehrte mit Büchern beladen zurück. Alles, was ich über englischen Hochadel und über alte Schlösser finden konnte, hatte ich mitgebracht.
Die Zeit verging. Ich suchte systematisch, aber ohne jeden Erfolg. Schließlich klappte ich das letzte Buch ärgerlich zu. Es gab keinen Ort mit dem Namen Kilmorden Castle.
Hier war ein unerwartetes Hindernis. Das Schloß mußte existieren; kein Mensch würde einen solchen Namen einfach erfinden und ihn auf ein Blatt Papier niederschreiben!

Ich kauerte mich enttäuscht auf meine Fersen und grübelte. Was konnte ich noch unternehmen? Plötzlich sprang ich vergnügt auf. Natürlich! Ich mußte den «Ort des Verbrechens» aufsuchen. Das tut jeder erfahrene Detektiv. Und gleichgültig, wieviel Zeit bereits verflossen ist: er findet immer etwas, das die Polizei übersehen hat! Mein Weg war klar — ich mußte nach Marlow.
Wie aber sollte ich in das Haus gelangen? Ich verwarf mehrere abenteuerliche Möglichkeiten und entschloß mich zum einfachsten Verfahren. Das Haus war zu vermieten — ich würde mich als möglichen Mieter vorstellen.
Ohne Zeit zu verlieren, begab ich mich zu einem Makler.
Eine Viertelstunde später stand ich bereits vor dem Pförtnerhaus. Nach mehrmaligem Klopfen flog die Tür auf, und eine kleine, ältliche Frau schoß zornig heraus.
«Niemand kommt mir ins Haus, verstehen Sie? Eine unverschämte Bande seid ihr Reporter! Sir Eustaces Befehl lautet ...»
«Ich habe gemeint, das Haus sei zu vermieten», bemerkte ich eisig und wies mein Formular vor. «Natürlich, wenn ich es nicht besichtigen kann ...»
«Oh, ich bitte um Entschuldigung, Miss! Diese Reporter haben mich halb verrückt gemacht. Keine Minute war man sicher vor ihnen. Natürlich gebe ich Ihnen die Schlüssel; es wird ohnehin nicht leicht sein, das Haus zu vermieten — unter den jetzigen Umständen.»
«Ist etwa die Kanalisation nicht in Ordnung?» flüsterte ich.
«Guter Gott, nein, die Kanalisation ist ganz in Ordnung! Aber Sie haben doch sicherlich davon gehört, daß eine Ausländerin hier umgebracht wurde.»
«Ich habe so etwas in der Zeitung gelesen», bemerkte ich gleichgültig.
Es gibt kein besseres Mittel als geheuchelte Teilnahmslosigkeit, um einen Menschen zum Reden zu bringen.
«Sie müssen es bestimmt gelesen haben, Miss. Es stand ja in allen Zeitungen. Das *Daily Budget* ist immer noch auf der Suche nach dem Mann, der den Mord beging. Die scheinen anzunehmen, daß unsere Polizei überhaupt nichts taugt. Ich hoffe natürlich, daß sie ihn erwischen werden — obschon es so ein netter junger Mann war. Er hatte etwas Soldatisches an sich; wahrscheinlich wurde er im Kriege verwundet.»

«War sie eigentlich blond oder dunkel? Auf den Bildern konnte man es nicht erkennen», tastete ich mich vor.
«Dunkles Haar und ein ganz weißes Gesicht – viel zu weiß, um natürlich zu sein. Und die Lippen mit einem grausamen Rot gefärbt. Ich mag so etwas nicht.»
«Schien sie nervös oder aufgeregt?»
«Gar nicht! Darum war ich ja so sprachlos, als jene Leute am nächsten Tag gerannt kamen und nach der Polizei schrien, weil ein Mord geschehen sei. Ich werde das nie vergessen können – und jedenfalls setze ich keinen Fuß mehr in das Haus. Ich wäre nicht einmal hier im Pförtnerhaus geblieben, hätte mich Sir Eustace nicht kniefällig darum gebeten.»
«Ich nahm an, Sir Eustace Pedler sei in Cannes?»
«Ja, er war dort, Miss. Aber natürlich kam er zurück, als er die Nachricht von dem Mord erhielt. Und was meine Bemerkung betrifft, so meinte ich das nicht wörtlich. Mr. Pagett, sein Sekretär, bot uns das doppelte Gehalt an, wenn wir blieben. Und mein Mann sagt, Geld ist Geld heutzutage.»
Ich stimmte von Herzen dieser nicht besonders originellen Ansicht bei.
«Dieser junge Mann», kam Mrs. James auf einen früheren Punkt zurück, «der war vielleicht aufgeregt. Seine Augen – sie fielen mir auf, weil sie so hell waren, und sie glitzerten. Ich dachte, es sei vor Freude. Aber nie hätte ich ihm etwas Böses zugetraut. Nicht einmal, als er zurückkam und so wunderlich aussah.»
«Wie lange war er denn im Haus?»
«Gar nicht lange, höchstens fünf Minuten.»
«Er war groß, sagen Sie, nicht wahr?»
«Ja gewiß, sicher ein Meter achtzig oder so.»
«Und glattrasiert?»
«Ja, Miss, nicht die kleinste Spur eines Bartes.»
«Hat sein Kinn nicht stark geglänzt?» fragte ich in einer plötzlichen Eingebung.
Mrs. James starrte mich ehrfürchtig an.
«Tatsächlich, Miss! Wie Sie das sagen, erinnere ich mich wieder. Aber wieso wußten Sie das?»
«Ach, ich habe gehört, daß Mörder oft ein glänzendes Kinn haben», behauptete ich leichthin. – Mrs. James nahm meine merkwürdige Erklärung gutgläubig hin.
«Tatsächlich, Miss? Das wußte ich nicht.»

«Sie haben nicht zufällig bemerkt, was er für eine Kopfform hatte?»
«Die übliche, Miss. – Soll ich Ihnen jetzt die Schlüssel holen?»
Ich nahm die Schlüssel in Empfang und machte mich auf den Weg zum Haus. Bis jetzt hatte ich gute Fortschritte gemacht. Jedenfalls war es klar, daß keine wesentlichen Unterschiede bestanden zwischem dem «Arzt» in der Untergrundbahn und dem jungen Mann, den Mrs. James beschrieben hatte. Ein Mantel, ein Bart und goldgeränderte Augengläser. Der sogenannte Arzt hatte einen älteren Eindruck gemacht, aber ich erinnerte mich, daß seine Bewegungen eher die eines jungen Menschen waren.
Das Opfer des Unfalls (der «Mottenkugel-Mann», wie ich ihn fortan nannte) und die Ausländerin Mrs. de Castina, oder wie immer sie heißen mochte, hatten eine Verabredung im Haus zur Mühle gehabt. So stellte ich mir die Sache vor. Entweder befürchteten sie eine Verfolgung, oder sie hatten sonst einen Grund, diese geheimnisvolle Art des Zusammentreffens zu wählen.
Der «Mottenkugel-Mann» hatte auf dem Bahnsteig sicherlich den «Doktor» erblickt, und diese Begegnung mußte für ihn so unerwartet gewesen sein, daß er vor Schreck taumelte. Das schien mir völlig klar. Und was war dann geschehen? Der falsche Arzt legte rasch seine Verkleidung ab und folgte der Frau nach Marlow. Wenn er aber in Eile war, so mochten Überreste des Klebemittels, mit dem er den Bart befestigt hatte, an seiner Haut haften. Daher meine Frage nach einem glänzenden Kinn.
Tief in Überlegungen versunken, gelangte ich zu dem Haus. Ich öffnete die Tür mit meinem Schlüssel und trat ein. Die Halle war niedrig und dunkel, ein muffiger Geruch drang mir entgegen. Ich schauerte zusammen, mein Herz begann zu hämmern. War das Haus wirklich leer? Zum erstenmal in meinem Leben begriff ich das vielgebrauchte Wort «Atmosphäre». Hier war es am Platz: das ganze Haus war erfüllt von einer Atmosphäre der Grausamkeit, der Drohung – des Bösen.

## 7

Ich schüttelte dieses Gefühl ab und eilte rasch die Treppe empor. Es war nicht schwierig, das Zimmer zu finden, in dem die Tragödie stattgefunden hatte. Als der Mord entdeckt wurde, hatte es geregnet, und große, feuchte Schuhe waren in allen Richtungen durch das Zimmer getrampelt.
An dem Raum selbst war nichts Besonderes zu entdecken. Er war groß und völlig leer, die Wände waren weiß getüncht. Ich untersuchte ihn sorgfältig, aber nicht einmal eine Stecknadel ließ sich finden.
Ich hatte einen Notizblock und einen Bleistift mitgebracht und notierte pflichtschuldigst alle Beobachtungen, obschon es wirklich nichts zu beobachten gab. Als ich im Begriff stand, den Bleistift wieder in die Tasche zu versenken, glitt er mir aus den Fingern und kollerte über den Boden.
Das Haus zur Mühle war alt und der Fußboden uneben. Mein Bleistift rollte immer rascher, bis er unter einem Fenster zum Halten kam. Jede Fensternische war mit einem breiten Sims versehen, und darunter befand sich ein kleines, eingebautes Schränkchen. Mein Bleistift lag direkt vor der Tür eines solchen Schränkchens, das mir bisher nicht aufgefallen war, weil kein Licht darauf fiel. Ich öffnete die Tür, aber der Hohlraum dahinter erwies sich als völlig leer. Doch da ich einmal eine gründliche Natur bin, ging ich zum zweiten Fenster hinüber und tastete auch dort den kleinen Kasten ab.
Zuerst schien auch dieser leer zu sein, doch schließlich fühlte meine Hand in der hintersten Ecke einen kleinen, harten Zylinder. Ich zog ihn heraus – es war eine Hülse mit einem Rollfilm. Endlich ein Fund!
Natürlich mochte dieser Film schon lange dort gelegen haben und war beim Ausräumen des Zimmers übersehen worden. Aber daran glaubte ich nicht. Das rote Lichtschutzpapier sah viel zu neu aus und war kaum staubig.
Wer hatte ihn dort versteckt? Die Frau oder der Mann? Plötzlich schnüffelte ich mißtrauisch. Wurde der Geruch von Mottenkugeln eine fixe Idee von mir? Ich hätte schwören mögen, daß auch der Film danach roch. Ich betrachtete die kleine Rolle näher und bemerkte alsbald den Grund: ein Wollfaden hatte sich an der Spule festgeklemmt, und dieser Faden roch durchdringend nach Mottenkugeln! Zu irgendeinem Zeitpunkt mußte

sich dieser Film also in der Manteltasche des Mannes befunden haben, der in der Untergrundbahn verunglückte. Sollte auch er in diesem Hause gewesen sein? Kaum, denn das hätte man durch Mrs. James erfahren.
Nein, es mußte sich um meinen «Mann im braunen Anzug» handeln! Er hatte jedenfalls den Film gleichzeitig mit dem Zettel aus der Tasche des Verunglückten genommen. Höchstwahrscheinlich war er ihm während des Kampfes mit der Frau entfallen und unbeachtet über den Fußboden gerollt.
Ich hatte meinen Fingerzeig gefunden! Sofort mußte ich zu einem Fotografen gehen und den Film entwickeln lassen. Das würde mir den Weg zum weiteren Vorgehen weisen.
In gehobener Stimmung verließ ich das Haus zur Mühle und händigte die Schlüssel Mrs. James aus.

Am nächsten Morgen beeilte ich mich, mein kostbares Röllchen zum Entwickeln zu bringen. Ohne zu überlegen, daß dies auch in der Nähe möglich gewesen wäre, ging ich den langen Weg bis zur Regent Street in ein Spezialgeschäft. Dort bat ich um eine Kopie jeder Aufnahme. Der junge Mann an der Theke löste das Lichtschutzpapier von der Spule, dann blickte er mich lächelnd an.
«Sie haben sich wohl geirrt, Miss», meinte er.
«Nein, bestimmt nicht», entgegnete ich.
«Das ist eine falsche Rolle. Der Film ist noch gar nicht belichtet.»
Ich verabschiedete mich mit so viel Würde, wie ich aufbringen konnte. Es tut manchmal ganz gut, wenn man entdeckt, was für ein Dummkopf man ist.
Als ich bei einer großen Schiffsagentur vorbeikam, stockte mein Fuß plötzlich. Im Schaufenster stand das Modell eines modernen Dampfers – und davor in Metallettern: *Kilmorden Castle.* Beinahe hätte ich laut aufgeschrien. Hastig trat ich in das Geschäft und fragte:
*«Kilmorden Castle?»*
«Läuft am 17. Januar von Southampton aus. Wollen Sie nach Kapstadt? Erste oder zweite Klasse?»
«Wie teuer ist die Schiffskarte?»
«Erster Klasse siebenundachtzig Pfund . . .»
Ich unterbrach den Angestellten. Dieses Zusammentreffen konnte kein Zufall sein. Genau der Betrag meiner Erbschaft!

Da gab es einfach kein Zögern.
«Erster Klasse», entschied ich fest.
Nun war ich endgültig dem Abenteuer ausgeliefert.

## 8

*Auszug aus dem Tagebuch von*
*Sir Eustace Pedler, Parlamentsmitglied*

Den 10. Januar.

Es ist eine eigenartige Tatsache, daß ich nie zur Ruhe gelangen kann. Und dabei bin ich ein Mensch, der ein geruhsames Leben als höchstes Gut schätzt. Ich liebe meinen Klub, ein gemütliches Bridgespiel, ein gutgekochtes Essen und einen erstklassigen Wein dazu. Ich liebe England im Sommer und die Riviera im Winter. Sensationelle Begebenheiten liegen mir nicht. Höchstens mag ich dann und wann einen Zeitungsartikel darüber lesen, wenn ich am behaglichen Kaminfeuer sitze. Damit jedoch wäre mein Bedarf an aufregenden Geschehnissen vollauf gedeckt. Mein einziger Lebenszweck besteht darin, ein bequemes, angenehmes Dasein zu führen. Diesem Ziel habe ich vieles Nachdenken und eine beachtliche Geldsumme geopfert. Doch kann ich nicht behaupten, ich hätte immer Erfolg damit gehabt. Selbst wenn ich persönlich unbeteiligt bin, so geschehen doch alle möglichen Dinge in meiner Umgebung, und manchmal werde ich sogar in den Strudel mit hineingerissen. Und diesmal geschah es, weil Guy Pagett heute früh mit einem Telegramm in mein Schlafzimmer kam und ein Gesicht schnitt wie ein Statist bei einer Beerdigung.
Guy Pagett ist mein Sekretär, ein emsiger, gewissenhafter Mensch und in jeder Beziehung bewundernswert. Ich kenne niemanden, der mich mehr langweilt als er. Lange Zeit habe ich überlegt, wie ich ihn loswerden könnte. Aber man kann natürlich einen Sekretär nicht nur deshalb entlassen, weil er zu fleißig ist und die Arbeit jedem Vergnügen vorzieht, weil er morgens früh aufsteht und in Tat und Wahrheit keinen einzigen Fehler besitzt.
Vorige Woche bin ich auf die glänzende Idee gekommen, ihn nach Florenz zu schicken. Er hatte von dieser Stadt gesprochen und gewünscht, sie einmal sehen zu können.

«Aber mein Bester», rief ich, «Sie werden morgen schon hinfahren! Ich übernehme sämtliche Ausgaben.»
Natürlich ist der Januar nicht gerade die geeignetste Jahreszeit, um sich Florenz anzusehen. Doch Pagett war das sicherlich gleichgültig. Ich konnte mir vorstellen, wie er mit einem Reiseführer in der Hand durch sämtliche Museen schweifen würde. Und eine Woche der Freiheit war um diesen Preis billig erkauft.

Es wurde eine herrliche Woche für mich. Ich konnte tun, was ich wollte, und brauchte nichts zu tun, worauf ich keine Lust verspürte. Doch als ich heute früh mit den Augen blinzelte und Pagett zu einer so unchristlichen Zeit an meinem Bett stehen sah, da erkannte ich, daß es mit meiner Freiheit zu Ende war.
«Mein lieber Freund», sagte ich sarkastisch beim Anblick seines langen Trauergesichtes, «hat das Begräbnis schon stattgefunden?»
Pagett versteht keinen trockenen Humor. Er starrte mich bloß an.
«So wissen Sie also bereits Bescheid, Sir?»
«Worüber?» fragte ich ärgerlich.
«Ich dachte mir gleich, daß Sie darüber noch nichts wissen können.» Er klopfte auf ein Telegrammformular.
«Um was handelt es sich denn?» fragte ich ungeduldig.
«Eine Nachricht von der Polizeistation in Marlow. In Ihrem Haus ist eine Frau ermordet worden.»
Diese Mitteilung weckte mich endgültig auf.
«Welche Unverschämtheit!» rief ich aus. «Warum ausgerechnet in *meinem* Haus? Wer hat sie umgebracht?»
«Das gibt der Bericht nicht an. Ich denke, wir sollten unverzüglich nach England zurückkehren, Sir Eustace.»
«Fällt mir ja gar nicht ein! Warum sollten wir denn in Dreiteufelsnamen dorthin fahren?»
«Die Polizei . . .»
«Wir haben nichts mit der Polizei zu schaffen!»
«Der Mord ist immerhin in Ihrem Haus geschehen.»
«Das ist mein Pech, aber nicht meine Schuld.»
Guy Pagett schüttelte düster den Kopf.
«Diese Frau ist Ausländerin, und das könnte leicht zu Verwicklungen führen», bemerkte Pagett.

«Guter Gott», rief ich aus, «hoffentlich ist Caroline nicht außer Fassung geraten.»
Caroline ist meine Köchin und die Frau meines Gärtners. Ob sie eine gute Ehegattin ist, vermag ich nicht zu beurteilen, aber jedenfalls ist sie eine perfekte Köchin. James, ihr Mann, ist ein miserabler Gärtner, und ich habe ihn nur behalten, um Caroline nicht zu verlieren. Ich habe ihnen sogar das Pförtnerhaus zur Verfügung gestellt.
«Wahrscheinlich wird sie nach diesem Vorfall nicht länger bleiben wollen», meinte Pagett.
«Ihre Bemerkungen sind immer so trostreich», knurrte ich.
Aber ich glaube wirklich, ich muß nach Marlow fahren. Pagett beharrt darauf, und schließlich möchte ich Caroline beruhigen.

Den 13. Januar.
Scheußliches Klima! Ich werde nie begreifen, warum nicht alle vernünftigen Leute im Winter England fluchtartig verlassen. Langweilige Scherereien wegen dieser Sache. Die Häusermakler behaupten, das Haus zur Mühle lasse sich kaum mehr vermieten nach all dem Zeitungsgeschwätz. Caroline ist zufriedengestellt — durch doppelten Lohn. Dafür hätte ein Telegramm aus Cannes genügt. Wir hätten gar nicht herkommen sollen. Morgen kehre ich an die Riviera zurück.

Den 14. Januar.
Merkwürdige Dinge haben sich begeben. Erstens begegnete ich Augustus Milray, dem größten Vollblutidioten, den das britische Parlament hervorgebracht hat. Er triefte von diplomatischer Geheimniskrämerei, als er mich gestern im Klub in einen stillen Winkel zog und auf mich einschwatzte. Über Südafrika, über die dortige Industrie und über die ständig wachsenden Gerüchte von einem Streik im *Rand.** Ich hörte so geduldig als möglich zu. Schließlich senkte er die Stimme zu einem Flüstern und sagte, gewisse Dokumente seien zum Vorschein gekommen, die dringend in die Hände von General Smuts gelangen müßten.
«Sie haben bestimmt recht», sagte ich.
«Aber wie? Wie soll er sie erhalten? Unsere Position in dieser Angelegenheit ist sehr, sehr heikel.»

*) Der Rand ist der Goldminendistrikt um Johannesburg.

«Wie wäre es mit der Post?» bemerkte ich. «Es gibt so etwas wie Briefmarken und Postsäcke, wissen Sie.»
Der Gedanke schien ihn zu entsetzen. «Mein *lieber* Pedler! Doch nicht auf dem gewöhnlichen Postwege!»
Es ist mir immer ein Geheimnis geblieben, weshalb Regierungen diplomatische Kuriere verwenden und damit jedermanns Aufmerksamkeit auf ihre vertraulichen Akten lenken.
«Schön, dann senden Sie eben einen Ihrer jungen Leute hin. Die werden sich auf die Gelegenheit zu einer solchen Reise stürzen.»
«Ausgeschlossen!» rief Milray und schüttelte den Kopf wie ein seniler Trottel. «Es gibt Gründe, mein lieber Pedler — ich versichere Ihnen, es gibt Gründe!»
«Das ist ja alles sehr interessant», sagte ich und stand auf. «Aber ich muß jetzt leider gehen.»
«Einen Moment noch, Pedler, nur einen Moment! Im Vertrauen: Sie haben doch selbst die Absicht, nach Südafrika zu fahren? Ich weiß, Sie besitzen Interessen in Rhodesien.»
«Nun, ich dachte daran, ungefähr in einem Monat hinzufahren.»
«Könnten Sie denn nicht früher reisen? In diesem Monat schon — oder genauer gesagt: noch diese Woche?»
«Ich könnte schon», gab ich zu und sah ihn zum erstenmal mit einigem Interesse an. «Aber ich habe keine Lust dazu.»
«Sie würden damit der Regierung einen großen Dienst erweisen — einen *sehr* großen Dienst. Und Sie dürften bestimmt auf — hm — Dankbarkeit zählen.»
«Das bedeutet, daß Sie mich als Postboten verwenden möchten?»
«Genau das. Sie reisen in privater Angelegenheit, und Sie genießen volles Vertrauen. Das würde unser Problem zur allgemeinen Zufriedenheit lösen.»
«Gut denn», sagte ich langsam. «Im Grunde ist es gleichgültig, wann ich fahre. Mir liegt einzig und allein daran, so rasch als möglich wieder von England fortzukommen.»
«Sie werden das Klima dort unten wunderbar finden, ganz wunderbar.»
«Mein lieber Milray, ich kenne das Klima in Südafrika besser als Sie. War vor dem Krieg lange genug dort.»
«Wir sind Ihnen wirklich sehr dankbar, Pedler. Das Paket lasse ich Ihnen durch einen Boten zukommen. Es darf nur in die

Hände von General Smuts persönlich gelangen, verstehen Sie? Die *Kilmorden Castle* geht am Samstag unter Dampf – ein sehr gutes Schiff.»
Ich schüttelte Milray die Hand und dachte während des Heimweges über die merkwürdigen Seitenwege der geheimen Diplomatie nach.

Heute abend nun meldete mein Butler, daß mich ein Herr zu sprechen wünsche, der jedoch seinen Namen nicht nennen wolle. Normalerweise hätte ich Guy Pagett hinausgeschickt, um den Mann abzufertigen. Doch leider lag dieser mit einem Gallenanfall zu Bett.
Der Butler kehrte zurück.
«Der Herr sagt, er käme von Mr. Milray.»
Das änderte die Lage. Ein paar Minuten später sprach ich mit meinem Besucher in der Bibliothek. Er war ein gutgebauter junger Bursche mit sonnengebräuntem Gesicht.
«Nun, was gibt es?» fragte ich kurz.
«Mr. Milray schickt mich zu Ihnen, Sir Eustace. Ich soll Sie auf der Reise nach Südafrika als Sekretär begleiten.»
«Mein Lieber», sagte ich, «das ist nicht nötig. Ich habe meinen eigenen Sekretär und brauche keinen andern.»
«Ich glaube doch, Sir Eustace. Wo ist Ihr Sekretär jetzt?»
«Er hat einen leichten Gallenanfall», erklärte ich.
«Sind Sie sicher, daß es sich um nichts anderes handelt?»
«Selbstverständlich. Er ist leider etwas anfällig.»
«Das mag so sein – oder auch nicht. Die Zeit wird es aufdecken. Aber ich kann Ihnen eines sagen, Sir Eustace. Mr. Milray wäre gar nicht überrascht, wenn ein Versuch gemacht würde, Ihren Sekretär aus dem Wege zu schaffen. Oh, Sie brauchen für sich selbst nichts zu befürchten» – wahrscheinlich hatte sich ein plötzlicher Schreck auf meine Züge gemalt – «Sie sind keineswegs bedroht. Aber man könnte leichter an Sie herangelangen, wenn Sie ohne Ihren Sekretär fahren müßten. Wie dem auch sei: Mr. Milray wünscht dringend, daß ich Sie begleite. Die Überfahrt wird selbstverständlich von uns bezahlt, aber es wäre gut, wenn Sie die Paßformalitäten erledigen wollten, damit es aussieht, als ob Sie sich entschlossen hätten, einen zweiten Sekretär mitzunehmen.»
Der junge Mann schien mir sehr selbstsicher. Wir blickten einander eine Weile in die Augen, doch er blieb Sieger.

«Nun gut», bemerkte ich schwach.
«Sie wollen aber bitte mit keinem Menschen darüber sprechen, daß ich Sie begleite.»
«Schon recht.»
Ich dachte, vielleicht sei es ganz gut, daß dieser Bursche mitkomme, aber ich konnte das unangenehme Gefühl nicht loswerden, mich damit in des Teufels Küche zu begeben.
Ich hielt meinen Besucher zurück, als er sich zum Fortgehen wandte.
«Ich sollte aber zum mindesten den Namen meines neuen Sekretärs wissen», sagte ich spöttisch.
«Harry Rayburn scheint mir ein recht passender Name», bemerkte er schließlich.
Ich fand seine Art, sich auszudrücken, sehr eigentümlich.

## 9

### *Anne Beddingfields Berichterstattung*

Es ist einer Heldin absolut unwürdig, seekrank zu werden. Aber ich muß leider bekennen, daß ich beim ersten schweren Schlingern der *Kilmorden Castle* grün wurde und schleunigst von Deck verschwand. Eine verständnisvolle Stewardeß empfing mich und verordnete mir Hartbrot und Ingwerbier.
Während dreier Tage blieb ich ächzend und stöhnend in meiner Kabine und dachte nicht mehr an meine Aufgabe. Die Lösung von Geheimnissen hatte jeden Reiz für mich verloren. Das war nicht mehr die gleiche Anne, die sich so strahlend von Mrs. Flemming verabschiedet hatte.
Ich muß immer wieder lachen, wenn ich an diesen Abschied zurückdenke. Die Flemmings waren rührend besorgt um mich, als ich erklärte, die Überfahrt sei bereits gebucht. Sie erhoben alle möglichen Einwände, und ich mußte mich darauf hinausreden, daß ich in Kapstadt eine Stelle als Stubenmädchen anzunehmen gedächte. Stubenmädchen seien dort sehr gesucht, behauptete ich kühn. Im Grunde ihres Herzens war Mrs. Flemming natürlich froh, die Verantwortung für mich loszuwerden, und so ließen sie mich schließlich ziehen. Beim Abschied drückte sie mir fünf nagelneue Fünfpfund-Noten in die Hand.

So gelangte ich denn glücklich an Bord der *Kilmorden Castle,* mit fünfundzwanzig Pfund in der Tasche und der Hoffnung auf Abenteuer. Doch jetzt hatte mich diese Hoffnung gänzlich verlassen, und ich besaß nur noch einen einzigen Wunsch: baldmöglichst in meiner Kabine sterben zu können.
Am vierten Tag brachte mich die Stewardeß endlich dazu, auf Deck zu gehen. Sie überredete mich mit dem Hinweis, wir würden gegen Mittag Madeira anlaufen. Eine leise Hoffnung regte sich in mir. Ich könnte in Madeira das Schiff verlassen und dort als Stubenmädchen untertauchen.
In Decken und Mäntel gehüllt, sterbensmüde und schwach auf den Füßen, wurde ich in einen Deckstuhl gepackt. Dort lag ich nun mit geschlossenen Augen und haßte das Leben. Der Zahlmeister, ein blonder junger Mann mit einem Kindergesicht, setzte sich eine Weile zu mir.
«Hallo, mein Fräulein, Sie fühlen sich wohl sicher sehr schlecht?»
«Ja», sagte ich und haßte auch ihn.
«Nun, in ein paar Tagen werden Sie sich selbst nicht mehr erkennen. Es ist wahr, wir hatten in der Bucht etwas Seegang, doch jetzt steht ruhiges Wetter in Aussicht. Morgen nehme ich Sie zu den Deckspielen mit.»
Ich gab keine Antwort.
«Sie glauben jetzt natürlich. Sie werden sich nie erholen, nicht wahr? Aber ich habe schon Leute gesehen, denen es noch viel schlechter ging als Ihnen, und zwei Tage später waren sie Herz und Seele des ganzen Schiffes. Nur Geduld, mit Ihnen wird es genauso werden.»
Ich fühlte mich viel zu schwach, um ihn einen Lügner zu heißen, und blickte ihn nur verachtungsvoll an. Er schwatzte noch ein paar Minuten und empfahl sich dann glücklicherweise. Passagiere schlenderten an mir vorbei, lachende junge Leute, vergnügt hopsende Kinder. Ein paar Kranke wie ich lagen eingewickelt in ihren Deckstühlen.
Die Luft war angenehm frisch, und die Sonne leuchtete. Unmerklich begann ich mich etwas besser zu fühlen. Ich beobachtete das Kommen und Gehen der Leute. Eine junge Dame interessierte mich besonders. Sie mochte etwa dreißig Jahre alt sein, war mittelgroß, hellblond und hatte ein rundes, lustiges Gesicht mit Grübchen. Ihr Kleid war sehr einfach, aber es besaß jenes undefinierbare Etwas, das beste Pariser Maßarbeit ver-

riet. In liebenswürdiger, selbstsicherer Weise benahm sie sich so, als ob ihr das ganze Schiff gehöre.

Die Stewards rannten hin und her, um ihre Wünsche zu erfüllen. Sie schien einer der wenigen Menschen zu sein, die wissen, was sie wollen, die ihr Ziel stets erreichen und dabei doch immer liebenswürdig bleiben. Ich dachte bei mir, es müßte nett sein, mit dieser Dame zu plaudern, wenn ich jemals wieder gesund würde.

Wir erreichten Madeira um die Mittagszeit. Ich war immer noch zu schwach, um aufzustehen, aber ich freute mich an den malerischen Händlern, die an Bord kamen und ihre Waren ausbreiteten.

Meine attraktive junge Dame war an Land gegangen. Doch kurz vor der Abfahrt kam sie mit einem großen, soldatisch aussehenden Herrn zurück. Er hatte dunkles Haar und ein gebräuntes Gesicht — bestimmt der bestaussehende Mann an Bord.

Als meine Stewardeß mir eine zweite Decke brachte, erkundigte ich mich nach der jungen Frau.

«Das ist eine Lady aus der High Society, Mrs. Clarence Blair. Sie haben sicher schon von ihr in den Zeitungen gelesen.»

Ich nickte und betrachtete sie mit neuem Interesse. Mrs. Blair war bekannt als eine der elegantesten Damen der Gesellschaft. Sie schien den großen Herrn zu ihrem bevorzugten Kavalier erwählt zu haben, und er wußte diese Ehre vollauf zu schätzen.

Am folgenden Morgen sah ich Mrs. Blair wieder ein paar Runden auf Deck machen, natürlich begleitet von ihrem Verehrer. Zu meinem maßlosen Erstaunen blieb sie plötzlich neben meinem Deckstuhl stehen.

«Fühlen Sie sich heute besser?»

Ich dankte höflich und sagte, ich käme mir halbwegs wieder wie ein Mensch vor.

«Gestern sahen Sie wirklich krank aus. Oberst Race und ich freuten uns bereits auf ein Begräbnis auf hoher See, aber Sie haben uns schwer enttäuscht.»

Ich lachte herzlich.

«Die frische Luft hat mir gutgetan.»

«Frische Luft ist das beste Mittel gegen Seekrankheit», lächelte Oberst Race.

«Die dumpfen Kabinen können einen umbringen», erklärte

Mrs. Blair und ließ sich neben mir in einen Stuhl fallen, während sie ihren Begleiter mit einem leichten Nicken verabschiedete. «Hoffentlich hat man Ihnen wenigstens eine Außenkabine gegeben.»
Ich schüttelte den Kopf.
«Mein liebes Kind, Sie müssen sofort wechseln! Es gibt jetzt Platz genug, denn viele Leute sind in Madeira von Bord gegangen. Reden Sie mit dem Zahlmeister darüber. Er ist ein netter Kerl, hat mich sofort umziehen lassen, weil mir meine Kabine nicht gefiel. Sagen Sie es ihm, wenn Sie zum Mittagessen hinuntergehen.»
Ich schüttelte mich bei dem Gedanken.
«Danke. Aber ich könnte mich nicht rühren.»
«Seien Sie nicht töricht! Kommen Sie, wir machen einen kleinen Spaziergang auf Deck.»
Sie lachte mich ermutigend an. Erst fühlte ich mich noch sehr schwach, doch die Bewegung tat mir gut.
Nach einer Runde gesellte sich Oberst Race wieder zu uns.
«Von der anderen Seite aus können Sie den großen Vulkan auf Teneriffa sehen – den Pico Teide.»
Wir gingen alle nach Steuerbord hinüber. Dort erhob sich strahlend und schneebedeckt aus leichtem Dunst der schimmernde Kegel. Ich stieß einen Ruf der Begeisterung aus. Mrs. Blair eilte davon, um ihre Kamera zu holen.
Ohne sich um den Spott des Obersten zu kümmern, knipste sie leidenschaftlich.
«Oh, der Film ist zu Ende!» klagte sie. «Aber ich habe einen neuen hier.»
Strahlend zog sie diesen aus ihrer Jackentasche. Ein unerwartetes Schlingern des Schiffes ließ sie das Gleichgewicht verlieren, und als sie sich an der Reling festhalten wollte, entglitt ihr die Rolle und fiel in die Tiefe.
«Ach, mein Film!» rief Mrs. Blair in komischer Bestürzung und lehnte sich vor. «Ob er wohl ins Wasser gefallen ist?»
«Kaum. Sie haben wahrscheinlich das Glück gehabt, nur einen armen Steward auf dem unteren Deck zu erschlagen.»
Hinter uns ertönte ein lauter Hornruf, der uns fast betäubte.
«Das Signal zum Lunch!» rief Mrs. Blair begeistert.
Wir begaben uns in den Speisesaal. Ich begann zaghaft zu kosten – und vertilgte schließlich riesige Portionen. Der Zahlmeister beglückwünschte mich zu meiner Genesung. Fast alle Leute

wollten ihre Kabinen wechseln, erzählte er, aber er versprach, daß alle meine Sachen sofort in eine Außenkabine geschafft würden.
An unserm Tisch saßen außer dem Zahlmeister und mir noch drei Leute: zwei ältliche Damen und ein Missionar, der ständig von «unseren armen schwarzen Brüdern» schwatzte.
Ich blickte mich nach den anderen Tischen um. Mrs. Blair saß natürlich am Kapitänstisch, Oberst Race ihr zur Seite. Neben dem Kapitän saß ein Mann, den ich bisher noch nicht erblickt hatte. Er war groß und dunkelhaarig, hielt sich kerzengerade, und sein Ausdruck war so seltsam unheimlich, daß ich zusammenschrak. Neugierig fragte ich den Zahlmeister nach seinem Namen.
«Dieser Herr? Oh, das ist der Sekretär von Sir Eustace Pedler. Ist bis heute schwer seekrank gewesen, der arme Kerl. Sir Eustace hat zwei Sekretäre bei sich, aber beiden bekommt anscheinend das Meer nicht gut. Der zweite hat sich überhaupt noch nicht gezeigt. Dieser hier heißt Pagett.»
Demnach befand sich also auch Sir Eustace Pedler an Bord, der Besitzer des Hauses zur Mühle. Wahrscheinlich ein ganz zufälliges Zusammentreffen, aber dennoch ...
«Sir Eustace sitzt rechts neben dem Kapitän», fuhr mein Berichterstatter fort. «Alter Wichtigtuer.»
Je länger ich das Gesicht des Sekretärs studierte, desto unheimlicher kam es mir vor. Sein bleiches Aussehen, die schweren Augenlider und flache Kopfform flößten mir Abneigung und Unbehagen ein.
Da wir den Speisesaal fast gleichzeitig verließen, war ich nur einen Schritt hinter ihm, als er mit Sir Eustace zum oberen Deck ging, und hörte ein paar Brocken ihrer Unterhaltung.
«Ich werde mich am besten sofort nach einer Kabine umsehen, meinen Sie nicht? Die Ihrige ist so gestopft voll mit Koffern, daß man darin nicht arbeiten kann.»
«Mein bester Freund», entgegnete Sir Eustace, «meine Kabine hat nur zwei Zwecke zu erfüllen. Erstens will ich darin schlafen und zweitens mich anziehen, sofern das möglich ist. Ich habe nicht im geringsten die Absicht, Sie dort Ihren ganzen Kram aufbauen zu lassen und dem Klappern Ihrer Maschine zuzuhören.»
«Genau das meine ich, Sir Eustace. Wir brauchen unbedingt einen Raum zum Arbeiten ...»

Hier schwenkte ich ab und ging nach unten, um zu sehen, ob meine Sachen bereits in die neue Kabine geschafft waren. Mein Steward war soeben dabei.
«Eine sehr hübsche Kabine haben wir für Sie, Miss. Auf Deck D, Nummer dreizehn.»
«O nein», rief ich aus. «Bitte nicht! Nicht Nummer dreizehn! – Ist denn gar keine andere Kabine mehr frei?»
Er überlegte.
«Da wäre vielleicht noch Nummer siebzehn, an der Steuerbordseite. Heute früh war sie noch leer, aber ich befürchte, sie wurde jemandem versprochen. Immerhin: die Sachen dieses Herrn sind noch nicht eingeräumt, und da Herren meistens nicht so abergläubisch sind wie Damen, macht ihm wahrscheinlich ein Tausch nichts aus.»
Ich klammerte mich dankbar an den Vorschlag, und der Steward begab sich zum Zahlmeister, um seine Erlaubnis einzuholen. Grinsend kehrte er zurück.
«Geht in Ordnung, Miss. Sie können sofort einziehen.»
Er wies mir den Weg zu Nummer siebzehn. Die Kabine war lange nicht so hübsch wie Nummer dreizehn, aber ich war trotzdem überglücklich.
In diesem Augenblick erschien der Mann mit dem unheimlichen Gesicht in der Tür.
«Entschuldigen Sie», bemerkte er, «aber diese Kabine ist für Sir Eustace Pedler reserviert.»
«Das stimmt, Sir», entgegnete der Steward. «Wir haben Ihnen jedoch statt dessen Nummer dreizehn eingeräumt.»
«Nein, man hat mir Nummer siebzehn zugesagt.»
«Die andere Kabine ist viel größer und angenehmer.»
«Ich habe ausdrücklich Nummer siebzehn verlangt, und der Zahlmeister hat sie mir versprochen.»
«Das tut mir sehr leid», meinte ich kalt. «Dies hier ist *meine* Kabine.»
«Damit kann ich mich nicht einverstanden erklären.»
Der Steward mischte sich wieder ein.
«Die andere Kabine ist genauso praktisch, nur viel hübscher.»
«Ich wünsche aber Nummer siebzehn.»
«Was gibt es hier?» fragte eine neue Stimme. «Steward, bringen Sie meine Sachen hier herein. Es ist meine Kabine.»
Es war mein Nachbar bei Tisch, Hochwürden Edward Chichester.

«Entschuldigen Sie bitte, diese Kabine gehört mir», sagte ich fest.
«Sie ist Sir Eustace Pedler zugesichert worden», rief Mr. Pagett. Wir hatten alle erhitzte Köpfe.
«Ich bedaure diese Auseinandersetzung», meinte Chichester mit einem sanften Lächeln, das seine Entschlossenheit nur schwach verbarg. Sanfte Männer sind fast immer dickköpfig.
«Sie erhalten Nummer achtundzwanzig backbord», erklärte der Steward. «Ein ausgezeichneter Raum.»
«Ich muß aber auf diesem hier beharren. Nummer siebzehn wurde mir versprochen.»
Wir kamen nicht weiter. Keiner von uns wollte nachgeben. Ich hätte mich natürlich leicht aus dem Streit zurückziehen und mich mit Nummer achtundzwanzig zufriedengeben können. Solange ich nicht in die Unglückszahl Dreizehn ziehen mußte, war mir im Grunde alles gleichgültig. Aber ich hatte mich ereifert und dachte gar nicht daran, als erste nachzugeben. Außerdem mochte ich Chichester nicht leiden. Er hatte falsche Zähne, die beim Essen klapperten. Viele Menschen sind schon um kleinerer Fehler willen gehaßt worden.
Wir begannen das ganze Gerede von vorn. Pagett geriet langsam in Zorn. Chichester und ich versuchten Haltung zu bewahren. Doch keiner wollte nachgeben.
Der Steward blinzelte mir zu. Ich verstand und zog mich unbeachtet von der Szene zurück. Glücklicherweise fand ich den Zahlmeister sofort.
«Ach bitte», sagte ich mit meinem süßesten Lächeln. «Sie haben mir doch Kabine siebzehn versprochen, nicht wahr? Aber Mr. Chichester und Mr. Pagett wollen nicht nachgeben. Bitte, helfen Sie mir doch!»
Mein kleiner Zahlmeister kam der Aufforderung sofort nach. Mit fester Miene betrat er den Schauplatz des Streites und erklärte den beiden Kampfhähnen, Nummer siebzehn gehöre mir. Sie könnten sich entweder für die Kabinen dreizehn und achtundzwanzig entscheiden oder aber dort bleiben, wo sie bisher waren.
Ich strahlte den Zahlmeister dankbar an. Der kleine Zwischenfall hatte mich wieder völlig gesund gemacht. Bald ging ich wieder an Deck und ließ mich von ein paar jungen Leuten in die Geheimnisse der Deckspiele einweihen. Ich unterhielt mich herrlich und fand das Dasein wieder lebenswert.

Als der Hornstoß zum Umziehen ertönte, eilte ich in meine Kabine. Dort erwartete mich die Stewardeß mit verwirrtem Gesicht. «In Ihrer Kabine ist ein fürchterlicher Geruch, Miss. Ich kann nicht herausfinden, was es ist – aber Sie werden hier nicht schlafen können. Auf Deck C ist noch eine Kabine frei; am besten ziehen Sie dorthin um, wenigstens für diese Nacht.»
Es war jedoch nicht nur ein Geruch, wie die Stewardeß zartfühlend gesagt hatte, sondern ein übler, widerlicher Gestank. Wonach stank es derart durchdringlich? Tote Ratten? Nein, es war viel schlimmer – und ganz anders. Ich schnüffelte wieder. Das Zeug kam mir bekannt vor, ich mußte es früher schon gerochen haben. Irgend etwas – ah! Jetzt wußte ich es: *Asa foetida!* Ich hatte während des Krieges einige Zeit in einem Spital gearbeitet und wußte über diese ekelhafte Droge Bescheid.
*Asa foetida* – das war es! Aber warum ...
Ich sank auf mein Sofa nieder. Plötzlich hatte ich begriffen. Jemand hatte absichtlich eine Prise von dem Zeug in meine Kabine gestreut, damit ich wieder auszöge. Warum wollte man mich um jeden Preis aus dem Wege schaffen? Jetzt betrachtete ich den Streit vom Nachmittag aus einem neuen Gesichtswinkel. Weshalb war diese Kabine siebzehn für mehrere Leute so wichtig? Die beiden anderen Räume waren größer und schöner – und doch beharrten die beiden Männer starrköpfig auf dieser Nummer siebzehn.
17! Die Zahl schien mich zu verfolgen. Am siebzehnten war die *Kilmorden Castle* von Southampton abgefahren. Es war eine Siebzehn ... plötzlich schnappte ich nach Luft. Hastig schloß ich mein Handköfferchen auf und holte meinen kostbaren Zettel aus seinem Versteck zwischen zusammengerollten Strümpfen hervor.
17 1 22! 17 konnte genauso gut *Kabine* siebzehn bezeichnen. Und 1? Natürlich die Zeit: ein Uhr. Dann mußte 22 also das Datum sein. Ich blätterte in meinem kleinen Kalender.
Morgen war der Zweiundzwanzigste!

Meine Erregung kannte keine Grenzen. Diesmal war ich bestimmt auf der richtigen Fährte. Und eins schien mir klar: ich durfte mich auf keinen Fall aus meiner Kabine vertreiben lassen. Das *Asa foetida* mußte ausgehalten werden. Ich überlegte noch einmal alle Tatsachen.

Morgen war der Zweiundzwanzigste, und um ein Uhr sollte irgend etwas geschehen. Ein Uhr in der Nacht oder ein Uhr mittags? Ein Uhr nachts schien mir richtiger zu sein. Jetzt hatten wir sieben Uhr — in sechs Stunden würde ich es wissen.

Der Abend wollte kein Ende nehmen. Ich zog mich bald nach dem Essen zurück und ging zu Bett, doch in Anbetracht des Kommenden hüllte ich mich in einen dicken Morgenrock und behielt meine Hausschuhe an den Füßen. So konnte ich jederzeit aufspringen und an den Ereignissen aktiv teilnehmen.

Ich hörte, wie sich die anderen Passagiere nach und nach zurückzogen, hörte Gelächter und Fragmente von Unterhaltungen. Dann wurde es langsam still, und die meisten Lichter gingen aus. Von Zeit zu Zeit blickte ich auf meine Uhr. Mitternacht! Die Stunde, die folgte, war die längste meines Lebens. Wenn um eins nichts geschah, dann waren meine ganzen Überlegungen falsch, und ich hatte alles, was ich besaß, einer romantischen Phantasterei zum Opfer gebracht.

Endlich war es ein Uhr. Ein Uhr — und nichts geschah. Doch halt, was war das? Schritte im Korridor, leichte, rennende Füße. Mein Herz hämmerte.

Und plötzlich flog meine Tür auf, und ein Mann stolperte in die Kabine.

«Retten Sie mich», flüsterte er heiser. «Sie sind hinter mir her!»

Jetzt war keine Zeit für Erläuterungen und Erklärungen. Andere Schritte wurden draußen hörbar. Mir blieben höchstens vierzig Sekunden zum Handeln.

Eine Schiffskabine bietet nicht viel Platz, um einen Mann von einem Meter achtzig zu verbergen. Mit einem Arm riß ich meinen großen Koffer unter der Koje hervor. Rasch kroch der Eindringling unter das Bett. Gleichzeitig klappte ich den Kofferdeckel zurück und ließ Wasser in mein Waschbecken laufen. Hastig knotete ich mein Haar auf dem Kopf zusammen. Mein Aussehen war jedenfalls nicht sehr vorteilhaft, doch als Vorbereitung für das Kommende durfte es als diplomatisches Mei-

sterstück gelten. Eine Dame, die ihre Haare zu einem häßlichen Knoten zusammengedreht hat und im Begriff steht, eine Seife aus dem Koffer zu holen, um sich zu waschen, konnte kaum verdächtigt werden, einen Flüchtenden versteckt zu halten.
Ein Klopfen ertönte an meiner Tür, und fast gleichzeitig wurde sie aufgestoßen.
Ich weiß nicht genau, was ich erwartet hatte. Wahrscheinlich verfolgten mich unklare Vorstellungen von Mr. Pagett mit mit einem Revolver in der Hand, von Hochwürden Chichester mit einem Sandsack oder irgendeiner anderen tödlichen Waffe – jedenfalls aber erwartete ich nicht das freundlich fragende Gesicht einer Nachtstewardeß zu sehen.
«Entschuldigen Sie, Miss. Ich glaubte, Sie hätten gerufen.»
«Nein», bemerkte ich leichthin, «das ist ein Irrtum.»
«Es tut mir leid, Sie gestört zu haben.»
«Macht nichts», beruhigte ich sie. «Ich konnte nicht schlafen und dachte, eine kalte Abwaschung würde mir guttun.»
«Es tut mir leid», wiederholte sie. «Aber im Korridor trieb sich vorhin ein Herr herum, der zuviel getrunken hatte, und wir befürchteten, er könnte eine der Damen belästigen.»
«Wie schrecklich!» rief ich und machte ein entsetztes Gesicht. «Er kommt doch hoffentlich nicht hier herein?»
«Ich glaube nicht, Miss. Schließen Sie sich ein und klingeln Sie, wenn Sie etwas hören sollten. Gute Nacht.»
«Gute Nacht.»
Ich öffnete die Tür und spähte auf beide Seiten des Korridors. Außer der Nachtstewardeß war niemand in Sicht.
Betrunken! Das war also die Lösung des Rätsels. Meine schauspielerischen Talente hatten sich als unnötig erwiesen. Ich zog den Koffer weg und sagte eisig: «Kommen Sie hervor!»
Keine Antwort. Ich schaute unter die Koje. Mein Eindringling lag unbeweglich und schien zu schlafen. Ich schüttelte ihn leicht, aber er rührte sich nicht.
Stockbetrunken, dachte ich empört. Was soll ich nur tun?
Dann sah ich etwas, das mir den Atem benahm. Rote Tropfen sickerten auf den Boden.
Ich brauchte all meine Kraft, um den Mann in die Mitte der Kabine zu zerren. Das tödliche Weiß des Gesichts zeigte, daß er ohnmächtig war. Der Grund war leicht zu finden. Er hatte einen Stich unter dem linken Schulterblatt, eine häßliche, tiefe Wunde. Rasch zog ich ihm die Jacke aus.

Bei der Berührung der Wunde mit kaltem Wasser schauderte er zusammen, dann setzte er sich auf.
«Bleiben Sie ganz still», bat ich.
Er gehörte zur der Sorte junger Männer, die nicht nachgeben und sich rasch erholen. Schwankend erhob er sich.
«Danke bestens. Sie brauchen nichts für mich zu tun.»
Seine Manieren waren herausfordernd und störrisch. Keine Spur von Dankbarkeit, nicht einmal die einfachste Form von Höflichkeit.
«Sie haben eine häßliche Wunde. Ich muß Sie verbinden.»
«Sie werden gar nichts Derartiges tun.»
Er warf mir die Worte ins Gesicht, als ob ich ihn um eine Gnade gebeten hätte. Mein Blut geriet in Wallung.
«Ich kann Sie nicht zu Ihren Manieren beglückwünschen», sagte ich kalt.
«Jedenfalls will ich Sie von meiner Gegenwart befreien.»
Er ging einen Schritt gegen die Tür zu, doch er schwankte, und ich mußte ihn stützen. Mit einer heftigen Bewegung stieß ich ihn auf das Sofa.
«Seien Sie doch kein Narr», sagte ich unhöflich. «Sie wollen wohl kaum einen Blutstreifen auf dem ganzen Schiff hinterlassen oder?»
Das schien er endlich zu begreifen, denn er verhielt sich ganz still, solange ich seine Wunde behandelte und so gut wie möglich verband.
«So», meinte ich schließlich. «Das muß für den Augenblick genügen. Sind Sie jetzt in besserer Laune, und geruhen Sie mir zu erklären, was das alles bedeuten soll?»
«Es tut mir leid, aber ich kann Ihre sehr natürliche Neugier nicht stillen.»
«Warum nicht?» fragte ich betrübt.
Er lächelte höhnisch.
«Wenn man etwas der ganzen Welt kundtun will, braucht man es nur einer Frau zu erzählen. Sonst ist es besser, zu schweigen.»
«Sie glauben also nicht, daß ich ein Geheimnis bewahren könnte?»
«Von *glauben* ist keine Rede — ich bin dessen *sicher.*»
Er erhob sich.
«Nun, jedenfalls habe ich einiges über die Ereignisse der heutigen Nacht zu erzählen», bemerkte ich boshaft.
«Und zweifellos werden Sie das tun», bemerkte er gleichgültig.

«Wie können Sie es wagen!» rief ich empört.
Wir starrten einander zornig an, wie die erbittertsten Feinde. Zum erstenmal nahm ich die Einzelheiten seiner Erscheinung in mich auf: das kurzgeschorene dunkle Haar, das eckige Kinn, die Narbe auf der braunen Wange und die hellgrauen Augen, die mich so spöttisch anstarrten. Etwas Gefährliches ging von diesem Mann aus.
«Sie haben mir noch gar nicht dafür gedankt, daß ich Ihnen das Leben rettete», sagte ich süß lächelnd.
Das traf ihn endlich. Er wich zurück, und ich fühlte instinktiv, daß ihn nichts so sehr verdroß wie der Gedanke, mir sein Leben zu verdanken. Das ließ mich kalt; ich wollte ihn verletzen, so tief wie ich nie einen Menschen verletzt hatte.
«Wollte Gott, Sie hätten es nicht getan!» rief er wild. «Ich wünschte, ich wäre tot und aus der ganzen Sache heraus.»
«Sie bestätigen wenigstens die Tatsache, an der Sie nicht vorbeikommen. Ich *habe* Ihr Leben gerettet und erwarte, daß Sie danke schön sagen.»
Wenn Blicke töten könnten, wäre ich wohl nicht mehr am Leben. Roh stieß er mich beiseite. An der Tür drehte er sich um und sprach über die Schulter zurück:
«Ich werde Ihnen nicht danken, weder jetzt noch später. Doch ich anerkenne die Schuld — und eines Tages werde ich sie bezahlen.»
Dann war er gegangen, und ich blieb mit verkrampften Händen und wildpochendem Herzen zurück.

## 11

Die weitere Nacht verlief ruhig. Ich frühstückte im Bett und stand spät auf. Mrs. Blair winkte mir, als ich an Deck kam.
«Guten Morgen, kleine Zigeunerin. Setzen Sie sich hier neben mich. Erzählen Sie mir etwas über sich selbst. Weshalb fahren Sie nach Südafrika?»
Ich erzählte ihr etwas über Papas Lebensaufgabe.
«So sind Sie also die Tochter von Charles Beddingfield? Wußte ich doch gleich, daß Sie nicht nur eine kleine Landpomeranze sein können! Wollen Sie nach Broken Hills, um weitere Schädel auszubuddeln?»

«Vielleicht», sagte ich vorsichtig, «ich habe aber auch noch andere Pläne.»
«Kleine Geheimniskrämerin! Aber Sie sehen heute wirklich müde aus. Haben Sie schlecht geschlafen? Ich bin an Bord immer das reine Murmeltier, könnte zwanzig Stunden ohne Unterbrechung schlafen.» Sie gähnte und sah wie ein kleines, müdes Kätzchen aus. «Irgendein Trottel von Steward hat mich heute mitten in der Nacht aufgeweckt, um mir meinen verlorenen Rollfilm wiederzubringen. Und er hat es auf höchst melodramatische Art getan: streckte seinen Arm durch den Ventilator und ließ den Film mitten auf meinen Magen fallen. Ich bin aufgeschreckt und habe zuerst geglaubt, es sei eine Bombe.»
«Hier kommt Ihr Oberst», bemerkte ich, als sich die soldatische Figur von Oberst Race an Deck zeigte.
«Es ist keineswegs *mein* Oberst. In Wirklichkeit bewundert er nur *Sie*. Laufen Sie also nicht davon, Zigeunerin!»
«Ich will nur einen Schal um meinen Kopf winden, damit die Haare nicht so flattern.»

Hastig entfloh ich. Aus irgendeinem unklaren Grunde fühlte ich mich in Gesellschaft von Oberst Race immer bedrückt. Er gehörte zu den wenigen Menschen, die mich einschüchtern.
Ich ging also in meine Kabine, um etwas Geeignetes für meine widerspenstigen Locken zu finden. Nun bin ich eine sehr systematische Person und weiß genau, wie ich meine Sachen eingeordnet habe. Kaum hatte ich daher meine Schublade geöffnet, wurde mir sofort klar, daß hier etwas nicht stimmte. Ich zog die anderen Fächer auf – überall war es dasselbe. Jemand mußte in meiner Abwesenheit alle meine Sachen hastig durchstöbert haben!
Gedankenvoll setzte ich mich aufs Bett. Wer mochte das getan haben – und warum? Hatte jemand nach meinem kostbaren Zettel mit den gekritzelten Ziffern gesucht? Ich schüttelte zweifelnd den Kopf. Das schien mir zu weit hergeholt, denn niemand konnte davon wissen. Um was aber handelte es sich dann?
Ich mußte überlegen. Die Ereignisse der letzten Nacht waren zwar erregend, doch keineswegs aufschlußreich gewesen. Wer war eigentlich der junge Mann, der wie eine Bombe in meine Kabine geplatzt war? Ich hatte ihn weder an Deck noch beim Essen jemals gesehen. Gehörte er zur Schiffsmannschaft, oder

war er ein Passagier? Wer hatte ihm den Dolchstich versetzt? Und warum? Weshalb um alles in der Welt spielte Kabine siebzehn eine so wichtige Rolle? All das war sehr geheimnisvoll, aber eines schien sicher: auf der *Kilmorden Castle* gingen seltsame Dinge vor.
Ich zählte an den Fingern ab, welche Personen mir fragwürdig erschienen.
Meinen nächtlichen Besucher rechnete ich nicht dazu, obgleich ich mir vornahm, baldigst herauszufinden, wes Geistes Kind er war. Auf drei Passagiere jedoch wollte ich ein wachsames Auge halten:
1. Sir *Eustace Pedler*. Er war der Eigentümer des Hauses zur Mühle, und sein Auftauchen hier an Bord mochte mehr als bloßer Zufall sein.
2. Mr. *Pagett*, sein unheimlicher Sekretär, der sich so sehr um die Kabine siebzehn bemüht hatte. (Wichtig: herausfinden, ob er Sir Eustace nach Cannes begleitet hatte!)
3. Hochwürden *Edward Chichester*. Gegen ihn konnte ich nur seine Halsstarrigkeit anführen, mit der er sich in den Besitz meiner Kabine bringen wollte. Das mochte aber auch nur ein Charakterzug von ihm sein. Dickköpfige Menschen benehmen sich oft merkwürdig, selbst wenn sie zum Klerus gehören.
Doch eine kleine Unterhaltung mit Hochwürden konnte nichts schaden. Rasch band ich mir ein Tuch um den Kopf und ging wieder an Deck, voller Unternehmungsgeist. Ich hatte Glück. Mein Wild lehnte an der Reling und trank seine Bouillon. Liebenswürdig ging ich auf ihn zu.
«Ich hoffe, Sie haben mir unseren kleinen Streit wegen Kabine siebzehn vergeben», sagte ich mit meinem schönsten Lächeln.
«Langes Grollen halte ich für eine unchristliche Eigenschaft», erwiderte er kalt. «Aber der Zahlmeister hatte mir die Kabine nun einmal versprochen.»
«Zahlmeister sind so vielbeschäftigt, nicht wahr? Sie können leicht etwas vergessen», bemerkte ich vage.
Mr. Chichester gab keine Antwort.
«Fahren Sie zum erstenmal nach Afrika?» fragte ich leichthin.
«Nach Südafrika, ja. Doch ich habe die letzten zwei Jahre unter den Kannibalenstämmen im Innern von Ostafrika gewirkt.»
Merkwürdig! Wenn Mr. Chichester wirklich vor kurzem noch in Afrika gelebt hatte, müßte er eigentlich viel brauner aussehen. Seine Haut war ganz blaß und so zart wie die eines Säuglings.

Ob da etwas nicht stimmte? Sein ganzes Gehaben war jedoch so priesterlich – vielleicht nur zu sehr. Er wirkte fast wie ein Schauspieler in der Rolle eines Geistlichen.
Während ich dies überlegte, schlenderte Sir Eustace Pedler an uns vorbei. Als er an Mister Chichester vorbeikam, bückte er sich und hob etwas vom Boden auf.
«Sie haben das fallen lassen», bemerkte er und hielt es ihm hin.
Sir Eustace ging weiter und bemerkte daher wohl nicht, wie Hochwürden auf den Fund reagierte. Ich jedoch sah es. Er zuckte sichtbar zusammen, und sein Gesicht wurde geisterhaft grün. Nervös zerknüllte er den Zettel zu einem kleinen Ball. Mein Verdacht kehrte hundertfältig zurück. Er bemerkte meine Blicke und beeilte sich, eine hastige Erklärung zu geben.
«Es ist nur der – äh – der Entwurf für eine Predigt», sagte er mit einem verzerrten Lächeln.
«Oh, wirklich», bemerkte ich höflich.
Entwurf zu einer Predigt – daß ich nicht lache!
Er ließ mich mit einer gemurmelten Entschuldigung stehen. Hätte nur ich diesen Zettel entdeckt statt Sir Eustace Pedler! Eine Tatsache wurde mir jedenfalls klar: ich durfte Mr. Chichester nicht aus meiner Liste der Verdächtigen streichen. Er gehörte im Gegenteil ganz an die Spitze.
Nach dem Essen schlenderte ich zum kleinen Saal, um dort den Kaffee einzunehmen, und sah Mrs. Blair und Oberst Race an einem Tischchen mit Sir Eustace und Mr. Pagett sitzen. Mrs. Blair winkte mir, und ich gesellte mich zu ihnen. Sie plauderten über Italien.
«Ich liebe die Italiener», bemerkte Mrs. Blair. «Sie sind so überaus höflich. Allerdings bringt auch das Schwierigkeiten mit sich. Wenn man einen Italiener nach dem Weg fragt, dann bricht er erst in einen Schwall von Worten aus, und merkt er dann, daß man ihn verständnislos anstarrt, dann faßt er einen höflich beim Arm und kommt einfach mit – den ganzen Weg, wenn es auch noch so weit ist.»
«Haben Sie diese Erfahrung in Florenz auch gemacht, Pagett?» lächelte Sir Eustace, indem er sich an seinen Sekretär wandte.
Aus irgendeinem Grunde schien dieser verlegen. Er stotterte und wurde ganz rot.
«O ja – ja, gewiß.» Mit einer gemurmelten Entschuldigung erhob er sich und verließ den Tisch.
«Ich beginne zu fürchten, daß mein guter Guy Pagett in Flo-

renz eine düstere Tat begangen hat», bemerkte Sir Eustace und starrte seinem Sekretär kopfschüttelnd nach.
«Jedesmal, wenn die Rede auf Florenz oder auf Italien kommt, weicht er dem Thema aus oder zieht sich fluchtartig zurück.»
«Vielleicht hat er jemanden umgebracht?» meinte Mrs. Blair hoffnungsvoll. «Ich möchte Sie nicht verletzen, Sir Eustace, aber sieht er nicht aus wie der geborene Verbrecher?»
«Sie haben ganz recht, der reinste Borgia! Manchmal amüsiert es mich, besonders weil ich weiß, wie entsetzlich ehrbar und spießbürgerlich er in Wirklichkeit ist.»
«Er ist wohl schon lange Zeit bei Ihnen?» fragte Oberst Race.
«Sechs Jahre», sagte Sir Eustace mit einem tiefen Seufzer.
«Sicher ist er von unschätzbarem Wert für Sie», meinte Mrs. Blair höflich.
«Unschätzbar ist das richtige Wort, wahrhaftig!» erklärte Eustace mit einem so kummervollen Ausdruck, als ob diese Eigenschaft Pagetts wie ein Gewicht auf ihm lastete. Dann fuhr er lebhafter fort: «Aber sein Gesicht sollte Ihnen eigentlich Vertrauen einflößen, meine liebe Mrs. Blair. Kein Verbrecher, der etwas auf sich hält, würde mit einem solchen Gesicht herumlaufen. Der berüchtigte Crippen zum Beispiel war einer der nettesten Männer, die man sich vorstellen kann.»
«Er wurde auf einem Schiff gefaßt, nicht wahr» murmelte Mrs. Blair.
Ein Splittern von Porzellan wurde hörbar. Ich fuhr herum und sah, daß Mr. Chichester seine Kaffeetasse hatte fallen lassen.

Unsere Gesellschaft brach bald auf. Mrs. Blair zog sich zu einem Schläfchen zurück, und ich ging an Deck. Oberst Race folgte mir.
«Sie sind sehr schwer zu fassen, Miss Beddingfield. Ich habe Sie gestern abend beim Tanz überall gesucht.»
«Ich bin sehr früh zu Bett gegangen», erklärte ich.
«Werden Sie heute wieder ausreißen? Oder darf ich Sie um einen Tanz bitten?»
«Ich würde sehr gerne mit Ihnen tanzen», bemerkte ich schüchtern. «Aber Mrs. Blair ...»
«Unserer Freundin Mrs. Blair liegt nichts am Tanzen.»
«Und Ihnen?»
«Mir liegt sehr viel an einem Tanz mit Ihnen.»
«Oh ...!» Es war nur ein nervöses Flüstern. Ich hatte Hem-

mungen vor Oberst Race, und trotzdem freute ich mich. Das war jedenfalls etwas anderes, als fossile Schädelfunde mit alten Professoren zu besprechen. Oberst Race mochte etwa vierzig Jahre zählen und war ganz der Idealtyp eines Mannes, wie er mir vorschwebte.

Am Abend tanzte ich mehrmals mit ihm, und als ich mich zurückziehen wollte, schlug er mir einen kleinen Spaziergang auf Deck vor. Wir machten dreimal die Runde und ließen uns dann in zwei Liegestühlen nieder. Kein Mensch war in Sicht. Wir unterhielten uns über belanglose Themen.

«Wissen Sie, daß ich einmal Ihrem Vater begegnet bin, Miss Beddingfield? Ein sehr interessanter Mann – auf seinem Spezialgebiet. Und für mich hat dieses Gebiet etwas Bestrickendes; ich habe mich, in ganz bescheidenem Umfang natürlich, selbst ein wenig damit befaßt. Als ich in der Dordogne war ...»

Und damit bewegte sich unser Gespräch auf vertrauten Bahnen. Oberst Race hatte keine leere Behauptung aufgestellt; er wußte wirklich sehr viel. Nur einmal beging er einen Fehler, der einem Kenner der Materie niemals hätte unterlaufen dürfen. Er erwähnte nämlich, der Homo Mousteriensis sei ein Nachkomme des Aurignacmenschen, was kompletter Unsinn ist.

Es war bereits Mitternacht, als ich mich in meine Kabine zurückzog. Noch lange grübelte ich über den Irrtum von Oberst Race nach. Sollten seine ganzen «Kenntnisse» nur ein gut aufgebauter Schwindel sein, um mich abzulenken? Verstand er in Wirklichkeit gar nichts von Archäologie? Ich schüttelte den Kopf; diese Lösung erschien mir unwahrscheinlich.

Als ich bereits am Einschlafen war, fuhr ich plötzlich wieder auf. Ein neuer Gedanke hatte sich meiner bemächtigt. Hatte er etwa *mich* auszuhorchen versucht? Waren seine Bemerkungen bloße Prüfsteine, um herauszufinden, ob ich mich wirklich auf dem Gebiet auskannte? Mit anderen Worten: verdächtigte er mich, nicht die echte Anne Beddingfield zu sein?

Und wenn ja, weshalb?

## 12

*Aus dem Tagebuch von Sir Eustace Pedler*

Das Leben an Bord hat seine Vorteile: es ist geruhsam und friedlich. Zum Glück bin ich seetüchtig – im Gegensatz zu dem armen Pagett. Er wurde schon grün, als wir noch kaum aus dem Solent heraus waren. Ich nehme an, mein zweiter sogenannter Sekretär ist ebenfalls seekrank. Jedenfalls habe ich ihn überhaupt noch nicht zu Gesicht bekommen. Das kann natürlich auch bloße Taktik von ihm sein. Hauptsache, daß er mich nicht belästigt!

Die Leute an Bord sind eine fade Gesellschaft. Nur zwei anständige Bridgespieler und eine einzige gutaussehende Frau. Mrs. Clarence Blair. Mit ihr könnte man sich unterhalten, wenn nicht dieser wortkarge, langbeinige Esel ständig an ihren Fersen kleben würde. Oberst Race sieht ganz gut aus, aber er ist unsagbar langweilig.

Als wir Madeira verlassen hatten, stolperte Guy Pagett wieder an Deck und begann natürlich gleich mit hohler Stimme über Arbeit zu schwatzen. Warum, zum Teufel, soll ich hier arbeiten? Es stimmt ja wohl, daß ich dem Verleger meine *Erinnerungen* auf den Frühsommer versprochen habe, aber warum eigentlich? Wer liest denn schon solche Bücher!

Ich versuchte ihn abzulenken.

«Sie gleichen einem perfekten Wrack, mein Lieber. Sie müssen sich in einem Deckstuhl an der Sonne erholen. Nein – kein Wort mehr darüber, die Arbeit hat eben zu warten.»

Er ging überhaupt nicht darauf ein, sondern forderte sogleich eine Extrakabine zum Arbeiten. Am nächsten Tag erschien er mit verdüstertem Gesicht. Der Zahlmeister hatte ihm Kabine siebzehn als Arbeitsraum zugewiesen, aber Pagett hatte die betreffende Kabine nicht beziehen können und war darüber höchst aufgebracht. Er erzählte eine lange Geschichte, wie er und ein Mr. Chichester und ein Mädchen namens Beddingfield sich beinahe in die Haare geraten wären. Unnötig zu sagen, daß das Mädchen Siegerin blieb.

«Die Kabinen dreizehn und achtundzwanzig, die der Steward als Ersatz vorschlug, sind beide viel größer und schöner, aber weder Mr. Chichester noch Miss Beddingfield wollten etwas davon hören.»

«Nun, mir scheint, Sie selbst waren genauso dickköpfig, mein lieber Pagett», bemerkte ich gelangweilt.
Er blickte mich vorwurfsvoll an. «Sie sagten selbst, ich solle Kabine siebzehn nehmen.»
«Du lieber Himmel, das sagte ich doch bloß, weil ich sah, daß sie leer war. Jeder andere Raum dient uns genauso gut.»
«Die Sache bleibt trotzdem merkwürdig, Sir», beharrte er. «Miss Beddingfield hat die Kabine erhalten — aber heute morgen sah ich diesen Chichester ganz verstohlen herausschleichen.»
Ich sah ihn strafend an.
«Wenn Sie glauben, mir hier eine Skandalgeschichte auftischen zu können, dann irren Sie sich ganz gewaltig, mein Lieber. Miss Beddingfield ist ein anständiges Mädchen, und Chichester immerhin ein Missionar, obschon ich zugebe, daß er mir widerlich ist. Anne Beddingfield hat übrigens weitaus die hübschesten Beine von allen Damen hier.»
Pagett liebt solche Bemerkungen nicht. Ich bin überzeugt, daß er Beine überhaupt nie sieht — oder es wenigstens nicht zugeben würde. Mich hält er für sehr frivol, und da es mir Spaß macht, ihn zu sticheln, fuhr ich fort:
«Da Sie ja anscheinend ihre Bekanntschaft gemacht haben, könnten Sie die junge Dame einladen, heute abend beim Kostümfest unser Gast zu sein. Sie sollten übrigens gleich zum Barbier gehen und ein Kostüm für mich aussuchen.»
«Sie werden doch nicht an diesem Maskenfest teilnehmen wollen, Sir?» fragte er in entsetztem Ton.
Eigentlich hatte ich das wirklich nicht im Sinn gehabt. Aber seine Empörung reizte mich zum Widerspruch.
«Selbstverständlich nehmen wir daran teil und kostümieren uns wie alle anderen — Sie auch, mein Freund.»
Pagett schüttelte sich.
«Sie werden jetzt gleich zum Barbier gehen und zwei Kostüme für uns holen», schloß ich.
«Er besitzt sicher keine so ausgefallenen Größen», murmelte er und maß mich abschätzig mit den Augen. Pagett kann manchmal unbewußt recht beleidigend sein.
«Bestellen Sie auch gleich einen Tisch für sechs Personen im Salon. Wir werden den Kapitän zu uns bitten, das Mädchen mit den schönen Beinen, Mrs. Blair . . .»
«Mrs. Blair kommt nicht ohne Oberst Race», unterbrach Pa-

gett. «Ich weiß zufällig, daß er sie zum Essen eingeladen hat.»
Pagett weiß einfach alles. Daher fragte ich ihn auch:
«Wer ist eigentlich dieser Oberst Race?»
«Man sagt, er gehöre zum Geheimdienst, Sir Eustace. Er soll dort ein großes Tier sein. Aber natürlich weiß ich das nicht mit Bestimmtheit.»
«Das sieht unserer Regierung wieder mal ähnlich!» rief ich empört. «Da ist ein Kerl an Bord, der von Berufs wegen ständig mit Geheimakten zu tun hat – aber das genügt ihnen nicht, nein! Sie müssen einen friedlichen Außenseiter wie mich mit dem Zeug belästigen.»
Pagett machte wieder sein geheimnisvolles Gesicht. Er trat einen Schritt näher und senkte seine Stimme zu einem Flüstern: «Wenn Sie mir eine Bemerkung gestatten, Sir Eustace: diese ganze Geschichte ist höchst seltsam! Denken Sie nur an meine Erkrankung kurz vor der Abreise ...»
«Ach Unsinn, Sie haben einfach einen Gallenanfall gehabt, wie schon so oft.»
Pagett blinzelte. «Das war kein gewöhnlicher Gallenanfall, Sir. Diesmal ...»
«Verschonen Sie mich um Himmels willen mit der Aufzählung Ihrer Symptome, Pagett. Ich bin nicht daran interessiert.»
«Gut, Sir. Aber meiner Ansicht nach bin ich *vergiftet* worden.»
«Aha – Sie haben anscheinend mit Rayburn gesprochen.»
Er leugnete es nicht.
«Nebenbei: wo steckt der Kerl eigentlich?» fragte ich. «Seit wir an Bord sind, habe ich ihn noch nicht zu Gesicht bekommen.»
«Er gibt vor, seekrank zu sein, Sir Eustace, und bleibt deshalb in seiner Kabine. Aber das ist nur Tarnung; er kann auf diese Weise alles besser beobachten.»
«Beobachten?»
«Ja, Sir, und für Ihre Sicherheit sorgen, falls ein Angriff auf Sie geplant wäre.»
«Sie sind wirklich ein Bruder Lustig, Pagett – Sie verstehen es so gut, die Menschen aufzuheitern. An Ihrer Stelle würde ich als Henker oder als Totenkopfmaske zum Ball gehen.»
Das verschlug ihm die Worte. Ich ging an Deck und fand dort Miss Beddingfield tief im Gespräch mit diesem Missionar. Frauen haben immer eine Vorliebe für die Geistlichkeit.
Ein Mann von meiner Figur haßt es, sich zu bücken. Aber ich tat es trotzdem aus Höflichkeit, um einen Fetzen Papier aufzu-

heben, der neben dem Geistlichen am Boden lag. Einen Dank erhielt ich nicht für meine Mühe.

Ohne es zu wollen, hatte ich die Worte auf dem Zettel bemerkt.

*Versuchen Sie nicht, auf eigene Faust vorzugehen, oder Sie werden es bereuen!*

Nette kleine Drohung für einen Geistlichen! Ich frage mich wirklich, wer dieser Kerl ist. Er sieht so harmlos aus wie Milch und Honig. Aber das Aussehen kann trügen. Ich muß Pagett fragen, Pagett weiß alles.

Ich setzte mich in meinen Deckstuhl neben Mrs. Blair und unterbrach dadurch ihr tête-à-tête mit Race. Als ich sie einlud, am Kostümfest mit mir zu speisen, brachte er es irgendwie fertig, die Einladung auch auf sich zu beziehen.

Nach dem Essen setzte sich das Mädchen Beddingfield zu uns. Ich hatte recht: sie besitzt wirklich die schönsten Beine an Bord, und ich werde sie ebenfalls zum Dinner einladen.

Was mag wohl Pagett in Florenz zugestoßen sein? Sooft von Italien gesprochen wird, verliert er die Nerven. Wenn ich nicht wüßte, wie unglaublich korrekt er ist, müßte ich annehmen, er habe sich dort in eine peinliche Liebesaffäre eingelassen. Manchmal werden selbst die hölzernen Männer . . . Es wäre köstlich! Pagett als schuldbewußter Wüstling!

## 13

Es war ein merkwürdiger Abend. Das einzige Kostüm, das sich für meine Figur auftreiben ließ, war ein Teddybär. Ich habe nichts dagegen, an einem kalten Winterabend in England bei ein paar hübschen Mädchen den Bären zu spielen – aber für den Äquator ist das nicht das richtige Kostüm. Immerhin habe ich meinte Gäste gut damit unterhalten.

Mrs. Blair hatte sich geweigert, in einem Kostüm zu erscheinen, und Race schloß sich natürlich ihrem Beispiel an. Anne Beddingfield erschien als Zigeunermädchen und sah reizend aus. Pagett behauptete, Kopfschmerzen zu haben, und ließ sich nicht blicken. An seiner Stelle bat ich einen komischen kleinen Kerl namens Reeves an unseren Tisch. Er ist ein prominentes Mitglied der südafrikanischen Arbeiterpartei. Ein schrecklicher

Mensch, aber ich will ihn bei guter Laune halten, denn er kann mir wichtige Informationen geben. Ich möchte die Geschichte über jenen Streik im *Rand* von beiden Seiten beleuchtet vernehmen. Der Tanz war eine heiße Angelegenheit. Zweimal forderte ich Anne Beddingfield auf, aber es machte ihr sichtlich kein Vergnügen. Einmal tanzte ich mit Mrs. Blair, die noch weniger Freude daran zeigte, und dann mit ein paar anderen hübschen Mädchen.

Zum Essen um Mitternacht bestellte ich Champagner. Und damit hatte ich das einzige getroffen, das die Zunge von Oberst Race zu lösen vermochte. Der Mann wurde direkt geschwätzig, und schließlich merkte ich, daß er sich zum Mittelpunkt meiner Gesellschaft gemacht hatte. Er lachte mich aus, weil ich ein Tagebuch führe.

«Eines schönen Tages werde ich all Ihre düsteren Geheimnisse ausplaudern, Pedler», spottete er.

«Mein lieber Race», entgegnete ich, «ich bin nicht ganz der Narr, für den Sie mich halten. Wenn ich Geheimnisse habe, dann schreibe ich sie nicht schwarz auf weiß nieder. Nach meinem Tode wird man wohl meine Ansichten über verschiedene sogenannte ‹Berühmtheiten› erfahren, aber nicht das geringste, das mich selber herabsetzen könnte. Ein Tagebuch ist gut dafür, die kleinen Charakterfehler anderer Leute festzuhalten — doch niemals seine eigenen.»

«Es gibt so etwas wie unbewußte Selbstoffenbarung.»

«Für den Psychoanalytiker sind alle Wesen schlecht», bemerkte ich salbungsvoll.

«Sie müssen sicher ein sehr interessantes Leben geführt haben, Oberst Race», warf die kleine Beddingfield ein.

Das lenkte den Burschen ab, und er begann Geschichten von Löwenjagden zu erzählen. Ein Mann, der mannigfaltige Abenteuer mit wilden Tieren erlebt hat, genießt einen unbilligen Vorteil anderen Sterblichen gegenüber. Schließlich fand ich es an der Zeit, auch meinen Beitrag an Jägerlatein zu leisten.

«Das erinnert mich übrigens», bemerkte ich, «an eine sehr unterhaltsame Geschichte, die ich gehört habe. Einer meiner Freunde machte einen Jagdausflug irgendwo in Ostafrika. Eines Nachts verließ er sein Zelt — und hört plötzlich ein lautes Brüllen. Er fuhr herum und sah sich zu seinem Entsetzen einem Löwen gegenüber, der ihn eben anspringen wollte. Mein Freund hatte sein Gewehr im Zelt gelassen; aber wie der Blitz duckte er sich, und der Löwe sprang über ihn hinweg. Wütend knurrte er und setzte zum zweiten Sprunge an. Wieder duckte er sich – und wieder sprang der Löwe über ihn hinweg. Das gleiche geschah noch ein drittes Mal, aber jetzt befand sich mein Freund bereits beim Zelteingang. Er schlüpfte hinein und ergriff sein Gewehr. Als er wieder heraustrat, war kein Löwe mehr zu sehen. Das verwunderte ihn sehr, und er kroch um das Zelt herum. Auf der Rückseite war ein kleiner, offener Platz, und dort sah er seinen Löwen, wie er eifrig niedrige Sprünge übte.»

Alle lachten.

«Ich muß unbedingt nach Rhodesien», rief Mrs. Blair. «Nach allem, was Sie uns erzählt haben, Herr Oberst, muß ich einfach hin! Wenn es nur nicht so weit wäre – fünf Tage in der Eisenbahn.»

«Darf ich Sie einladen, die Fahrt in meinem Privatabteil mitzumachen?» fragte ich höflich.

«Oh, Sir Eustace, wie reizend von Ihnen! Meinen Sie das wirklich im Ernst?»

«Selbstverständlich!» erklärte ich vorwurfsvoll.

«In einer Woche sind wir bereits in Südafrika», seufzte Mrs. Blair.

«Ach, Südafrika», sagte ich gefühlvoll. «Was hat Südafrika der Welt gebracht? Seine Schafherden, sein Gold und seine Diamantenfelder . . .»

«Diamanten!» rief Mrs. Blair verzückt.

«Diamanten!» seufzte Miss Beddingfield.

Beide wandten sich an Oberst Race.

«Sie sind sicher auch schon in den Diamantenfeldern von Kimberley gewesen?»

Ich fand keine Gelegenheit, zu erwähnen, daß auch ich dort gewesen sei.

Race bewies eine genaue Kenntnis der Verhältnisse. Er schilderte die Wohnstätten der Eingeborenen, die Untersuchungen, wenn sie von der Arbeit kamen, die vielfachen Vorsichtsmaßnahmen.

«Dann ist es einem Arbeiter also praktisch unmöglich, einen Diamanten zu stehlen?» fragte Mrs. Blair mit so deutlicher Enttäuschung, als ob sie einzig und allein zu diesem Zwecke nach Afrika fahren würde.

«Nichts ist unmöglich, Mrs. Blair. Es geschehen immer wieder

Diebstähle. Ich erzählte Ihnen bereits von dem Kaffer, der einen Stein in seiner Wunde verbarg.»
«Das sind Einzelfälle. Aber im großen und ganzen?»
«In den letzten Jahren ist einmal ein größerer Diebstahl vorgekommen, kurz vor dem Krieg. Sie werden sich des Falles erinnern, Pedler. Ich glaube, Sie waren damals auch in Afrika?»
Ich nickte.
«Bitte, erzählen Sie!» rief Miss Beddingfield.
«Ich nehme an, die meisten von Ihnen haben schon von Sir Laurence Eardsley gehört, dem großen Minenmagnaten in Südafrika. Er besaß allerdings nur Goldminen, wurde aber durch seinen Sohn in die Sache verwickelt. Sie erinnern sich vielleicht, daß kurz vor dem Krieg Gerüchte auftauchten über ein neues Kimberley irgendwo im Dschungel von Britisch-Guayana. Zwei junge Forscher, so erzählte man, seien aus diesem Teil Südamerikas zurückgekehrt und hätten eine ganze Sammlung von Rohdiamanten mitgebracht, von denen einige recht schönes Gewicht haben sollten. Die beiden jungen Männer, John Eardsley und sein Freund Lucas, behaupteten, ein Diamantenvorkommen von bedeutendem Ausmaß entdeckt zu haben. Sie kamen nach Kimberley, um ihre Schätze untersuchen zu lassen. Gleichzeitig aber entdeckte man, daß in den dortigen Minen ein riesiger Diebstahl stattgefunden hatte.
Wenn Diamanten nach England verfrachtet werden, so geschieht das in versiegelten Paketen. Diese Pakete kommen in einen Safe mit zwei verschiedenen Schlüsseln. Zwei Männer erhalten je einen dieser Schlüssel, während ein dritter allein die Kombination kennt. Der Safe wird der Bank ausgehändigt, und diese sorgt für die Verschiffung. Jedes Paket besitzt einen Wert von rund hunderttausend Pfund.
Diesmal nun fiel der Bank eine kleine Unregelmäßigkeit am Siegel eines solchen Paketes auf. Es wurde geöffnet — und enthielt nichts als Zuckerstückchen!
Ich weiß nicht genau, wieso der Verdacht auf John Eardsley gelenkt wurde. Man erinnerte sich plötzlich daran, daß er in Cambridge etwas wild gelebt hatte und sein Vater mehr als einmal für seine Schulden aufkommen mußte. Auf jeden Fall wurde behauptet, seine Erzählung von Diamantenfunden in Südamerika sei eine bloße Erfindung. Er wurde verhaftet, und in seinem Besitz fand sich ein Teil der gestohlenen Diamanten.
Der Fall kam nie vor Gericht. Sir Laurence Eardsley bezahlte

einen Betrag, der dem Wert der gestohlenen Steine gleichkam. Aber die Erkenntnis, daß sein Sohn ein Dieb war, brach ihm das Herz. Er erlitt kurz darauf einen Schlaganfall. Der junge John meldete sich zu den Waffen, focht tapfer, und fiel. Sir Laurence starb vor einem Monat an einem dritten Schlaganfall. Er hinterließ kein Testament, und so fiel sein ganzes riesiges Vermögen an seinen nächsten Blutsverwandten, einen Mann, den er kaum gekannt hatte.»

Der Oberst hielt inne. Ein Durcheinander von Fragen und Ausrufen wurde laut. Miss Beddingfield wandte sich in ihrem Stuhl um, anscheinend hatte etwas ihre Aufmerksamkeit erregt. Auf ihren erschrockenen leisen Schrei hin drehte auch ich mich um. Mein neuer Sekretär Rayburn stand in der Tür. Er sah aus, als ob er einen Geist gesehen hätte. Races Erzählung hatte ihn allem Anschein nach sehr mitgenommen.

Plötzlich wurde er unserer Blicke gewahr; er drehte sich hastig um und verschwand.

«Kennen Sie den Mann?» fragte Anne Beddingfield.

«Das ist mein zweiter Sekretär», erläuterte ich. «Mr. Rayburn. War bis jetzt unpäßlich.»

Sie spielte mit dem Brot neben ihrem Teller.

«Ist er schon lange bei Ihnen?»

«Nein, nicht sehr lange», sagte ich vorsichtig.

Aber alle Vorsicht ist zwecklos, wenn eine Frau entschlossen ist, etwas zu erfahren.

«Wie lange?» forschte sie.

«Nun, ich – ich stellte ihn kurz vor unserer Abfahrt an. Ein alter Freund hat ihn empfohlen.»

Sie fragte nicht weiter, aber sie fiel in ein gedankenvolles Schweigen. Ich wandte mich an Race, aus dem Gefühl heraus, mein Interesse an seiner Erzählung bezeugen zu müssen.

«Wer ist eigentlich der nächste Blutsverwandte von Sir Laurence? Wissen Sie das zufällig?»

«Ich muß es wohl wissen», entgegnete er lächelnd, «denn ich bin es selbst.»

## 14

*Annes Berichterstattung*

In der Nacht nach dem Kostümfest fand ich, es sei nun an der Zeit, einen zweiten Menschen ins Vertrauen zu ziehen. Bis jetzt hatten mir die Nachforschungen auf eigene Faust Vergnügen bereitet. Doch plötzlich sah alles anders aus. Ich zweifelte an meinem eigenen Urteil, und zum erstenmal überfiel mich ein Gefühl der Vereinsamung und Hilflosigkeit.

Ich setzte mich und begann zu überlegen. Zuerst dachte ich an Oberst Race. Er schien mich gern zu haben. Außerdem war er kein Narr. Und dennoch zögerte ich. Er würde mir zweifellos die ganze Geschichte aus der Hand reißen. Es gab auch noch einen anderen Grund, den ich zwar nicht einmal mir selbst zugeben wollte, aber ... nein, ich konnte mich nicht an Oberst Race wenden.

Dann dachte ich an Mrs. Blair. Auch sie war sehr freundlich zu mir, obschon das wahrscheinlich nur eine Augenblickslaune war. Aber es lag an mir, ihr Interesse zu wecken. Sie war mir sehr sympathisch. Ja, ich war entschlossen, mich ihr anzuvertrauen – und zwar sofort.

Dann jedoch erinnerte ich mich, daß ich ihre Kabinennummer nicht kannte. Aber die Nachtstewardeß könnte mir helfen.

Ich läutete, und nach einiger Zeit erschien ein Steward und gab mir die gewünschte Information.

«Wo ist denn die Stewardeß» fragte ich.

«Ihr Dienst geht um zehn Uhr zu Ende.»

«Nein – ich meine die Nachtstewardeß.»

«Wir haben keine Nachtstewardessen, Miss.»

«Aber – aber vorige Nacht kam doch eine Stewardeß zu mir, so um ein Uhr herum.»

«Sie haben sicher geträumt, Miss. Nach zehn Uhr gehen alle Stewardessen schlafen.»

Er zog sich zurück, und ich mußte diesen Brocken verdauen. Wer war die Frau, die am Zweiundzwanzigsten nachts in meine Kabine gekommen war? Mir wurde etwas unbehaglich, als ich mir die Schlauheit und Dreistigkeit meines Widersachers vergegenwärtigte. Dann jedoch raffte ich mich zusammen und ging auf die Suche nach Mrs. Blairs Kabine. Sie hatte die Nummer einundsiebzig.

«Wer ist da?» antwortete ihre Stimme auf mein Klopfen.
«Ich bin es — Anne Beddingfield.»
«Kommen Sie herein, Zigeunerin.»
Kleider und Wäschestücke lagen verstreut herum, und Mrs. Blair trug den entzückendsten Kimono, den man sich vorstellen kann, ganz in Orange und Gold und Schwarz gestickt.
«Mrs. Blair», sagte ich ohne jede Einleitung, «ich möchte Ihnen meine Lebensgeschichte erzählen, wenn Sie nicht zu müde sind.»
«Ich bin es gewohnt, spät zu Bett zu gehen», lächelte Mrs. Blair und zeigte ihre Grübchen. «Und ich freue mich, Ihre Geschichte zu hören. Setzen Sie sich, und erleichtern Sie Ihr Gemüt.»
Ich erzählte ihr die ganze Geschichte und bemühte mich, keine Einzelheit zu übergehen. Am Schluß seufzte sie tief auf. «Es ist die aufregendste Geschichte, die mir je zu Ohren gekommen ist. Aber als erstes hören Sie jetzt endlich auf, mich Mrs. Blair zu nennen. Ich heiße Suzanne. Einverstanden?»
«Mit dem größten Vergnügen — Suzanne!»
«Und nun zum Geschäft: In diesem Sekretär von Sir Eustace — nicht in Pagett, sondern dem andern, der gestern nacht auftauchte — erkannten Sie also den Mann, der Sie um Hilfe bat?»
Ich nickte bloß.
«Das verwickelt also Sir Eustace zum zweitenmal in dieses Durcheinander. Diese Ausländerin wird in *seinem* Haus ermordet, und es ist *sein* Sekretär, der einen Dolchstich erhält. Ich verdächtige Sir Eustace natürlich nicht, aber das kann kein Zufall sein. Irgendein Zusammenhang muß bestehen, wenn wir ihn auch noch nicht erkennen können. Und dann diese Geschichte mit der Nachtstewardeß», schloß sie gedankenvoll. «Wie sah sie denn aus?»
«Ich habe sie kaum beachtet. Ich war ja so aufgeregt und gespannt, und ihr Erscheinen bedeutete eine solche Enttäuschung! Aber ... doch — ich glaube, ihr Gesicht kam mir irgendwie bekannt vor. Nur weiß ich nicht, wo ich sie gesehen haben könnte.»
«Es war aber bestimmt eine — Frau — nicht etwa ein verkleideter Mann?»
«Sie schien recht groß für eine Frau», gab ich zu.
«Hm; wohl kaum Sir Eustace, und auch nicht Pagett ... halt!»
Sie nahm ein Stück Papier und einen Bleistift zur Hand und begann fieberhaft zu zeichnen. Dann beäugte sie ihre Arbeit mit schiefgeneigtem Kopf.

«Die Ähnlichkeit mit Hochwürden Edward Chichester ist gut getroffen. Nun alles Drum und Dran — so!» Sie reichte mir das Blatt hinüber. «Ist das Ihre Stewardeß?»
«Ganz genau!» rief ich begeistert. «Suzanne, wie klug von Ihnen!»
Sie wies das Kompliment mit einer Handbewegung ab.
«Dieser Chichester hat schon lange mein Mißtrauen erweckt. Erinnern Sie sich, wie er käsebleich wurde und seine Tasse fallen ließ, als wir kürzlich den Namen Crippen erwähnten?»
«Und er wollte unbedingt Kabine siebzehn haben!»
«Ja, soweit paßt alles ganz gut zusammen. Aber was *bedeutet* es? Was sollte um ein Uhr nachts in Ihrer Kabine geschehen? Ob der Sekretär auf dem Wege zu einer Verabredung war, die der Täter verhindern wollte? Doch mit wem? Möglicherweise mit Chichester oder Pagett.»
«Das scheint mir kaum glaubhaft», wendete ich ein. «Pagett kann er jederzeit sehen und sprechen.»
Ein paar Minuten saßen wir schweigend, dann nahm Suzanne eine neue Fährte auf.
«Wäre es möglich, daß in Ihrer Kabine etwas versteckt ist?»
«Nicht ausgeschlossen», bemerkte ich. «Das würde erklären, warum am nächsten Morgen alle meine Sachen durchsucht wurden. Aber ich kann mir nicht vorstellen, um was es sich dabei handeln sollte.»
«Vielleicht um Ihren kostbaren Zettel?»
Ich schüttelte zweifelnd den Kopf.
«Wozu? Es steht nur ein Datum darauf — und das war bereits überholt.»
«Stimmt», nickte Suzanne. «Haben Sie den Zettel übrigens hier? Ich möchte ihn gerne sehen.»
Natürlich hatte ich ihn als Beweismaterial Nummer eins mitgenommen und gab ihn Suzanne, die ihn stirnrunzelnd prüfte.
«Nach der Zahl 17 steht ein Punkt; warum nicht auch nach der 1?»
«Dort ist ein Zwischenraum angebracht.»
«Ja, aber ...»
Plötzlich stand sie auf und hielt das Papier ganz nahe ans Licht. Mit unterdrückter Erregung rief sie:
«Anne, das ist gar kein Punkt! Das ist ein Fehler im Papier, sehen Sie? Der Punkt hat also gar keine Bedeutung, und wir müssen nur die Zwischenräume beachten!»

Ich hatte mich neben Suzanne gestellt und las die Ziffern nun in ihrer neuen Bedeutung: 1 71 22.
«Die gleichen Ziffern — und doch eine ganz andere Lösung», sagte Suzanne. «1 bleibt ein Uhr, und 22 das Datum; aber die Kabine ist nicht mehr 17, sondern 71. Anne, einundsiebzig! *Meine* Kabine!»
Wir starrten einander an, so begeistert über unsere Erkenntnis, als ob wir damit bereits den ganzen Fall gelöst hätten. Doch endlich fand ich mich wieder auf den Boden der Wirklichkeit zurückversetzt.
«Aber, Suzanne — in Ihrer Kabine ist am Zweiundzwanzigsten gar nichts geschehen!»
Auch ihr Gesicht zeigte deutliche Enttäuschung. «Das ist richtig», murmelte sie.
Mir kam ein neuer Gedanke.
«Hatten Sie nicht zuerst eine andere Kabine?»
«Doch; erst später hat mir der Zahlmeister diese überlassen, weil sie wider Erwarten nicht besetzt wurde.»
«Wir müssen versuchen, herauszufinden, für wen sie ursprünglich gebucht wurde.»
«Das ist nicht nötig, ich weiß es!» rief Suzanne. «Der Zahlmeister hat es mir erzählt. Die Kabine war vorgesehen für eine Mrs. Grey; aber das soll nur ein Deckname für die berühmte Nadina gewesen sein. Sie haben den Namen sicher schon gehört: Madame Nadina, die große russische Tänzerin. In London ist sie nie aufgetreten, aber ganz Paris lag ihr zu Füßen. Während des Krieges hat sie dort unerhörte Triumphe gefeiert. Sie soll ein richtiges Biest sein, aber äußerst fesselnd. Der Zahlmeister war sehr enttäuscht, daß sie nicht an Bord kam, und später hat mir Oberst Race allerhand von ihr erzählt. In Paris waren böse Gerüchte über sie im Umlauf; man hatte sie der Spionage verdächtigt, konnte aber nichts beweisen. Ich vermute, daß Oberst Race damals wegen dieser Sache nach Paris beordert wurde. Jedenfalls wußte er interessante Dinge darüber. Es soll eine regelrecht organisierte Bande gewesen sein, und man nahm an, daß der Anführer ein Engländer war. Man nannte ihn allgemein den ‹Oberst›, doch es gelang nie, seine Identität zu entdecken. Hinter ihm muß eine ausgedehnte Organisation von internationalen Hochstaplern gesteckt haben. Räubereien, Spionage, Gewalttaten — all das haben seine Leute begangen. Und wenn nötig, wurde ein unschuldiger Sündenbock vorgeschoben,

der dafür einstehen mußte. Ein teuflisch schlauer Kerl, dieser ‹Oberst›! Man glaubte, diese Madame Nadina sei eine seiner Agentinnen gewesen, doch es ließ sich nicht das geringste nachweisen. – Anne, wir sind auf der richtigen Spur! Nadina paßt ganz gut in diese Geschichte. *Sie* sollte diese Verabredung am Zweiundzwanzigsten einhalten. Aber warum ist sie denn nicht an Bord gekommen?»
Die plötzliche Erleuchtung durchfuhr mich wie ein Blitz.
«Sie konnte nicht kommen», sagte ich langsam.
«Weshalb nicht?»
«*Weil sie tot war*! Nadina ist die Frau, die in Marlow ermordet wurde!»
Meine Gedanken kehrten in das Haus zur Mühle zurück; wieder überflutete mich das Gefühl der Angst und der Bedrohung, das mir das leere Haus damals eingeflößt hatte. Ich sah meinen Bleistift über den Boden rollen, erlebte nochmals die Entdekkung der Filmrolle. Eine Filmrolle! – wo hatte ich doch kürzlich wieder etwas von einer Filmrolle gehört? Wieso verband sich dieser Gedanke mit Mrs. Blair?
Plötzlich flog ich auf sie zu und schüttelte sie: «Ihr Film! Der Film, den man Ihnen eines Nachts durch den Ventilator zuwarf – war das nicht am Zweiundzwanzigsten?»
«Der Rollfilm, den ich verloren hatte?»
«Woher wollen Sie wissen, daß es der gleiche ist? Warum kam er auf so merkwürdige Weise zurück – mitten in der Nacht? Vielleicht enthält die Kapsel eine Botschaft! Haben Sie sie nicht geöffnet?»
«Nein, ich habe sie einfach in das Gepäcknetz neben der Koje gelegt. Hier ist sie.»
Ich nahm die kleine gelbe Kapsel mit zitternden Händen – und im selben Moment wußte ich, daß meine Vermutung richtig war. Die Kapsel war bedeutend schwerer, als sie hätte sein sollen. Kaum konnten meine bebenden Finger den Klebestreifen lösen. Ich schraubte den Deckel ab – und ein Strom von trüben Kieseln ergoß sich über das Bett.
«Steine», sagte ich enttäuscht.
«Steine?» rief Suzanne erregt. «Nein, Anne, das sind keine Steine, sondern Diamanten!»

## 15

*Diamanten!* Ich starrte geblendet auf das glitzernde Häufchen.
«Sind Sie auch sicher, Suzanne?»
«Ganz sicher, mein Kind. Ich habe oft genug Rohdiamanten gesehen. Sie sind übrigens prachtvoll, und einige davon scheinen mir absolut einzigartig zu sein. Dahinter steckt sicherlich eine Geschichte.»
«Die Geschichte, die wir heute abend hörten!» rief ich.
«Sie meinen . . .»
«Ja, das, was uns Oberst Race erzählte. Es kann kein bloßer Zufall sein, er hat etwas Bestimmtes damit bezweckt.»
«Sie meinen, er wollte die Wirkung beobachten?»
Ich nickte.
«Die Wirkung auf Sir Eustace?»
Während ich zustimmte, befiel mich bereits ein leichter Zweifel. War es wirklich Sir Eustace, der geprüft werden sollte? Galt die Erzählung nicht vielleicht mir selbst? Bereits früher einmal, bei unserem Gespräch über Archäologie, hatte ich ja das Gefühl gehabt, Oberst Race versuche mich auszuhorchen. Aus irgendeinem Grunde verdächtigte er mich. Doch welche Verbindung hatte eigentlich Oberst Race mit meinem Problem?
«Suzanne, wer *ist* Oberst Race?»
«Das ist eine schwierige Frage», entgegnete sie. «Er ist recht bekannt als Großwildjäger; und heute abend haben Sie selbst gehört, daß er ein Verwandter von Sir Laurence Eardsley ist. Ich habe ihn erst auf dieser Reise kennengelernt. Er kreuzt oft zwischen England und Afrika hin und her, und man ist allgemein der Meinung, er gehöre zum Geheimdienst. Ich weiß aber nicht, ob das stimmt. Jedenfalls ist er eine recht geheimnisvolle Persönlichkeit.»
«Durch die Erbschaft von Sir Eardsley ist er wohl sehr reich geworden?»
«Meine beste Anne, er kann sich im Gold wälzen! Das wäre eine Partie für Sie.»
«Mich interessiert aber Oberst Race nicht als Heiratskandidat», sagte ich fest. «Ich möchte nur wissen, was er in meiner Geschichte für eine Rolle spielt.»
«Sie glauben also nicht, daß es sich nur um einen Zufall handelt?»
«Ganz bestimmt nicht. Er hat uns alle sehr aufmerksam be-

obachtet, als er sagte, *ein Teil* der gestohlenen Diamanten sei bei John Eardsley gefunden worden – ein Teil nur, nicht alle. Vielleicht sind das hier die anderen. Oder ...»

«Oder was?»

Ich gab keine direkte Antwort.

«Was ist wohl aus dem zweiten jungen Mann geworden?» fragte ich nachdenklich. «Wie war doch sein Name? – Lucas!«

«Jedenfalls haben wir bereits einiges Licht in die Angelegenheit gebracht: es sind diese Diamanten, hinter denen man her ist, das ist klar. Aus diesem Grunde hat auch der ‹Mann im braunen Anzug› die Tänzerin Nadina umgebracht.»

«Er hat sie nicht ermordet!» sagte ich scharf.

«Natürlich muß er es gewesen sein; wer denn sonst?»

«Das weiß ich noch nicht. Aber ich bin fest davon überzeugt, daß er es nicht war.»

«Bedenken Sie doch: er ging drei Minuten nach ihr ins Haus, und dann kam er kreidebleich zurück.»

«Weil er sie tot aufgefunden hat.»

«Kein Mensch außer ihm war dort.»

«Entweder war der Mörder bereits im Haus, oder er gelangte auf einem anderen Wege dorthin. Er mußte ja nicht unbedingt am Pförtnerhaus vorbei; er konnte auch über den Zaun klettern.»

Suzanne warf mir einen erstaunten Blick zu.

«Wer war dieser ‹Mann im braunen Anzug› in Wirklichkeit?» grübelte sie. «Auf jeden Fall ist er identisch mit dem sogenannten ‹Arzt› in der Untergrundbahn. Er hat genügend Zeit gehabt, seine Verkleidung abzulegen und der Frau nach Marlow zu folgen. Diese Frau und Carton, Ihr ‹Mottenpulver-Mann›, haben alle möglichen Vorsichtsmaßregeln ergriffen, um sich unbeobachtet in Marlow zu treffen, sie müssen also Angst vor einer Verfolgung gehabt haben. Und Carton hat den Verfolger erkannt und ist darüber so erschrocken, daß er rückwärts auf die Schienen stolperte. Soweit scheint es doch klar, Anne?»

Ich gab keine Antwort.

«Dann fand er als ‹Arzt› im Anzug des Toten diesen Zettel, aber bei seiner hastigen Flucht verlor er ihn wieder. Er folgte der Frau nach Marlow, doch was unternahm er nachher? Nachdem er sie umgebracht – oder, nach Ihrer Ansicht, tot aufgefunden hatte? Er hat sich doch nicht in Luft aufgelöst!»

Immer noch schwieg ich.

«Könnte es wohl möglich sein», überlegte Suzanne weiter, «daß er sich auf irgendeine Weise bei Sir Eustace Pedler als zweiter Sekretär eingeschmuggelt hat? Das wäre natürlich eine einmalige Gelegenheit für ihn gewesen, ungeschoren aus England herauszukommen. Aber auf welche Weise hat er Sir Eustace bestochen? Es sieht ganz danach aus, als ob er ihn irgendwie in der Hand hätte.»

«Ihn oder Pagett?» bemerkte ich gegen meinen Willen.

«Sie mögen Pagett nicht leiden, Anne. Sir Eustace behauptet aber, daß er ein sehr tüchtiger und fleißiger Mensch sei. Und wir wissen wirklich nichts Nachteiliges über ihn. – Doch weiter mit meinen Vermutungen: Rayburn, der zweite Sekretär, wäre also der ‹Mann im braunen Anzug›. Er hatte den Zettel bereits gelesen, als er ihn fallen ließ, und genau wie Sie ist er durch den Fleck im Papier getäuscht worden. Er versuchte also, am Zweiundzwanzigsten um ein Uhr nachts in Kabine 17 einzudringen, nachdem es ihm nicht geglückt war, sie sich schon vorher – durch Pagett – anzueignen. Auf dem Wege erhält er einen Dolchstich . . .»

«Von wem?» warf ich ein.

«Von Chichester. Ja, das fügt sich alles ineinander. Schicken Sie ein Kabel an Lord Nasby, Anne, daß Sie den ‹Mann im braunen Anzug› entdeckt haben, und Ihr Glück ist gemacht.»

«Sie haben verschiedenes übersehen, Suzanne.»

«Was denn? Rayburn hat eine Narbe, ich weiß. Aber eine solche Narbe kann auch geschminkt sein. Er besitzt die richtige Größe und Figur. Wie war doch gleich der Ausdruck für seine Kopfform?»

Ich zitterte. Suzanne war eine gebildete und belesene Frau, aber ich hoffte dennoch, sie möge in den technischen Ausdrükken der Anthropologie nicht bewandert sein.

«Dolichozephal», sagte ich leichthin.

Suzanne blickte mich zweifelnd an.

«Sagten Sie wirklich so?»

«Ja. Es bedeutet langköpfig – ein Schädel, dessen Breite höchstens drei Viertel seiner Länge beträgt», erklärte ich geläufig.

«Wie heißt das Gegenteil? Wie heißt ein Schädel, dessen Breite mehr als drei Viertel seiner Länge beträgt?»

«Brachyzephal», murmelte ich widerwillig.

«Das ist's! rief Suzanne. «Ich wußte doch, daß Sie zuerst etwas anderes sagten.»

«Tatsächlich? Oh, das war nur ein Versehen von mir», sagte ich so zuversichtlich als möglich.
Suzanne betrachtete mich forschend, dann lachte sie hell auf.
«Sie lügen recht ordentlich, Zigeunerin. Aber es würde uns viel Zeit und Mühe ersparen, wenn Sie jetzt die Wahrheit erzählen wollten.»
«Es gibt nichts zu erzählen», bemerkte ich unwillig.
«Tatsächlich?» fragte Suzanne sanft.
«Nun ja, ich werde es Ihnen wohl gestehen müssen», seufzte ich. «Ich schäme mich auch gar nicht – man kann sich nicht einer Sache schämen, die einem einfach widerfährt. Er war ekelhaft zu mir, aber ich habe ihn verstanden, er war verbittert und verzweifelt. Ich weiß nicht, wie es geschah – aber ich liebe ihn. Die Begegnung mit ihm hat mein ganzes Leben umgekrempelt. Ich könnte sterben für ihn. – So, jetzt wissen Sie es!»
Suzanne sah mich lange schweigend an.
«Also kein Kabel an Lord Nasby?» sagte sie dann.

## 16

Am nächsten Morgen bot sich mir eine Gelegenheit, mit Oberst Race zu sprechen. Wir lehnten an der Reling. Das Meer schimmerte in allen Farben.
«Sie haben uns gestern abend eine sehr interessante Geschichte erzählt», brach ich das Schweigen. «Was ist übrigens aus dem anderen jungen Mann geworden?»
«Aus dem jungen Lucas? Nun, man konnte natürlich nicht den einen laufen lassen und den anderen einsperren. Er ging daher auch straffrei aus.»
«Weiß man, was weiter mit ihm geschah?»
Oberst Race starrte auf das glitzernde Meer. Sein Gesicht war wie eine Maske, aber ich hatte das Gefühl, meine Frage behage ihm nicht.
«Er ging ebenfalls zu den Waffen und hat verschiedene Auszeichnungen erhalten. Doch dann wurde er als vermißt gemeldet – offenbar gefallen.»
Das genügte mir; ich fragte nicht weiter. Doch Oberst Race erschien mir immer rätselhafter.

Ich unternahm einen Vorstoß beim Nachtsteward; eine Ermunterung in Form eines Trinkgeldes brachte ihn zum Sprechen.
Auf der letzten Fahrt von Kapstadt nach England hatte ihm ein Passagier den Rollfilm gegeben mit dem Auftrag, ihn bei der Rückfahrt am zweiundzwanzigsten Januar Punkt ein Uhr nachts in die Kabine einundsiebzig zu werfen. Der Passagier hatte ihm gesagt, eine Dame werde diese Kabine benützen, und es handle sich um eine Wette. Ich vermute, daß der Steward für seine Mitwirkung gut bezahlt worden war. Der Name der Dame war ihm nicht genannt worden, doch der betreffende Passagier hatte Carton geheißen, und seine Beschreibung deckte sich genau mit der des Verunglückten in der Untergrundbahn.
Dieses Geheimnis war also gelüftet; die Diamanten bildeten offenbar den Schlüssel zu der ganzen Angelegenheit.

Die letzten zwei Tage auf der *Kilmorden* verflogen im Nu. Als wir uns Kapstadt näherten, sah ich mich gezwungen, meine nächsten Pläne genau zu überlegen. Es gab so viele Menschen, die ich nicht aus den Augen lassen durfte. Mr. Chichester, Sir Eustace und seinen Sekretär, und – ja, auch Oberst Race! Wie sollte ich das nur anstellen? Diesem Chichester mußte natürlich meine spezielle Aufmerksamkeit gelten. Ich war schon halb entschlossen, Sir Eustace und Pagett von jedem Verdacht freizusprechen, als mich eine Unterhaltung mit Pagett von neuem stutzig machte.
«Ich möchte so gern einmal nach Florenz», sagte ich. «Es muß wundervoll sein. Hat es Ihnen dort gut gefallen?»
«O ja, Miss Beddingfield. Aber Sie werden mich jetzt gewiß entschuldigen, ich habe dringende Briefe für Sir Eustace zu ...»
Ich hielt ihn am Ärmel fest.
«Ach, laufen Sie doch nicht fort!» rief ich. «Nie wollen Sie etwas über Florenz erzählen!»
Ich fühlte sein deutliches Zusammenzucken.
«Keineswegs, Miss Beddingfield, keineswegs», versicherte er ernsthaft. «Ich würde sehr gern mit Ihnen über Florenz plaudern, aber ich muß unbedingt ein paar wichtige Kabel ...»
«Oh, Mr. Pagett, was für eine faule Ausrede! Ich werde es Sir Eustace erzählen.»
Er erschrak sichtlich, seine Nerven mußten am Zerreißen sein.
«Was möchten Sie denn wissen?» fragte er im Tonfall eines

resignierten Märtyrers. Sein merkwürdiges Verhalten brachte mich auf eine Idee.
«Herrliches Florenz!» sagte ich schwärmerisch. «Wie romantisch es am Ufer des Arno liegt! Und der Duomo ist auch so ein schöner Fluß, nicht wahr? Waren Sie auch am Duomo?»
«Natürlich – hm, natürlich.»
«Ist er nicht noch malerischer als der Arno?»
«Doch, gewiß – das finde ich auch.»
Hilflos war er in die plumpe Falle gegangen. Wer den Dom von Florenz für einen Fluß hält, war bestimmt noch niemals dort.
Aber wo hatte er denn, während sein Herr ihn in Italien wähnte, gesteckt? In England? Konnte er zur Zeit des Mordes in Marlow gewesen sein? Ich entschloß mich zu einem verwegenen Schritt.
«Es ist merkwürdig – ich habe immer das Gefühl, Sie schon einmal gesehen zu haben; aber da Sie damals gerade in Florenz waren ...»
«Wo ... wo soll das gewesen sein?» Pagett fuhr sich mit der Zunge über seine trockenen Lippen.
«In Marlow. Kennen Sie es vielleicht? Aber natürlich, Sir Eustace hat ja dort ein Haus!»
Mit einer undeutlich gemurmelten Entschuldigung erhob sich mein Opfer und floh.
In der Nacht drang ich wieder in Suzannes Kabine ein, brennend vor Erregung.
«Du siehst also», schloß ich meine Erzählung (inzwischen duzten wir uns), «er muß zur Zeit des Mordes in England gewesen sein, und sicher war er im Haus zur Mühle. Glaubst du immer noch, daß der ‹Mann im braunen Anzug› schuldig ist?»
«Ich weiß nur eines mit Bestimmtheit», sagte Suzanne und kniff die Augen zusammen, «daß dein ‹Mann im braunen Anzug› viel besser aussieht als der arme Pagett! – Aber im Ernst: mir scheint, du hast eine sehr wichtige Entdeckung gemacht. Bisher glaubten wir, daß Pagett ein sicheres Alibi besitze. Und jetzt stellt sich heraus, daß das keineswegs der Fall ist.»
«Das eben wollte ich beweisen. Wir dürfen ihn unter keinen Umständen aus den Augen verlieren.»
«Weder ihn – noch die anderen», sagte Suzanne.
Anschließend stritten wir eine Weile, weil Suzanne durchaus darauf bestand, mich als ihren Gast ins Mount-Nelson-Hotel

mitzunehmen. Endlich gab ich nach, wenn auch nicht ganz glücklich, denn ich hätte meinen «Fall» lieber auf eigene Faust durchgefochten.
«Das wäre also erledigt», seufzte Suzanne und streckte sich erleichtert. «Nun zu unseren Opfern! Mr. Chichester fährt weiter nach Durban. Sir Eustace steigt zuerst im Mount-Nelson-Hotel in Kapstadt ab und fährt dann nach Rhodesien. Er verfügt im Zug über ein Privatabteil, und ein paar Gläser Champagner haben ihn auf dem Ball dazu verleitet, mich einzuladen. Natürlich hat er es nicht ernst gemeint, aber wenn ich darauf beharre, kann er sich wohl nicht gut drücken.»
«Schön», stimmte ich bei. «Du wirst also auf Sir Eustace und auf Pagett aufpassen, und ich kümmere mich um Chichester. Was aber geschieht mit Oberst Race?»
Suzanne warf mir einen sonderbaren Blick zu.
«Anne, du kannst doch nicht ernstlich *ihn* verdächtigen . . .»
«Doch. Ich verdächtige jeden. Und ich bin gerade in der Stimmung, nach der unwahrscheinlichsten Person Ausschau zu halten.»
«Oberst Race will ebenfalls nach Rhodesien», meinte Suzanne nachdenklich. «Vielleicht könnte man Sir Eustace becircen, seine Einladung auch auf ihn auszudehnen?»
«Das bringst du mit Leichtigkeit fertig.»
Suzanne lachte, und wir trennten uns, nachdem sie mir versprochen hatte, alle ihre Verführungskünste spielen zu lassen.

Ich war viel zu aufgeregt, um schlafen zu gehen. Es war meine letzte Nacht an Bord; morgen früh sollten wir die Tafelbucht anlaufen.
Ich kletterte zum oberen Deck empor, wo eine frische, kühle Brise ging. Es war bereits nach Mitternacht, das Deck lag einsam und verlassen.
Ich lehnte an der Reling und starrte in die Nacht hinaus. Dort drüben lag Afrika; näher und näher kamen wir der Küste. Die Welt war wundervoll! Ein seltsamer Friede hüllte mich ein; ich verlor mich in Träumen.
Plötzlich weckte mich das Gefühl einer nahenden fürchterlichen Gefahr. Ich hatte nichts gehört, doch mit klopfendem Herzen fuhr ich herum. Ein Schatten hatte sich hinter mich geschlichen. Als ich mich umdrehte, sprang er mich an. Eine Hand faßte nach meiner Kehle, so daß ich nicht schreien konnte. Ich

kämpfte verzweifelt, doch ich fühlte, daß ich unterliegen mußte. Als meine Kräfte erlahmten, spürte mein Feind seinen Vorteil und riß mich hoch. Doch im selben Augenblick eilte auf leisen Sohlen ein zweiter Schatten herbei. Mit einem einzigen Faustschlag streckte er meinen Angreifer zu Boden. Erlöst fiel ich gegen die Reling, schwach und zitternd.

Mein Retter wandte sich mir zu. «Sie sind verletzt!»

Etwas Seltsames lag in seinem Ton – eine Drohung gegen den Mann, der es gewagt hatte, mir weh zu tun. Doch ehe er noch sprach, hatte ich ihn bereits erkannt. Es war mein Freund, der Sekretär mit der Narbe.

Der kurze Moment seiner Unaufmerksamkeit hatte dem Feind genügt. Rasch wie der Blitz war er aufgesprungen und raste das Deck hinunter. Mit einem Fluch rannte Rayburn ihm nach.

Wir liefen rund ums Deck zur Steuerbordseite. Dort, an der Tür zum Salon, lag eine zusammengesunkene Gestalt. Rayburn beugte sich über sie.

«Haben Sie ihm nochmals einen Schlag versetzt?» fragte ich atemlos.

«War nicht nötig», knurrte er grimmig. «Er lag ohnmächtig da – oder er spielt uns Theater vor. Das werden wir gleich haben.»

Rayburn strich ein Zündholz an, und gleichzeitig stießen wir beide einen Ausruf der Verblüffung aus. Der Mann war Guy Pagett.

Rayburn schien über diese Entdeckung völlig verwirrt.

«Pagett», murmelte er. «Guter Gott, Pagett!»

«Sie scheinen sehr erstaunt zu sein», bemerkte ich.

Er starrte mich mißtrauisch an.

«Natürlich. Sie etwa nicht? Was haben Sie überhaupt mit dieser Sache zu tun? Was wissen Sie davon?»

«Ich weiß recht viel, Mr. – Lucas!»

Er packte mich am Arm, und die Kraft seines Griffes ließ mich zusammenzucken.

«Woher kennen Sie diesen Namen?» fragte er heiser.

«Heißen Sie denn nicht so?» fragte ich sanft. «Oder soll ich Sie lieber ‹den Mann im braunen Anzug› nennen?»

Das traf ihn wie ein Schlag. Er ließ meinen Arm los und taumelte zurück.

«Sind Sie eine Frau oder eine Hexe?» stöhnte er.

«Ich bin ein guter Freund», sagte ich leise und trat ganz nahe

an ihn heran. «Einmal habe ich Ihnen bereits meine Hilfe angeboten — ich tue es nochmals. Wollen Sie sie annehmen?»
Die Wildheit seiner Antwort ließ mich zurückschrecken.
«Nein! Ich will weder mit Ihnen noch mit irgendeiner anderen Frau zu tun haben.»
Jetzt wurde ich wütend.
«Sie vergessen, scheint's, daß ich Sie in der Hand habe. Ein Wort von mir zum Kapitän . . .»
Mit einem raschen Schritt trat er auf mich zu und legte seine Hände um meine Kehle.
«So sagen Sie es doch. Bedenken Sie aber, wie sehr *ich Sie* im Augenblick in der Hand habe!»
Dann ließ er mich mit einem kurzen Lachen los.
«Wie heißen Sie?» fragte er unerwartet.
«Anne Beddingfield.»
«Haben Sie nie Angst, Anne Beddingfield?»
«O doch», sagte ich so kühl wie möglich. «Ich habe Angst vor Wespen, vor spöttelnden jungen Männern und Kakerlaken.»
Wieder lachte er kurz auf. Dann stieß er den bewußtlosen Pagett mit dem Fuße an.
«Was sollen wir mit diesem Bündel machen? Über Bord werfen?» fragte er leichthin.
«Wenn es Ihnen Vergnügen macht . . .», gab ich ebenso ruhig zurück.
«Ich bewundere Ihre blutdürstigen Instinkte, Anne Beddingfield. Doch wir überlassen ihn besser sich selbst; er ist nicht ernsthaft verwundet.»
«Ich sehe, Sie scheuen einen zweiten Mord», sagte ich.
«Einen zweiten Mord?» Er sah ehrlich überrascht aus.
«Denken Sie an die Frau in Marlow», erinnerte ich ihn und beobachtete genau die Wirkung meiner Worte.
Ein brütender Ausdruck überzog sein Gesicht. Er schien meine Gegenwart vergessen zu haben.
«Ich hätte sie umbringen können», murmelte er. «Manchmal glaube ich wirklich, daß ich sie töten wollte . . .»
Haß auf die Tote wallte in mir hoch. In diesem Moment hätte *ich* sie ermorden können. Er mußte sie einst geliebt haben — es konnte gar nicht anders sein!
«Auf Wiedersehen, Mr. Lucas!»
Wieder zuckte er bei dem Namen zusammen.
«Weshalb sagen Sie ‹auf Wiedersehen›?»

«Ich habe das Gefühl, daß wir uns noch öfters begegnen werden.»
«Nicht, wenn ich es vermeiden kann!»
Seine Worte klangen grob; aber ich lächelte nur und glitt in die Dunkelheit.

## 17

*Aus dem Tagebuch von*
*Sir Eustace Pedler*

Mount-Nelson-Hotel, Kapstadt.

Es bedeutete eine wahre Erlösung für mich, die *Kilmorden* verlassen zu können. Ständig hatte ich dort das Gefühl, von einem ganzen Netzwerk von Intrigen umgeben zu sein. Und um allem die Krone aufzusetzen, muß Guy Pagett sich in der letzten Nacht noch in einen Streit mit Trunkenbolden einlassen. Jedenfalls sieht es so aus, obgleich er es natürlich abstreitet. Er läuft mit einer Beule herum, so groß wie ein Hühnerei, und einem Auge, das in allen Regenbogenfarben schillert.
Er tat sehr geheimnisvoll und behauptete, sich diese Verletzungen in meinem Dienste zugezogen zu haben. Er sprach von «einem Mann, der sich sehr verdächtig aufgeführt» habe. Was für ein Unsinn!
«Wie ein Dieb schlich er herum, Sir, und das mitten in der Nacht!»
«Was hatten *Sie* denn draußen zu suchen? Warum lagen Sie nicht im Bett?» fragte ich gereizt.
«Ich habe Ihre Depeschen in Schlüsselschrift übertragen und Ihr Tagebuch abgetippt. Dann gedachte ich, noch etwas frische Luft zu schnappen. Der Mann glitt verstohlen durch den Korridor — von Ihrer Kabine her, Sir. Ich sah sofort, daß etwas nicht geheuer war, und folgte ihm.»
«Mein guter Pagett, warum sollte der Mann nicht auf Deck gehen, wenn er nicht schlafen konnte? Kein Wunder, daß er Sie niederschlug, wenn Sie den armen Teufel belästigt haben.»
Aber Pagett blieb unbelehrbar. Er behauptete steif und fest, daß der Unbekannte um meine Kabine herumgeschlichen sei oder aber sich mit Oberst Race habe treffen wollen. Auf die-

sem Korridor waren nur unsere beiden Kabinen belegt. Schließlich gestand er zögernd, der Überzeugung zu sein, daß sein Angreifer Rayburn gewesen war.
Die ganze Sache ist in der Tat seltsam. Es stimmt, daß wir Rayburn seit der Landung nicht mehr zu Gesicht bekommen haben. Im Hotel ist er nicht aufgetaucht. Aber ich werde niemals glauben, daß er vor Pagett ausgerückt ist. – Für mich ist das alles sehr ärgerlich. Da habe ich nun zwei Sekretäre, aber der eine hat sich verflüchtigt, und der andere sieht aus wie ein geschlagener Preisboxer. Ich kann mich unmöglich mit Pagett zeigen, sonst werde ich die Zielscheibe des Spottes für ganz Kapstadt. Heute nachmittag habe ich eine Verabredung, um das *billet doux* des alten Milray abzuliefern, aber ich kann Pagett in seinem jetzigen Zustand nicht mitnehmen. Der Teufel hole den Burschen und seine Schnüffelei.
Ich bin überhaupt schlechter Laune. Das Frühstück war widerlich, die Gesellschaft ebenso; die dicke Kellnerin ließ mich eine halbe Stunde auf meinen Fisch warten, und dann war dieser kaum genießbar.

Später am Tage.

Etwas sehr Ernsthaftes hat sich zugetragen. Ich bin zu meiner Verabredung mit dem Premierminister gegangen und habe ihm den versiegelten Brief ausgehändigt. Von außen sah der Umschlag ganz unversehrt aus – innen aber lag ein leeres Blatt Papier!
Das bringt mich natürlich in eine scheußliche Lage. Der Teufel muß mich geritten haben, daß ich mich überhaupt auf diese Sache einließ.
Pagett macht mich verrückt mit seinen trostreichen Sprüchen. Dabei zeigt er eine gewisse düstere Befriedigung, die ausdrükken will: Sehen Sie, ich habe es ja immer gesagt!
«Es wäre doch denkbar, Sir Eustace, daß Rayburn damals einen Teil Ihres Gespräches mit Mr. Milray gehört hat. Und vergessen Sie nicht: er hat Ihnen keine schriftliche Beglaubigung vorgewiesen, Sie haben einfach seinen Behauptungen geglaubt.»
«Demnach halten Sie also Rayburn für einen Schwindler?» fragte ich langsam.
Pagett war überzeugt davon und braute einen ganz klaren Fall gegen Rayburn zusammen. Ich hätte es vorgezogen, die Angelegenheit nicht weiter zu verfolgen. Doch er unternahm na-

türlich alle möglichen Maßnahmen. Er raste zur Polizei, er schickte unzählige Telegramme in die Welt hinaus und mobilisierte eine ganze Armee englischer und holländischer Beamter.
Die Antwort von Milray traf heute abend ein. Er wußte gar nichts von meinem verschwundenen Sekretär!

Noch später.

Pagett ist in seinem Element und sprüht wahre Geistesblitze. Jetzt ist ihm eingefallen, daß Rayburn der gesuchte «Mann im braunen Anzug» sein muß. Wahrscheinlich hat er damit recht – wie immer. Die ganze Sache ist äußerst peinlich für mich. Je rascher ich nach Rhodesien komme, desto besser. Ich habe Pagett bereits auseinandergesetzt, daß ich ohne ihn fahren werde.
«Sehen Sie, mein Lieber», habe ich ihm erklärt, «es ist wichtig, daß Sie hier an Ort und Stelle bleiben. Wahrscheinlich wird man diesen Rayburn bald fassen, und dann müssen Sie ihn identifizieren. Außerdem habe ich meine Würde als englisches Parlamentsmitglied zu wahren. Ich kann mich nicht mit einem Sekretär sehen lassen, der so deutliche Spuren einer ordinären Prügelei aufweist.»
Daran schluckte er schwer. Dann sagte er:
«Ihr Privatwagen wird morgen, Mittwoch, an den Zug angehängt, der um elf Uhr abgeht. Ich habe alle Vorbereitungen getroffen. Wird Mrs. Blair eine Zofe mitnehmen?»
«Mrs. Blair?» fragte ich erstaunt.
«Sie behauptet, von Ihnen eingeladen worden zu sein.»
Jetzt erinnerte ich mich: das war damals auf dem Kostümball. Aber natürlich hatte ich nie damit gerechnet, daß sie die Aufforderung annehmen würde.
«Habe ich sonst noch jemanden eingeladen?» fragte ich nervös.
«Mrs. Blair ist der Meinung, daß Sie auch Oberst Race zum Mitfahren aufgefordert haben.»
Ich stöhnte.
«Da muß ich wohl betrunken gewesen sein! Lassen Sie sich das als Warnung dienen, Pagett.»
«Ich bin Abstinenzler, Sir Eustace.»
«Um so besser für Sie. – Und sonst habe ich niemanden eingeladen?»

«Meines Wissens nicht, Sir.»
Ich seufzte erleichtert. «Da ist aber noch Miss Beddingfield», sagte ich überlegend. «Soviel ich weiß, möchte sie nach Rhodesien, um alte Knochen auszugraben. Eigentlich könnte ich sie für die Dauer der Reise als Sekretärin engagieren.»
Zu meinem Erstaunen lehnte sich Pagett heftig gegen diesen Vorschlag auf. Seit dem gestrigen Abend scheint er eine tiefe Abneigung gegen Anne Beddingfield zu haben.
Um ihn zu ärgern, werde ich das Mädchen fragen, ob es mitkommen will.

## 18

### *Annes Berichterstattung*

Die *Kilmorden* dampfte direkt auf die Tafelbucht zu. Weiße Schäfchenwolken hingen über dem Berg, und dicht an den Abhängen bis hinunter zum Meer dehnte sich die schlafende Stadt, die in der goldenen Frühsonne glitzerte.
Ich hielt den Atem an. «Dies also ist Südafrika», flüsterte ich vor mich hin.
Plötzlich merkte ich, daß ich nicht allein stand. Ein Mann lehnte an der Reling, genauso vertieft wie ich. Er brauchte nicht den Kopf zu wenden, damit ich ihn erkannte. In der friedlichen Morgensonne erschien mir das gestrige Erlebnis unwirklich und melodramatisch. Was mußte er von mir denken?
Entschlossen starrte ich wieder zum Berg hinüber. Wenn Rayburn hierhergekommen war, um allein zu sein – ich wollte ihn nicht daran hindern.
Doch zu meinem großen Erstaunen hörte ich seine Stimme freundlich und ruhig.
«Miss Beddingfield.»
«Ja?» Ich drehte mich um.
«Ich muß mich bei Ihnen entschuldigen. Letzte Nacht habe ich mich wie ein Flegel benommen. Können Sie mir verzeihen?»
Wortlos hielt ich ihm meine Hand hin, und er preßte sie fest.
«Ich möchte Ihnen noch etwas sagen», fuhr er mit tiefem Ernst fort. «Miss Beddingfield, Sie wissen wahrscheinlich nicht, daß Sie sich in eine sehr gefährliche Geschichte eingelassen haben.»

«Das habe ich vermutet», bemerkte ich.
«Ich möchte Sie warnen! Lassen Sie die Hände davon; die Sache hat ja nichts mit Ihnen persönlich zu tun, und Ihre Neugier könnte Sie in des Teufels Küche führen. — Diese Leute kennen kein Erbarmen. Schon jetzt schweben Sie in großer Gefahr — denken Sie nur an gestern nacht. Man vermutet, daß Sie etwas wissen. Ihre einzige Rettung ist, sich dumm zu stellen. Aber seien Sie immer auf der Hut! Und wenn Sie jemals trotzdem in ihre Hände fallen sollten, dann versuchen Sie keine Ausreden — sagen Sie einfach die volle Wahrheit. Nur das kann Sie retten.»
«Und was wird aus Ihnen?» fragte ich.
«Wenn es mir gelingt, an Land zu kommen, bin ich in Sicherheit; doch — *wird* es mir gelingen?»
«Was soll das heißen?» rief ich entsetzt.
«Ich befürchte, Sie sind nicht der einzige Mensch an Bord, der weiß, daß ich der ‹Mann im braunen Anzug› bin. Es gibt jemanden auf dem Schiff, der von Anfang an Bescheid wußte. Wenn er spricht, bin ich verloren. Doch ich hege die leise Hoffnung, daß er es vorzieht, zu schweigen.»
«Weshalb?»
«Weil er ein Mann ist, der gern auf eigene Faust arbeitet. Falle ich in die Hände der Polizei, bin ich nutzlos für ihn geworden. Frei muß ich sein! — Nun, in einer Stunde werden wir es wissen.»
Er lachte spöttisch, doch ich sah, wie sich sein Gesicht verhärtete.
«Auf jeden Fall», bemerkte er leichthin, «werden wir uns kaum jemals wiedersehen.»
«Nein», sagte ich langsam, «vermutlich nicht.»
«Also — leben Sie wohl.»
«Leben Sie wohl.»
Er preßte meine Hand, und einen Augenblick brannten seine hellen Augen in den meinen. Dann wandte er sich hastig um und ging davon. Seine Schritte hallten über das Deck. Ich wußte, daß ich diesen Klang niemals vergessen würde.

Die nächsten zwei Stunden waren unerträglich. Erst als wir endlich an der Landungsbrücke standen und alle Zoll- und Paßformalitäten hinter uns hatten, wagte ich langsam aufzuatmen. Es hatte keine Verhaftung stattgefunden!

Zum Lunch war Suzanne mit Freunden verabredet. So blieb ich mir selber überlassen und schlenderte ein wenig durch die Stadt. Schließlich kaufte ich ein Körbchen voll Pfirsiche und kehrte gemächlich zum Hotel zurück.
Zu meinem Erstaunen fand ich dort eine Mitteilung vom Kurator des Museums vor, der von meiner Ankunft auf der *Kilmorden* gehört hatte. Man hatte mich als Tochter des verstorbenen Professors Beddingfield gemeldet. Wie ich aus dem Brief erfuhr, hatte der Kurator meinen Vater flüchtig gekannt und war ein großer Bewunderer von ihm. Er schrieb, daß er und seine Gattin sich herzlich freuen würden, wenn ich am Nachmittag zum Tee kommen wollte.
So machte ich mich also nach dem Lunch auf den Weg; die Fahrt dauerte nur eine halbe Stunde und war überwältigend schön. Ich hatte gar nicht gewußt, daß Kapstadt auf einer Halbinsel liegt, und war daher sehr überrascht, das Meer auf der anderen Seite plötzlich wiederzuentdecken. Nach einigen Schwierigkeiten fand ich die Villa Madgee. Ich klingelte. Ein lächelnder Kaffernboy öffnete mir die Tür.
«Ist Mrs. Raffini da?» fragte ich.
Er grinste, geleitete mich durch einen Korridor und hielt einladend eine Tür auf. Auf der Schwelle zögerte ich – plötzlich hatte ich das Gefühl einer nahenden Gefahr. Doch ich trat ein, und die Tür flog hinter mir zu.
Ein Mann erhob sich aus einem Sessel und kam mit ausgestreckten Händen auf mich zu.
«Ich freue mich sehr, daß Sie uns besuchen, Miss Beddingfield», sagte er.
Er war groß und hatte einen flammendroten Bart; damit sah er aus wie ein Holländer – aber keineswegs wie der Kurator eines Museums. Wie der Blitz durchzuckte mich die Gewißheit, daß ich eine Dummheit begangen hatte.
Ich befand mich in der Gewalt des Feindes.

## 19

Alles, was mir Rayburn am Morgen gesagt hatte, schoß mir durch den Kopf. «Sagen Sie die Wahrheit», hatte er gedrängt. Schön, das konnte ich tun, aber würde mir das helfen? Würde man meiner Geschichte überhaupt Glauben schenken? Diese spontane Reise in einen fremden Erdteil, geleitet einzig von einem lächerlichen Fetzen Papier, der nach Mottenkugeln roch! In diesem Moment verwünschte ich meine Abenteuerlust und sehnte mich nach der friedlichen Langeweile meines Dorfes zurück.

Instinktiv trat ich einen Schritt zurück, um nach dem Türgriff zu tasten. Mein Gegner grinste höhnisch.

«Hier sind Sie – und hier bleiben Sie!»

Ich bemühte mich um eine ruhige Stimme.

«Der Kurator des Museums von Kapstadt hat mich eingeladen. Falls da ein Irrtum vorliegt ...»

«Ein Irrtum? O ja, ein sehr großer Irrtum, mein Kind!»

«Was haben Sie für ein Recht, mich hier zurückzuhalten? Ich werde mich an die Polizei wenden ...»

«Oh, tatsächlich?»

«Meine Freunde wissen genau, wo ich hingegangen bin, und wenn ich nicht rechtzeitig zurückkehre, wird man mich hier suchen.»

«Was Sie nicht sagen! Ihre Freunde wissen also, wo Sie sind? Welche Freunde denn, wenn ich bitten darf?»

Ich überlegte hastig. Durfte ich es wagen, Sir Eustace zu erwähnen? Er war ein wohlbekannter Mann, und sein Name hatte Gewicht. Wenn die Leute aber mit Pagett in Verbindung standen, müßten sie meine Lüge erkennen. Nein, ich konnte es nicht riskieren.

«Zum Beispiel Mrs. Blair, mit der ich im Hotel wohne», erklärte ich leichthin.

«Das glaube ich Ihnen nicht», meinte mein Gegner. «Sie haben Mrs. Blair seit elf Uhr vormittags nicht mehr gesehen. Und mein Briefchen haben Sie erst kurz vor dem Lunch erhalten.»

Seine Worte bewiesen, wie genau man jeden meiner Schritte beobachtet hatte. Aber ich war nicht gewillt, den Kampf so rasch aufzugeben.

«Sie sind nicht ganz so schlau, wie Sie glauben», bemerkte ich spöttisch. «Haben Sie noch nie von der sehr nützlichen Einrichtung des Telefons gehört? Mrs. Blair rief mich nach dem Lunch in meinem Zimmer an, und natürlich habe ich bei dieser Gelegenheit gesagt, wo ich hingehe.»

Zu meiner großen Erleichterung sah ich, daß ein Schatten der Unsicherheit über sein Gesicht flog.

«Genug geschwatzt!» sagte er barsch und erhob sich. «Sie kommen jetzt an einen Ort, wo Sie kein Unheil anrichten können, falls Ihre Freunde Sie hier suchen sollten.»

Mir lief es kalt über den Rücken; doch seine nächsten Worte beruhigten mich.

«Morgen werden Sie ein paar Fragen zu beantworten haben, junge Dame – und dann wird es sich zeigen, was mit Ihnen geschieht. Ich kann Ihnen versichern, daß wir mehr als ein Mittel wissen, um kleine Närrinnen zum Sprechen zu bringen.»

Das klang nicht ermutigend, aber es war wenigstens ein Aufschub. Offensichtlich war der Mann nur ein Untergebener, der die Befehle seines Meisters abwarten mußte. Konnte dieser Meister etwa Pagett sein?

Er klatschte in die Hände, und zwei Kaffern erschienen. Trotz meines heftigen Sträubens schleppten sie mich die Treppe empor und in ein Dachzimmer. Dort knebelten sie mich und banden mir Hände und Füße zusammen. Der Holländer machte eine höhnische Verbeugung und schloß die Tür hinter sich.

Ich war vollkommen hilflos. Wie ich mich auch wand und drehte, meine Fesseln lockerten sich nicht im geringsten, und der Knebel erstickte jeden Schrei. Unten hörte ich eine Tür zuklappen. Anscheinend verließ der Holländer das Haus. Wieder und wieder zerrte ich an meinen Fesseln. Schließlich muß ich in Ohnmacht gefallen sein.

Als ich wieder erwachte, schmerzten mich sämtliche Glieder. Es war dunkel geworden, nur der Mond sandte seinen blassen Schein durch die hohe Dachluke. Der Knebel erstickte mich fast, der Schmerz und die Verkrampfung waren kaum zu ertragen.

Da fiel mein Blick auf etwas Glitzerndes: ein Glasscherben, in dem sich das Mondlicht verfangen hatte! Er brachte mich auf einen Gedanken.

Meine Arme und Beine waren zwar hilflos, aber ich konnte mich doch wenigstens rollen. Unendlich langsam gelangte ich an mein Ziel; meine Hände konnten den Glasscherben berühren. Mit vieler Mühe gelang es mir, ihn so gegen die Wand zu stellen, daß ich meine Fesseln daran reiben konnte, bis sich die Knoten an meinen Handgelenken lösten; die Fesseln fielen – meine Hände waren frei!

Jetzt war es leicht, auch die Füße zu befreien. Einige Zeit dauerte es, bis ich die Kraft hatte, mich aufzurichten. Ich wartete noch eine Weile, dann tappte ich leise zur Tür. Zu meinem

Glück war sie nicht verriegelt, sondern nur zugeklinkt. Sachte öffnete ich und spähte vorsichtig hinaus.

Alles war still. Der Mond wies mir den Weg. Langsam, geräuschlos tastete ich mich die Treppe hinunter. Immer noch ließ sich kein Laut vernehmen. Doch als ich auf dem unteren Vorplatz anlangte, hörte ich deutlich ein leises Murmeln. Zu Tode erschrocken, blieb ich stehen. Eine Uhr an der Wand zeigte mir, daß Mitternacht vorbei war.
Durfte ich es wagen, mich den Stimmen zu nähern? Die Neugier verzehrte mich. Doch als ich mich umwandte, sah ich den Kaffernboy in der Eingangstür sitzen. Er hatte mich noch nicht bemerkt, und bald entdeckte ich, daß er tief und friedlich schlief.
Die Stimmen drangen aus dem Raum, in den man mich zuerst geführt hatte. Die eine war die des Holländers, die andere erkannte ich im Moment nicht.
Schließlich entschied ich, daß es meine Pflicht sei, alles zu hören, was hier gesprochen wurde. Hoffentlich wachte der junge Kaffer nicht auf. Lautlos durchquerte ich die Halle. Die Stimmen wurden lauter, blieben aber immer noch unverständlich.
Ich legte mein Auge ans Schlüsselloch. Richtig: der eine Sprecher war mein Holländer. Der andere Mann aber saß außerhalb meines engen Gesichtskreises.
Plötzlich stand er auf, um sich ein Glas vom Tisch zu holen. Sein schwarzbekleideter, breiter Rücken wurde sichtbar. Noch ehe er sich umdrehte, erkannte ich ihn.
Mr. Chichester!
Jetzt wurden auch die Worte deutlicher.
«Es ist auf jeden Fall gefährlich. Wenn nun wirklich ihre Freunde nach ihr suchen?»
Das war die Stimme des Holländers. Chichester antwortete; er hatte seinen salbungsvollen Ton völlig fallengelassen. Kein Wunder, daß ich ihn zuerst nicht erkannt hatte.
«Das war bloß ein Schreckschuß; kein Mensch ahnt, wo sie steckt.»
«Sie sprach aber sehr entschieden.»
«Das glaube ich; ein entschlossenes kleines Ding. Ich bin der Sache genau nachgegangen: wir haben nicht das geringste zu befürchten. Und die Befehle des ‹Oberst› müssen befolgt werden. Sie werden sich doch nicht dagegen auflehnen wollen?»

Der Holländer stieß einen erschrockenen Ausruf aus.
«Es wäre doch viel einfacher, ihr den Schädel einzuschlagen», brummte er. «Das Boot liegt bereit, man könnte sie hinausfahren und in die See werfen.»
«Ja», meinte Chichester nachdenklich, «das würde ich auch am liebsten tun. Eines ist sicher sie weiß zuviel. Aber der ‹Oberst› geht ja immer seine eigenen Wege. Er will irgendwelche – Auskünfte von ihr haben.»
Die Pause vor dem Wort «Auskünfte» war deutlich. Auch dem Holländer fiel sie auf.
«Auskünfte?» fragte er.
«Etwas Derartiges.»
*Diamanten,* sagte ich mir.
«Und jetzt», fuhr Chichester fort, «geben Sie mir die Listen.»
Das Gespräch wurde völlig unverständlich für mich. Es schien sich um große Mengen von Gemüsen zu drehen. Daten wurden genannt, Preise und verschiedene Plätze, die mir unbekannt waren. Fast eine halbe Stunde dauerte diese Unterhaltung.
«Gut», sagte Chichester, und ich vernahm das Rücken eines Stuhles. «Diese nehme ich mit, um sie dem ‹Oberst› auszuhändigen.»
«Wann fahren Sie ab?»
«Morgen um zehn Uhr; das ist früh genug.»
«Wollen Sie das Mädchen noch sehen?»
«Nein. Der Befehl ist klar, daß niemand sie sehen soll, ehe der ‹Oberst› selbst kommt. Es ist doch alles in Ordnung mit ihr?»
«Ich habe einen Blick ins Dachzimmer geworfen, ehe ich zum Essen kam. Sie schlief tief und fest. Wie steht es mit einer Mahlzeit für sie?»
«Ein wenig fasten wird ihr nur guttun. Der ‹Oberst› kommt irgendwann morgen, und sie wird eher bereit sein, Fragen zu beantworten, wenn sie hungrig ist. Bis dahin soll niemand zu ihr hineingehen. Sie ist hoffentlich gut gefesselt?»
Der Holländer lachte. «Was halten Sie denn von mir?»
Wieder erklang Stuhlrücken und Schritte näherten sich. Ich flog hastig die Treppe empor, und kaum war ich oben, öffnete sich die Tür. Gleichzeitig bewegte sich der Kaffer und erwachte. An eine Flucht durch den Haupteingang war nicht mehr zu denken. Ich kroch wieder in meine Dachkammer und kauerte mich am Boden zusammen.

Ich durchwachte die ganze Nacht. Als ich mich am nächsten Morgen zum drittenmal auf den Vorplatz schlich und die Treppe hinabspähte, war die Halle leer. Wie ein Pfeil durchflog ich sie, klinkte die Tür auf und stand draußen im hellen Sonnenlicht. Wie gejagt rannte ich die Auffahrt hinab.
Dann aber verlangsamte ich meinen Schritt. Leute begegneten mir, die mich neugierig anstarrten. Kein Wunder! Meine Kleider müssen zerrissen gewesen sein, mein Gesicht von Schmutz bedeckt.
Schließlich gelangte ich zu einer Garage und ging hinein.
«Ich habe einen Unfall gehabt», erklärte ich. «Können Sie mich sofort nach Kapstadt fahren?»
Kurz darauf rasten wir in Richtung Hafen. Ich mußte unbedingt in Erfahrung bringen, ob Chichester mit der *Kilmorden* abfuhr. Ob ich selbst mitfahren sollte oder nicht, das war mir noch unklar. Eigentlich hielt ich es für das richtigste. Chichester war der Mann, dem ich folgen mußte — der Mann, der im Auftrag des geheimnisvollen ‹Oberst› in den Besitz der Diamanten gelangen wollte.
Doch meine Pläne wurden zunichte. Als ich bei der Landungsbrücke ankam, dampfte die *Kilmorden* bereits der offenen See entgegen. Und ich hatte keine Ahnung, ob Chichester auf dem Schiff war oder nicht!

## 20

Ich fuhr zum Hotel, rannte die Treppe empor und klopfte an Suzannes Tür. Als sie mich erkannte, fiel sie mir um den Hals.
«Anne, liebste Anne, wo hast du gesteckt? Ich war zu Tode erschrocken, als du nicht ins Hotel zurückkehrtest. Was hast du angestellt?»
Hastig erzählte ich ihr die ganze Geschichte.
«Und was sollen wir jetzt tun?» fragte sie.
«Ich weiß nicht recht», sagte ich nachdenklich. «Du fährst natürlich nach Rhodesien, um ein Auge auf Pagett zu haben ...»
«Und du?»
Das war eben die Schwierigkeit. Befand sich Chichester auf der *Kilmorden* oder nicht? Stand er im Begriff, seinen ursprünglichen Plan auszuführen und nach Durban zu fahren? In diesem

Fall konnte ich ihm mit der Eisenbahn folgen. Andererseits war es natürlich denkbar, daß ihm mein Entkommen telegrafisch mitgeteilt wurde, ebenso die Meldung, ich sei unterwegs nach Durban. Nichts leichter für ihn, als das Schiff bereits in Port Elizabeth oder in East London zu verlassen und so seine Spur gänzlich zu verwischen.
Das Problem war verwirrend.
«Auf jeden Fall könnten wir uns nach den Zügen nach Durban erkundigen», meinte ich.
Am Schalter erfuhr ich, daß der einzige Zug nach Durban um 20.15 Uhr abfuhr. So hatte ich Zeit genug, meine Entscheidung hinauszuschieben, und leistete Suzanne bei einem verspäteten Frühstück Gesellschaft.
«Bist du sicher, daß du diesen Chichester in jeder Verkleidung erkennen würdest?» fragte sie.
Ich schüttelte zweifelnd den Kopf.
«Als ‹Stewardeß› habe ich ihn jedenfalls nicht erkannt, und ohne deine Zeichnung wäre ich nie darauf gekommen, daß er es sein könnte.»
«Dieser Mann ist ganz bestimmt ein Berufsschauspieler», sagte Suzanne. «In Durban könnte er als Matrose oder als alte Dame von Bord gehen, und du würdest nicht einmal daran denken, ihm zu folgen.»
In diesem Augenblick gesellte sich Oberst Race zu uns.
«Was macht Sir Eustace?» fragte Suzanne. «Ich habe ihn den ganzen Morgen nicht gesehen.»
Ein seltsamer Ausdruck überflog sein Gesicht.
«Er hat einige persönliche Schwierigkeiten, die ihn sehr beschäftigen.»
«Erzählen Sie!»
«Es sieht so aus, als ob der berüchtigte ‹Mann im braunen Anzug› die Reise auf der *Kilmorden* mitgemacht hätte.»
«*Was?*»
Ich fühlte, wie mir alles Blut ins Gesicht schoß. Glücklicherweise blickte mich Oberst Race nicht an.
«Es scheint Tatsache zu sein. Jeder englische Hafen hielt Ausschau nach ihm – aber er brachte es fertig, Pedler so einzuwickeln, daß er ihn als Sekretär mitnahm.»
«Doch nicht Mr. Pagett?»
«O nein, nicht Pagett, sondern dieser andere Bursche – Rayburn nannte er sich.»

«Hat man ihn verhaftet?» fragte Suzanne. Unter dem Tisch drückte sie beruhigend meine Hand. Ich wartete atemlos auf die Antwort.
«Nein. Es sieht aus, als hätte er sich in Luft aufgelöst.»
«Wie verhält sich Sir Eustace?»
«Er scheint es als persönliche Beleidigung aufzufassen, die ihm das Schicksal zugedacht hat.»

Später ergab sich die Gelegenheit, Sir Eustaces eigene Ansicht über diese Sache zu hören. Er lud Suzanne und mich zum Tee auf seinem Zimmer ein.
Der arme Mann befand sich in einem bemitleidenswerten Zustand. Suzannes offensichtliches Mitgefühl brachte ihn dazu, seine ganzen Sorgen auszupacken.
«Erst hat eine völlig fremde Frau die Unverschämtheit, sich ausgerechnet in meinem Haus ermorden zu lassen — natürlich nur, um mir Schwierigkeiten zu bereiten. Was habe ich dieser Frau getan, daß sie sich unter allen Häusern in England gerade Marlow aussucht, um sich umbringen zu lassen?»
Suzanne murmelte etwas Teilnehmendes, und Sir Eustace fuhr fort, noch bekümmerter als zuvor:
«Und nicht genug damit, wagt es der Mörder auch noch, sich bei mir als Sekretär einzuschleichen. Ich bitte Sie: als mein Sekretär! Kein Mensch soll mir mehr von Sekretären reden, ich habe die Nase voll davon. Entweder sind es Mörder — oder betrunkene Krakeeler. Haben Sie Pagetts Auge gesehen? Ich kann mich doch nicht mit einem solchen Sekretär zeigen! Nein, danke, ich will nichts mehr von einem Sekretär wissen — höchstens eine Sekretärin, ein nettes Mädchen, das mir die Hand hält, wenn ich verstimmt bin. Wie wäre es mit Ihnen, Miss Anne, würden Sie die Stelle annehmen?»
«Wie oft müßte ich Ihre Hand halten?» lachte ich.
«Am liebsten den ganzen Tag», entgegnete er galant.
«Auf diese Weise käme ich wohl wenig zum Tippen», hielt ich ihm vor.
«Das ist völlig nebensächlich. Diese ganze Arbeiterei entspringt nur Pagetts Kopf; der arbeitet mich zu Tode. Ich bin glücklich, wenn ich ihn in Kapstadt zurücklassen kann.»
«Bleibt er denn hier?»
«Ja. Es wird ihm Vergnügen machen, hinter Rayburn herzujagen. Das entspricht seiner Natur; er liebt solche Schnüffeleien.

Aber mein Vorschlag ist ernst gemeint, Miss Anne. Wollen Sie nicht mitkommen? Mrs. Blair wäre Ihre Beschützerin, und von Zeit zu Zeit könnten Sie nach alten Knochen graben.»
«Danke bestens, Sir Eustace», sagte ich vorsichtig, «aber ich fahre wahrscheinlich heute abend nach Durban.»
Sir Eustace blickte mich an und seufzte tief; dann öffnete er die Tür zum Nebenzimmer und rief nach Pagett.
«Treiben Sie eine Sekretärin auf, die mich nach Rhodesien begleitet. Sie muß sanfte Augen haben und bereit sein, mir die Hände zu halten. – Pagett ist ein boshafter Kerl. Ich wette, daß er die häßlichste, plattnasigste Kreatur auftreibt, nur um mich zu ärgern. Übrigens habe ich ganz vergessen, ihm zu sagen, daß sie auch hübsche Beine haben muß.»

Wieder in Suzannes Zimmer, rief ich erregt: «Jetzt heißt es Pläne schmieden – und zwar rasch. Pagett bleibt in Kapstadt zurück, hast du gehört?»
«Ja, leider. Das bedeutet, daß ich auch hier bleiben muß, und das paßt mir gar nicht. Ich *möchte* doch nach Rhodesien.»
«Du mußt natürlich trotzdem fahren», sagte ich. «Du kannst nicht im letzten Moment alles rückgängig machen, ohne Verdacht zu erregen. Außerdem ist es leicht möglich, daß Pagett plötzlich den Befehl erhält, mitzufahren. Wie willst du dann Sir Eustace deinen nochmals geänderten Entschluß begreiflich machen? Außerdem vereinfacht es alles, wenn du bereits dort bist, falls Pagett später nachkommt. Und schließlich dürfen wir auch Sir Eustace und Oberst Race nicht ganz außer Betracht lassen.»
«Aber, Anne, du kannst doch nicht im Ernst diese beiden verdächtigen?»
«Ich verdächtige jedermann», gab ich dunkel zurück. «Und wenn du jemals Detektivgeschichten gelesen hast, Suzanne, dann weißt du auch, daß immer die harmloseste Person der Verbrecher ist. Schon viele Mörder waren dicke, gemütliche Herren wie Sir Eustace.»
«Gut, gut! Ich werde ihn also im Auge behalten, und wenn er noch dicker wird und noch gemütlicher, dann sende ich dir ein Telegramm: ‹Sir E. quillt höchst verdächtig auf, komm umgehend›.»
«Suzanne, du scheinst die ganze Sache als ein lustiges Spiel zu betrachten!»

«Ich weiß, Anne», sagte sie ungerührt. «Aber das ist einzig deine Schuld. Du hast dieses Gefühl des Abenteuerlichen in mir geweckt, und das alles scheint so unwirklich. Aber ich verspreche dir, ernsthaft zu sein.»
«Schön, du wirst also Sir Eustace und Oberst Race beobachten, während ich hier Pagett auf den Fersen bleibe. Ich werde mit meinem ganzen Gepäck heute abend das Hotel verlassen und so tun, als ob ich den Zug nach Durban nähme. In Wirklichkeit aber ziehe ich in ein kleines Hotel, wo ich meine Erscheinung leicht verändere – vielleicht ein falscher blonder Schopf und einen dieser dicken Spitzenschleier, das dürfte genügen. Ich kann ihm viel leichter folgen, wenn er annimmt, daß ich abgereist bin.»

Das Abendessen nahmen wir zusammen im Restaurant ein. Oberst Race erschien nicht, doch Sir Eustace und Pagett saßen an ihrem Tisch am Fenster. Mitten in der Mahlzeit stand Pagett auf und ging hinaus. Das war sehr ärgerlich, denn ich hatte beabsichtigt, mich von ihm zu verabschieden. Immerhin war ja noch Sir Eustace da, und das würde genügen. Nach dem Essen ging ich zu ihm hinüber.
«Leben Sie wohl, Sir Eustace», sagte ich. «Ich fahre heute abend nach Durban.»
«Besteht gar keine Aussicht, daß Sie Ihren Entschluß doch noch ändern?»
«Gar keine, Sir Eustace.» Er seufzte.
«Stellen Sie sich vor, Pagett hat eine Sekretärin für mich ausfindig gemacht, ein fürchterliches Wesen. Schon ziemlich angejahrt, mit Zwicker und Schuhnummer fünfundvierzig – die verkörperte Tüchtigkeit. Übrigens – Pagett fährt in wenigen Minuten mit unserem Mietwagen in die Stadt, er kann Sie zum Bahnhof mitnehmen.»
«O nein, danke», sagte ich hastig, «Mrs. Blair und ich haben bereits ein Taxi bestellt.»
Er drückte mir herzlich die Hand. Suzanne wartete in der Halle bereits auf mich. Ich bedeutete dem Türboy, ein Taxi anzurufen, als eine Stimme hinter mir mich erstarren ließ.
«Entschuldigen Sie, Miss Beddingfield. Ich fahre eben zur Stadt und kann Mrs. Blair und Sie zum Bahnhof mitnehmen.»
«Oh, besten Dank», flüsterte ich atemlos. «Aber Sie brauchen sich nicht zu bemühen. Ich . . .»

«Gar keine Mühe für mich. – Bringen Sie das Gepäck zum Wagen, Portier!»
Ich mußte nachgeben. Natürlich hätte ich noch weiter protestieren können, doch das hätte nur Verdacht erweckt. Suzanne warf mir einen warnenden Blick zu.
«Danke, Mr. Pagett», sagte ich daher kalt. Während wir zum Bahnhof brausten, zerbrach ich mir den Kopf, um einen Ausweg zu finden. Schließlich brach Pagett das Schweigen.
«Ich habe eine sehr tüchtige Sekretärin für Sir Eustace aufgetrieben», bemerkte er, «eine Miss Pettigrew.»
«Er schien vorhin nicht gerade glücklich darüber», war meine Antwort.
Pagett warf mir einen schiefen Blick zu. «Sie ist eine perfekte Stenotypistin.»
Vor dem Bahnhof streckte ich ihm meine Hand hin – aber nein, er bestand darauf, mein Gepäck zum Wagen zu tragen. Ich stand hilflos da und wagte Suzanne nicht anzuschauen. Pagett hatte also bereits Verdacht gefaßt und wollte sicher sein, daß ich wirklich wegfuhr. Ich sah mich bereits im Zug aus dem Bahnhof rollen, während mir Pagett nachwinkte. Mein Gepäck wurde unter seiner Aufsicht in ein Schlafabteil verstaut. In drei Minuten sollte der Zug abfahren.
Aber Pagett hatte nicht mit Suzanne gerechnet.
«Die Fahrt wird entsetzlich heiß werden, Anne», sagte sie plötzlich, «du hast doch hoffentlich Kölnischwasser bei dir?»
Ich verstand den Wink.
«Du liebe Zeit!» rief ich scheinbar erschrocken. «Ich habe mein Kölnisch im Hotelzimmer liegengelassen!»
Suzanne war zu befehlen gewohnt; gebieterisch wandte sie sich an Pagett:
«Oh, Mr. Pagett, rasch! Sie können es eben noch schaffen. Gegenüber dem Bahnhof ist eine Apotheke. Anne muß unbedingt etwas Kölnischwasser haben!»
Er zögerte, doch Suzannes Blick ließ ihn gehorchen. Er eilte davon. Sie verfolgte ihn mit den Augen, bis er verschwunden war.
«Rasch, Anne! Steig auf der anderen Seite aus – für den Fall, daß er am Ende des Bahnsteigs stehenbleibt und uns beobachtet. Kümmere dich nicht um dein Gepäck; das kannst du morgen telegrafisch zurückbeordern. Oh, wenn nur der Zug rechtzeitig abfährt!»
Ich öffnete die Tür auf der Gegenseite des Abteils und klet-

terte hinaus. Ein Pfiff ertönte, und langsam setzte sich der Zug in Bewegung. Jetzt hörte ich eilige Schritte auf dem Bahnsteig. Ich zog mich in den Schatten eines Zeitungsstandes zurück und beobachtete, was nun geschah.
Suzanne hatte dem verschwindenden Zug mit ihrem kleinen Taschentuch nachgewinkt.
«Zu spät, Mr. Pagett», sagte sie liebenswürdig. «Sie ist schon fort, leider!»
Miteinander gingen sie aus dem Bahnhof. Ich wartete noch ein paar Minuten, ehe ich ebenfalls den Bahnhof verließ. Beim Ausgang prallte ich beinahe mit einem kleinen Mann zusammen, einem unfreundlich blickenden Menschen mit einer Nase, die viel zu groß für sein Gesicht war.

## 21

Die weitere Ausführung meiner Pläne bot keine Schwierigkeiten mehr. Ich fand ein kleines Hotel in einer Seitenstraße, ließ mir ein Zimmer anweisen und ging friedlich zu Bett.
Am folgenden Morgen war ich schon frühzeitig in der Stadt und besorgte mir ein paar notwendige Kleidungsstücke, da meine Koffer ja unterwegs nach Durban waren. Vor elf Uhr, ehe Sir Eustace mit der ganzen Gesellschaft unterwegs nach Rhodesien war, würde Pagett gewiß nichts unternehmen. Daher bestieg ich einen Vorortszug und machte einen ausgedehnten Landspaziergang.
Das Schicksal hängt oft an einem Faden. Mein Schnürsenkel löste sich, und ich mußte mich bücken, um ihn wieder zu binden. Die Straße machte eine scharfe Kurve um ein Haus, und als ich noch mit meinem Schuh beschäftigt war, bog eilig ein Mann um die Ecke und stolperte fast über mich. Er zog seinen Hut, murmelte eine Entschuldigung und ging weiter. Irgendwie hatte ich das Gefühl, ihn schon einmal gesehen zu haben, doch im Moment fiel es mir nicht weiter auf. Ich sah auf die Uhr und fand, daß es Zeit zur Umkehr war.
Ganz in der Nähe war eine Tramhaltestelle; der Wagen fuhr eben ab, und ich mußte rennen, um ihn noch zu erreichen. Hinter mir hörte ich eilige Schritte. Der gleiche Mann, der mich vorhin überholt hatte, sprang jetzt hinter mir auf die Platt-

form. Plötzlich wußte ich auch, weshalb mir sein Gesicht bekannt vorkam: es war der kleine Mann mit der Knollennase, der am Vorabend am Bahnhof mit mir zusammengeprallt war. Dieses Zusammentreffen machte mich stutzig. War es möglich, daß dieser Mensch mir absichtlich folgte? Das wollte ich sogleich nachprüfen. Ich stieg an der nächsten Haltestelle wieder aus. Der Mann folgte mir nicht. Aber an der nächsten Haltestelle verließ auch er die Straßenbahn und kehrte eilig zurück. Nun wurde mir alles klar: ich wurde auf Schritt und Tritt verfolgt. Zu früh hatte ich frohlockt; Guy Pagett war ein gefährlicher Gegner!

Ohne zu zögern, stieg ich in die nächste Straßenbahn. Mein Verfolger blieb mir auf den Fersen. Jetzt begann ich zu überlegen. Die Affäre, in die ich da hineingeraten war, entpuppte sich als sehr viel umfangreicher, als ich geahnt hatte. Der Mord im Haus zur Mühle war kein Fall für sich, sondern gehörte zu einer Serie von Verbrechen einer ganzen Bande. Allmählich begann ich einen Überblick über das weitverzweigte Netz zu bekommen. Systematisch organisierte Verbrechen unter Leitung des mysteriösen «Oberst»! Ich erinnerte mich an verschiedene Gespräche an Bord über den Streik im *Rand* und seine Hintergründe und an die allgemeine Auffassung, daß hier eine geheime Organisation am Werk sei, die den Aufruhr unterstütze. Das war das Werk des «Oberst»; seine Beauftragten handelten nach genauen Weisungen. Er selbst trat dabei nicht in Erscheinung. Die Organisation wurde von ihm geleitet, die gefährliche Ausführung der Verbrechen überließ er seinen Leuten. Aber höchstwahrscheinlich war er in der Nähe, gut getarnt hinter einer unangreifbaren Position.
Jetzt wurde mir auch die Anwesenheit von Oberst Race auf der *Kilmorden* klar. Er nahm wohl eine hohe Stellung im Geheimdienst ein und hatte die Aufgabe, den «Oberst» in seinem Bau aufzuspüren.
So mußte es sein, alles paßte zu dieser Annahme. Weshalb aber verfolgte man *mich?* War die Bande nur hinter den Diamanten her? Nein, so groß auch deren Wert sein mochte — das genügte nicht für die verzweifelten Bemühungen, mich aus dem Wege zu schaffen. Ich mußte eine viel größere Gefahr für die Leute bedeuten. Man vermutete bestimmte Kenntnisse bei mir, das war's! Das hatte sich ja auch deutlich bei dem Gespräch des

Holländers mit meinem Freunde Chichester in jener Villa gezeigt. Kenntnisse, die mit den Diamanten zusammenhängen mochten. Was aber wußte ich wirklich? Nichts!
Einen Menschen gab es, der mich bestimmt hätte aufklären können – wenn er gewollt hätte! Der «Mann im braunen Anzug», Harry Rayburn. *Er* kannte die andere Hälfte der Geschichte. Aber er war in die Dunkelheit entschwunden, war selbst ein Verfolgter. Und wahrscheinlich würde ich ihn niemals mehr wiedersehen ...
Mit einem energischen Ruck brachte ich mich wieder in die Gegenwart zurück. Jetzt war keine Zeit für sentimentale Gedanken an Harry Rayburn. Das Problem lautete: Was sollte ich tun? Ich, die ich so stolz auf meine Rolle als Beobachterin gewesen war, ich war selbst zur Verfolgten geworden. Und ich hatte Angst! Zum erstenmal verlor ich meine Nerven. Ich war ein kleines Sandkorn, das in die laufende Maschine geraten war. Und die Maschine würde sicher mit dem kleinen Sandkorn kurzen Prozeß machen. Einmal hatte mich Harry Rayburn gerettet, einmal hatte ich mir selbst geholfen – aber jetzt standen alle Trümpfe gegen mich. Ringsum fühlte ich mich von Feinden umgeben, die mich immer enger einkreisten. Wollte ich weiter auf eigene Faust vorgehen, war ich verloren.
Ich riß mich zusammen. Schließlich befand ich mich in einer zivilisierten Stadt, an jeder Straßenecke stand ein Polizist – was konnte mir schon geschehen? Ich würde nicht mehr so leicht in die Falle gehen.

Als meine Überlegungen so weit gediehen waren, hielt die Straßenbahn an der großen Geschäftsstraße. Ich stieg aus und schlenderte ohne festen Plan die Straße entlang. Es war unnötig, mich umzusehen: ich wußte, daß mein Wächter mir folgte. Schließlich landete ich in einem Kaffeehaus und bestellte ein Eis, um meine Nerven zu beruhigen. Aus den Augenwinkeln sah ich, wie mein Verfolger das Lokal betrat und sich unauffällig an ein Tischchen bei der Tür setzte. Plötzlich stand er wieder auf und ging hinaus. Das verblüffte mich. Ich spähte vorsichtig aus der Tür, zog mich aber rasch wieder in den Schatten zurück: der Mann sprach auf der Straße mit Guy Pagett.
Pagett sah auf seine Uhr. Sie wechselten ein paar Worte, dann ging Pagett in Richtung Bahnhof. Augenscheinlich hatte er dem Mann seine Befehle erteilt.

Plötzlich stockte mir der Atem. Der Mann überquerte die Straße, sprach gestikulierend auf einen Polizisten ein und deutete dabei auf das Kaffeehaus. Die Absicht war klar genug: ich sollte unter irgendeinem Vorwand verhaftet werden. Es würde der Bande gewiß nicht schwerfallen, eine Anklage gegen mich vorzubringen. Und wie sollte ich meine Unschuld beweisen?
Automatisch sah ich nach meiner Uhr, und in diesem Moment wußte ich, weshalb man mich bis jetzt in Ruhe gelassen hatte. Es war kurz vor elf – und um elf Uhr fuhr der Zug nach Rhodesien ab mit all meinen einflußreichen Freunden, die sich für mich hätten verwenden können. Bis um elf Uhr wagte man nichts zu unternehmen, doch jetzt zog sich das Netz um mich zusammen.
Hastig öffnete ich meine Tasche und bezahlte meine Getränke. Dabei bemerkte ich etwas, das mein Herz stillstehen ließ: in meinem Beutel steckte eine dicke Brieftasche, vollgestopft mit Banknoten.
Kopflos rannte ich davon. Der kleine Mann mit der Knollennase und der Polizist folgten mir, aber ich hatte einen guten Vorsprung. Zu Überlegungen blieb mir keine Zeit, ich lief ums nackte Leben.
Der Bahnhof lag bereits vor mir; ich blickte zur Uhr empor: eine Minute vor elf. Es war Punkt elf Uhr, und der Zug setzte sich in Bewegung, als ich auf dem Bahnsteig anlangte. Ein Schaffner versuchte mich zurückzuhalten, doch ich riß mich los und sprang auf den letzten Wagen.
Ein Mann stand einsam auf dem Bahnsteig. Ich winkte ihm zu.
«Auf Wiedersehen, Mr. Pagett!» rief ich.

Suzanne und Oberst Race stießen einen Schrei des Erstaunens aus, als sie mich erblickten.
«Hallo, Miss Anne», rief Oberst Race. «Wo kommen Sie denn her? Wir glaubten Sie auf dem Wege nach Durban. Sie verstehen es, die Leute zu überraschen!»
Suzanne sagte nichts, aber ihre Augen stellten tausend Fragen.
«Ich muß mich bei meinem Chef melden», sagte ich gesetzt. «Wo ist er?»
«Im Büro – mittleres Abteil. Wie besessen diktiert er der unseligen Miss Pettigrew.»
«Diese Arbeitswut ist etwas ganz Neues bei ihm», bemerkte ich.

«Hm – wahrscheinlich hat er die Absicht, sie auf diese Weise für den ganzen Tag an ihre Schreibmaschine festzunageln, damit er sie nicht zu sehen braucht.»
Ich lachte. Dann folgten mir die beiden zu Sir Eustace. Er schritt im Abteil auf und ab und überfiel die arme Sekretärin mit einem Schwall unverständlicher Worte. Zum erstenmal sah ich nun Miss Pettigrew. Sie war eine große, derbe Frau in einem mausgrauen Kleid. Auf der Nase trug sie einen Zwicker, und sie sah entsetzlich tüchtig aus. Immerhin schien es auch ihr schwerzufallen, dem Tempo von Sir Eustace zu folgen.
«Melde mich zur Stelle, Sir», sagte ich keck.
Sir Eustace blieben die Worte im Munde stecken, und er starrte mich mit weit offenen Augen an. Miss Pettigrew mußte trotz ihrer kräftigen Figur nervös sein, denn sie fuhr wie von einer Tarantel gestochen aus ihrem Stuhl auf.
«Du meine Güte!» stieß Sir Eustace aus. «Hat Sie Ihr Liebhaber in Durban vielleicht versetzt?»
«Ich ziehe Sie vor, Sir Eustace», lächelte ich.
Miss Pettigrew hüstelte, und Sir Eustace räusperte sich. «Ja, Miss Pettigrew, wo sind wir gleich stehengeblieben? – Oh, ich weiß: ‹Tylman Roos sagte in einem Vortrag . . .› Was ist los, Miss Pettigrew? Warum schreiben Sie nicht?»
«Ich befürchte», sagte Oberst Race liebenswürdig, «Miss Pettigrews Bleistift ist abgebrochen.»
Er nahm den Bleistift aus ihrer Hand und spitzte ihn sorgfältig. Sir Eustace und ich starrten ihn an. In seiner Stimme schwang etwas mit, das mich stutzig machte.

## 22

*Aus dem Tagebuch von Sir Eustace Pedler*

Ich hätte die größte Lust, mein Tagebuch nicht weiterzuführen und statt dessen einen Artikel zu schreiben mit dem Titel: «Meine Sekretäre». Was Sekretäre anbelangt, scheine ich vom Pech verfolgt zu sein. Einmal habe ich gar keinen Sekretär, im nächsten Moment wieder zu viele. Augenblicklich gondle ich mit einem ganzen Sack voll Frauenzimmern nach Rhodesien. Natürlich nimmt Race die beiden hübschen für sich in Anspruch,

und mir überläßt er die Ausschußware. Aber so ergeht es mir immer. Schließlich ist dies doch *mein* Wagen und nicht derjenige von Race.
Jetzt ist Anne Beddingfield also doch noch zu uns gestoßen. Eigentlich sollte sie meine Sekretärin sein; aber den ganzen Nachmittag saß sie mit Race auf der Aussichtsplattform und bewunderte die Schönheiten der Landschaft. Vielleicht scheut sie sich vor Miss Pettigrew, und das kann ich ihr nicht übelnehmen. Diese ist ein abstoßendes Frauenzimmer mit großen Plattfüßen, das eher einem Manne ähnlich sieht.
Es ist etwas Geheimnisvolles um diese Anne Beddingfield. Sie ist im allerletzten Augenblick auf den Zug aufgesprungen – und dabei hatte Pagett doch behauptet, er habe sie am Vorabend zum Zug nach Durban gebracht und sie abfahren sehen. Entweder muß Pagett wieder betrunken gewesen sein, oder die Kleine kann hexen.
Ja, das Thema «Meine Sekretäre» wäre recht ergiebig. Nummer eins: ein heimlicher Säufer, der in Italien irgend etwas verbrochen hat; Nummer zwei: ein Mörder auf der Flucht vor der Gerechtigkeit; Nummer drei: ein hübsches Mädchen, das die Fähigkeit besitzt, gleichzeitig an zwei Orten zu sein; Nummer vier schließlich: Miss Pettigrew, die ich für ein besonders gefährliches Exemplar halte. Wahrscheinlich wurde sie mir von Pagett absichtlich auf die Fersen gesetzt; ich würde mich gar nicht wundern, eines Tages zu erfahren, daß Pagett mich schmählich hintergeht. Alles in allem war Rayburn noch der Beste der ganzen Gesellschaft.

Soeben war ich auf der Plattform und hoffte auf eine begeisterte Begrüßung. Aber o nein! Beide Frauen lauschten begeistert einer Reiseschilderung von Race. Ich werde meinen Wagen umtaufen müssen. Statt «Sir Eustace Pedler und Gesellschaft» müßte er heißen «Oberst Race und sein Harem».
«Ich bin so froh, daß wir das alles bei Tageslicht sehen», rief Anne Beddingfield. «Und zu denken, daß mir dies entgangen wäre, wenn ich jetzt im Zuge nach Durban säße!»
«Ja», lächelte Race. «Sie wären morgen früh im Karru aufgewacht, in einer heißen, dunstigen Einöde aus Stein und Fels.»
«Das ist wohl der beste Tageszug nach Rhodesien?» fragte Anne Beddingfield naiv.
Race lachte. «Der beste Tageszug? Meine liebe Miss Anne, es

fahren nicht mehr als drei Züge in der Woche: Montag, Mittwoch und Samstag. Können Sie sich vorstellen, daß wir erst am Samstag bei den großen Wasserfällen anlangen?»
«Wie lange wollen Sie dort bleiben?» fragte Mrs. Blair.
«Das hängt ganz davon ab, wie sich die Dinge in Johannesburg entwickeln. Eigentlich wollte ich ein paar Tage bei den Viktoria-Fällen bleiben, die ich noch nie gesehen habe, und dann nach Johannesburg weiterfahren, um an Ort und Stelle die Situation im Rand zu studieren. Aber nach allem, was ich höre, dürfte Johannesburg in der nächsten Zeit kein sehr gemütliches Pflaster sein. Ich habe keine Lust, politische Verhältnisse zu studieren, während rings um mich eine Revolte tobt.»
Race lächelte überheblich.
«Ich glaube, Ihre Befürchtungen sind übertrieben, Sir Eustace. Es wird keine große Gefahr für Sie in Johannesburg geben.»
Die Frauen blickten ihn schmachtend an. Das ärgerte mich maßlos. Ich bin mindestens so tapfer wie Race, wenn ich auch nicht danach aussehe.
«Ich darf wohl annehmen, daß Sie auch dort sein werden», bemerkte ich kühl.
«Höchstwahrscheinlich. Vielleicht fahren wir zusammen hin.»
«Es ist immerhin möglich, daß ich doch etwas länger bei den Fällen bleibe», entgegnete ich unverbindlich. Was geht es Race an, ob und wann ich nach Johannesburg fahre? Mir scheint, er ist hinter Anne her. «Was sind eigentlich Ihre Pläne, Miss Anne?»
«Das hängt ganz davon ab . . .» kopierte sie mich.
«Eigentlich dachte ich, Sie seien meine Sekretärin», warf ich ein.
«Oh, ich bin überflüssig geworden. Sie haben doch jetzt Miss Pettigrew!»

Donnerstag nacht.

Wir haben soeben Kimberley verlassen. Race wurde bedrängt, die Geschichte von dem Diamantendiebstahl nochmals in allen Einzelheiten zu wiederholen. Warum sind eigentlich Frauen so interessiert an allem, was mit Diamanten zusammenhängt?
Endlich hat Anne Beddingfield den Schleier ihres Geheimnisses gelüftet. Sie scheint eine Zeitungsreporterin zu sein. Heute früh hat sie ein ellenlanges Telegramm nach London gesandt. Nach all dem Geschwätz, das ich in der Nacht aus Mrs. Blairs Abteil hörte, muß sie ihr eine ganze Artikelserie vorgetragen haben.

Anscheinend ist sie die ganze Zeit hinter dem «Mann im braunen Anzug» hergewesen. Aber auf der *Kilmorden* hat sie ihn dennoch nicht erkannt – nun, ich muß zugeben, daß sie auch wenig Gelegenheit dazu hatte. Doch jetzt ist sie eifrig beschäftigt mit einem Bericht *Meine Reise mit dem Mörder an Bord,* und natürlich erfindet sie Märchen über Gespräche, die sie mit ihm geführt haben will. Ich weiß, wie so etwas vor sich geht.
Immerhin ist das Mädchen gescheit. Ganz auf eigene Faust hat sie herausgefunden, daß die Frau, die in meinem Haus ermordet wurde, eine russische Tänzerin namens Nadina ist. Ich habe Anne gefragt, ob sie ihrer Sache sicher sei. Sie meinte, es sei lediglich eine Schlußfolgerung. Doch der Zeitung hat sie es natürlich als feststehende Tatsache gekabelt. Frauen haben manchmal solche Intuitionen – ich zweifle nicht daran, daß Anne Beddingfield völlig recht hat – aber es ist ein starkes Stück, das eine «Schlußfolgerung» zu nennen.
Langsam geht mir verschiedenes auf. Race sprach davon, daß die Polizei Rayburn im Verdacht habe, nach Rhodesien geflohen zu sein. Möglicherweise hat er sich im Montag-Zug versteckt. Er ist zwar telegrafisch avisiert worden, und man hat keinen Menschen entdeckt, der auf seine Beschreibung paßt, aber das will natürlich nichts heißen. Er ist ein listiger Bursche, und er kennt Südafrika zur Genüge. Wahrscheinlich hat er sich als altes Kaffernweib verkleidet, während die einfältigen Polizisten nach einem hübschen jungen Mann Ausschau hielten.
Wie dem auch sei: Anne Beddingfield ist hinter ihm her. Sie will ihm auf eigene Faust nachspüren und den Triumph für sich und das *Daily Budget* einheimsen. Die jungen Mädchen von heute sind sehr kaltblütig. Ich habe ihr angedeutet, daß ich ihr Benehmen für unweiblich halte – sie lachte mich nur aus. Ihr Glück sei gemacht, wenn sie ihn zur Strecke bringe, erklärte sie. Race gefällt diese Art auch nicht, das konnte ich deutlich sehen. Vielleicht fährt Rayburn sogar in unserem Zug mit? Dann kann es uns geschehen, daß wir alle in unseren Betten umgebracht werden. Das sagte ich auch zu Mrs. Blair, aber sie fand den Gedanken sehr spaßhaft und meinte, es wäre ein fabelhafter Treffer für Anne, wenn sie als erste meine Ermordung dem *Daily Budget* melden könnte. Frauen sind brutal.

## 23

*Annes Berichterstattung*

Die Fahrt nach Rhodesien war herrlich. Jeden Tag gab es etwas Neues zu sehen. Erst die prächtige Szenerie des Hex-River-Tales, dann die einsame Größe des Karru, und schließlich den weiten Horizont des Betschuanalandes. Suzanne erwarb an jeder Station eine ganze Kollektion der reizenden geschnitzten Holztiere, die die Eingeborenen zum Verkauf anboten, und ich mußte einfach ihrem Beispiel folgen.
Suzannes Staunen, als ich in Kapstadt plötzlich im Wagen erschien, war unermeßlich. Doch erst, als wir zusammen in unserem Abteil lagen, konnten wir uns aussprechen. Dafür dauerte unsere Unterhaltung die halbe Nacht.
Mir war klar, daß ich nun nicht nur eine Angriffs-, sondern auch eine Verteidigungstaktik planen mußte. Solange ich mit Sir Eustace und Oberst Race reiste, war ich relativ geschützt. Beide waren gewichtige Persönlichkeiten, und meine Feinde würden wohl kaum wagen, hier in ein Wespennest zu stechen. In der Nähe von Sir Eustace blieb ich auch gewissermaßen in Verbindung mit Guy Pagett – und Pagett war der Mittelpunkt, um den sich alles drehte. Ich habe Suzanne gefragt, ob sie ihn für den großmächtigen «Oberst» selber halte. Seine untergeordnete Stellung ließ das zwar als unwahrscheinlich erscheinen, doch war mir ein paarmal aufgefallen, daß sich Sir Eustace stark von seinem Sekretär beeinflussen läßt. Die scheinbare Bedeutungslosigkeit dieser Stellung mochte eine gute Tarnung sein.
Doch Suzanne lehnte sich entschieden gegen diese Ansicht auf. Sie konnte nicht glauben, daß ein Guy Pagett der leitende Kopf eines solchen gewaltigen Unternehmens war. Ihrer Meinung nach hielt sich der «Oberst» viel mehr im Hintergrund und war wohl längst in Südafrika, als wir dort anlangten.
Es sprach vieles für ihre Auffassung, und dennoch war ich nicht ganz befriedigt davon. Denn jedesmal, wenn etwas Verdächtiges geschah, war Pagett daran beteiligt. Allerdings fehlte ihm die Autorität, die man bei einer leitenden Persönlichkeit voraussetzen dürfte.
«Vielleicht ist er auch bloß der Großwesir des Allerhöchsten», sagte ich überlegend, als ich an diesem Punkt angelangt war.

«Ich möchte übrigens wissen, wie Sir Eustace sein Vermögen gemacht hat.»
«Verdächtigst du ihn schon wieder?»
«Nicht unbedingt, aber immerhin ist er Pagetts Herr und Meister – und außerdem gehört ihm das Haus zur Mühle.»
«Ich weiß, daß er nicht gern über sein Geld spricht», meinte Suzanne nachdenklich. «Aber das bedeutet nicht unbedingt Verbrechen – eher hat er ein sensationelles Haarwuchsmittel auf den Markt gebracht.»
Auch von Pagetts Schuld war Suzanne noch immer nicht restlos überzeugt. Ich mochte jedoch nicht länger mit ihr streiten, denn es gab Vordringlicheres zu besprechen.
Es schien notwendig, daß ich mich endlich zu irgendeiner Position bekannte, denn ich konnte nicht länger allen Fragen über meine Absichten ausweichen. Die Lösung dieser Schwierigkeit lag klar auf der Hand: das *Daily Budget!* Mein weiteres Schweigen konnte Harry Rayburn nichts mehr nützen; er war bereits ohne mein Zutun überall als der «Mann im braunen Anzug» bekannt. Am ehesten half ich ihm noch, indem ich mich scheinbar gegen ihn stellte. Der «Oberst» und seine Bande durften nicht wissen, daß eine Freundschaft bestand zwischen mir und dem Mann, den sie als Sündenbock für den Mord in Marlow ausersehen hatten.
Soviel mir bekannt war, hatte man die Frau im Haus zur Mühle noch nicht identifiziert. Ich würde Lord Nasby kabeln, daß es sich um die russische Tänzerin Nadina handle, die so lange Zeit in Paris Triumphe gefeiert hatte.
Eigentlich schien es mir ganz unfaßbar, daß sie niemand erkannt haben sollte. Später erst erfuhr ich die Gründe: Nadina war nie in England aufgetreten und dem Londoner Publikum daher unbekannt. Die Aufnahmen, die man von dem Opfer in Marlow gemacht hatte, waren wie üblich verzerrt und unkenntlich. Andererseits hatte Nadina zu keinem Menschen davon gesprochen, daß sie nach England gehen wolle. Am Tage nach dem Mord hatte ihr Manager einen Brief erhalten, in dem sie ihm mitteilte, sie müsse aus privaten Gründen dringend nach Rußland verreisen.
Ich sandte also ein langes Telegramm an das *Daily Budget*. Wie ich hinterher vernahm, wurden meine Angaben geprüft und für richtig befunden, und die Zeitung veröffentlichte sie als *die* Sensation des Jahres. Die Artikel selbst gerieten erst viel spä-

ter in meine Hände, doch in Bulawayo erreichte mich ein Telegramm: Lord Nasby persönlich gratulierte mir, nahm mich in den Stab seiner Mitarbeiter auf und übertrug mir formell die Jagd nach dem Mörder. – Und ich, nur ich allein wußte, daß Harry Rayburn nicht der Mörder war! Doch mochte die Welt glauben, was sie wollte: für den Moment war es so am besten.

## 24

Am Samstagvormittag trafen wir in Bulawayo ein. Die Stadt gefiel mir gar nicht; es war entsetzlich heiß, und das Hotel scheußlich. Sir Eustace war ebenfalls schlechter Laune. Ich glaube, unsere Holztiere ärgerten ihn, besonders die große Giraffe. Wir hatten unsere liebe Mühe mit ihnen, denn natürlich konnten wir sie nicht allein schleppen. Oberst Race half uns nach Kräften, und die große Giraffe drückte ich Sir Eustace in den Arm. Selbst die tüchtige Miss Pettigrew entkam uns nicht, obschon ich immer das Gefühl hatte, daß sie mich nicht leiden mochte. Sie vermied es nach Möglichkeit, mit mir zusammenzutreffen. Und das Komische dabei war, daß mir ihr Gesicht so bekannt vorkam, obschon ich mir absolut nicht vorstellen konnte, wo ich sie schon gesehen hatte.
Wir faulenzten den ganzen Vormittag und fuhren nach dem Lunch zu den Matopo-Hügeln, zum Grab von Cecil Rhodes. Das heißt, wir hatten alle die Absicht, dorthin zu fahren, aber plötzlich setzte Sir Eustace sein Schmollgesicht auf und hatte keine Lust dazu. Miß Pettigrew, als perfekte Angestellte, schloß sich natürlich sofort an. Und im letzten Augenblick erklärte auch Suzanne, zu müde zu sein. Also fuhren Oberst Race und ich allein.
Er ist ein eigentümlicher Mensch. Besonders wenn man mit ihm allein ist, wirkt seine Persönlichkeit erdrückend. Er spielt den großen Schweiger, aber sein Schweigen spricht mehr als tausend Worte.
So war es auch an diesem Tag, als wir durch das gelblichbraune Buschwerk den Hügeln zurollten. Unser Wagen schien das allerälteste Modell eines Ford zu sein. Seine Polster hingen in Fetzen, von Federung war nicht die Rede, und auch mit dem Motor war offensichtlich etwas nicht in Ordnung.

Nach und nach veränderte sich das Landschaftsbild. Riesige Felsblöcke in phantastischen Formen tauchten auf, und ich hatte das Gefühl, mich mitten in der Steinzeit zu befinden.
Endlich erreichten wir den Platz, wo Cecil Rhodes ruhte. Lange Zeit saßen wir schweigend da. Dann begannen wir den Abstieg von einer anderen Stelle aus. Es war eine mühsame Kletterei, und einmal kamen wir zu einer steilen Felsplatte, die fast senkrecht in die Tiefe stürzte.
Oberst Race überquerte sie zuerst, dann wandte er sich zurück, um mir zu helfen.
«Es ist besser, wenn ich Sie hinüberhebe», sagte er und schwang mich mit einer raschen Bewegung auf den sicheren Grund. Ich fühlte seine Kraft, als er mich niedersetzte und losließ. Und wieder wurde mir angst in seiner Nähe, denn er trat nicht zur Seite, sondern blieb dicht vor mir stehen und starrte mir in die Augen.
«Was tun Sie eigentlich hier, Anne Beddingfield?» fragte er.
«Ich bin eine Zigeunerin und sehe mir die Welt an.»
«Ja, das stimmt. Reporterin? Das ist nur ein Vorwand. Sie ziehen auf eigene Faust los und versuchen das Leben zu fassen. Doch das ist nicht alles.»
Was für Bekenntnisse erwartete er von mir? Ich hatte Angst. Doch mein Blick war offen, als ich ihn ansah.
«Ich gebe die Frage zurück: Was tun *Sie* hier, Herr Oberst?» entgegnete ich.
Erst glaubte ich, er würde mir keine Antwort geben; jedenfalls schien er verblüfft. Doch dann lag in seinen Worten ein grimmiges Vergnügen.
«Meinem Ehrgeiz nachjagen», sagte er. «Ja, das ist der richtige Ausdruck.»
«Man behauptet», fuhr ich langsam fort, «daß Sie mit dem Geheimdienst zu tun haben – ist das wahr?»
Bildete ich es mir nur ein, oder zögerte er wirklich?
«Ich kann Ihnen versichern, Miss Beddingfield, daß ich ausschließlich als Privatperson hier bin und zu meinem eigenen Vergnügen reise.»
Als ich mir später diese Worte überlegte, erschienen sie mir ziemlich zweideutig. Vielleicht war das seine Absicht.
Wir sprachen nicht mehr, bis wir zum Wagen gelangten, und schweigend fuhren wir den größten Teil des Weges. Plötzlich ergriff er meine Hand.

«Anne», sagte er zart, «ich brauche Sie – wollen Sie mich heiraten?»
Ich war völlig bestürzt.
«O nein», stammelte ich, «nein, das kann ich nicht.»
«Weshalb nicht?»
«Weil . . . weil ich Sie nicht liebe.»
«Ich verstehe. Ist das der einzige Grund?»
Die Frage mußte ehrlich beantwortet werden, mindestens das schuldete ich ihm.
«Nein», sagte ich. «Es ist nicht der einzige Grund. Ich liebe einen anderen Mann.»
«Ich verstehe», wiederholte er. «Und war das schon so, als ich Sie kennenlernte? Ganz zu Beginn, auf der *Kilmorden*?»
«Nein», flüsterte ich. «Es geschah – später.»
«Ich verstehe», sagte er zum drittenmal, doch jetzt war ein entschlossener Klang in seiner Stimme, der mich erschreckte. Sein Gesicht war grimmiger als je.
«Was wollen Sie damit sagen?» flehte ich.
Er blickte mich an, rätselhaft, beherrscht.
«Nun – jetzt weiß ich wenigstens, was ich zu tun habe.»
Seine Worte ließen mich erschauern. Es lag eine Entschlossenheit darin, die ich nicht begriff und die mich ängstigte.

Wir sprachen kein Wort mehr, bis wir im Hotel anlangten. Ich ging sofort zu Suzanne. Sie lag auf ihrem Bett und las und sah nicht im geringsten müde aus.
«Hier ruht die taktvolle Anstandsdame», bemerkte sie. «Aber Anne, was ist denn los mir dir?»
Ich war in Tränen ausgebrochen.
«Nichts, nichts – nur die Nerven», murmelte ich. Nein, über Oberst Race konnte ich nicht sprechen, das wäre nicht anständig ihm gegenüber. Aber Suzanne ist klug; sie fühlte natürlich sofort, daß ich ihr etwas verheimlichte.
«Du hast dich hoffentlich nicht erkältet, Anne? Das klingt zwar lächerlich bei dieser Hitze, aber du hast ja einen richtigen Schüttelfrost.»
Ich versuchte zu lachen. «Pure Einbildung von mir; ich habe einfach das Gefühl, daß etwas Furchtbares geschehen wird.»
«Das ist Unsinn, Anne», sagte Suzanne entschieden. «Wir wollen lieber über wirkliche Dinge reden, über diese Diamanten . . .»

«Was ist damit?»
«Sie sind bei mir nicht in Sicherheit. Jetzt weiß jedermann, daß wir befreundet sind, und daher verdächtigt man mich genauso wie dich.»
«Kein Mensch weiß, daß sie sich in dieser Filmkapsel befinden», wandte ich ein. «Das ist ein ausgezeichnetes Versteck, ein besseres könnten wir niemals finden.»
Zögernd stimmte sie mir bei; doch meinte sie, wir müßten die Sache noch einmal erörtern, sobald wir zu den Viktoria-Fällen kämen.
Unser Zug fuhr um neun Uhr früh. Sir Eustace befand sich noch immer in schlechtester Laune, und Miss Pettigrew sah sehr bedrückt aus. Oberst Race verhielt sich wie immer, und ich hatte das Gefühl, ich müsse unsere Unterredung nur geträumt haben.
Ich schlief schlecht in dieser Nacht auf meiner harten Bank und träumte von drohenden Gefahren. Mit bösen Kopfschmerzen wachte ich auf und tastete mich zur Aussichtsplattform unseres Wagens. Die Luft war frisch und angenehm, und so weit der Blick reichte, erhoben sich wellige, bewaldete Hügel.
Um halb drei Uhr riß mich Oberst Race aus meiner Versunkenheit und wies auf einen weißen Nebel, der über einem Hügel aufstieg.
«Der Wasserstaub der Viktoria-Fälle», sagte er. «Bald werden wir dort sein.»
Immer noch hüllte mich das seltsame, erregende Traumgefühl ein, das mir einreden wollte, ich sei heimgekommen! Und dennoch hatte ich dieses Land noch nie gesehen.
Wir gingen zu Fuß zum Hotel, einem großen weißen Gebäude, dessen Fenster mit Moskitonetzen abgedichtet waren. Wir traten auf die Terrasse hinaus — und ich stieß einen Ausruf des Entzückens aus. Vor uns sprühten und brausten die Fälle, wenige hundert Meter entfernt. Noch nie hatte ich etwas so Großes, so herrliches gesehen.
«Anne, du bist wie verzaubert?», sagte Suzanne, als wir uns zu Tisch setzten.
Sie starrte mich verwundert an.
«Bin ich wirklich verzaubert?» lachte ich, aber mein Lachen klang gezwungen. «Es ist so unaussprechlich herrlich.»
«Ja, das ist es.»
Ich war nicht nur glücklich — ich hatte auch das bestimmte Ge-

fühl, daß sich hier bald etwas Wundersames ereignen würde. Und ich wartete, unruhig, erregt, voller Spannung.

Nach dem Tee gingen wir zu den Fällen, überschritten die Brücke und folgten einem Pfad, der, beidseitig mit weißen Steinen markiert, die tiefe Kluft entlangführte. Schließlich erreichten wir eine Lichtung, von der links ein schmaler Fußsteg zur Schlucht hinunter abbog.

Wir beschlossen jedoch, uns den Abstieg bis morgen aufzusparen, und unternahmen statt dessen noch einen Spaziergang bis zum Regenbogenwald.

Erst kurz vor dem Abendessen erreichten wir das Hotel. Sir Eustace schien eine geheime Abneigung gegen Oberst Race gefaßt zu haben. Nach dem Essen zog er sich in sein Zimmer zurück und befahl Miss Pettigrew, ihm zu folgen. Wir anderen blieben noch eine Weile sitzen. Doch bald erklärte Suzanne gähnend, sie sei zum Umfallen müde und wolle schlafen gehen. Da ich keine Lust hatte, mit Oberst Race allein zu bleiben, schloß ich mich ihr an.

Zum Schlafen war ich jedoch viel zu erregt; ich zog mich nicht einmal aus, sondern lehnte mich in meinen Sessel zurück und träumte. Und ständig war ich mir bewußt, daß etwas geschehen würde – bald – jetzt – gleich ...

Ein Klopfen an meiner Tür ließ mich auffahren. Ich öffnete. Ein kleiner schwarzer Junge hielt mir einen Brief entgegen – einen Brief in unbekannter Handschrift. Zögernd nahm ich ihn und trat ins Zimmer zurück, zögernd öffnete ich den Umschlag. Sein Inhalt war sehr kurz:

> «Ich muß Sie sehen, doch ich wage es nicht, ins Hotel zu kommen. Wollen Sie mich bei der Lichtung oberhalb der Fälle treffen? Bitte, kommen Sie – in Erinnerung an Kabine siebzehn. Der Mann, den Sie kennen als: Harry Rayburn.»

Mein Herz hämmerte wild. Er war hier! Oh, ich hatte es ja geahnt!

Ich wand einen Schal um meinen Kopf und stahl mich hinaus. Es hieß vorsichtig sein, denn er wurde verfolgt, und man durfte mich nicht sehen.

Vor Suzannes Tür verhielt ich den Schritt. Ich hörte ihr ruhiges, gleichmäßiges Atmen: sie schlief fest.

Sir Eustace? Er war immer noch beim Diktieren; eben wiederholte Miss Pettigrew seine letzten Worte: «Ich schlage daher vor, daß das Problem der schwarzen Arbeiter ...» Sie wartete auf eine Fortsetzung, und gleich darauf brummte Sir Eustace ein paar undeutliche Sätze.

Ich stahl mich weiter. Oberst Race war nicht in seinem Zimmer, und ich entdeckte ihn auch nicht in der Halle. Und doch war er der Mann, den ich am meisten fürchtete! Aber ich durfte keine Zeit mehr verlieren. Ungesehen schlüpfte ich aus dem Hotel und nahm meinen Weg zur Brücke.

Auf der anderen Seite blieb ich stehen und harrte im Schatten. Wenn mir jemand gefolgt war, so mußte ich ihn jetzt auf der Brücke sehen. Doch die Minuten verflossen, und kein Mensch näherte sich. Ich war also nicht beobachtet worden. Vorsichtig bewegte ich mich auf die Lichtung zu. Nach wenigen Schritten hörte ich ein Rascheln hinter mir; scharf verhielt ich den Schritt. Kein Mensch war mir vom Hotel gefolgt, doch jemand wartete bereits hier!

Und augenblicklich wußte ich, daß ich selbst bedroht war. Es war der gleiche Instinkt, der mich auf der *Kilmorden* gewarnt hatte, dasselbe Gefühl einer nahen Gefahr.

Ich blickte über meine Schulter. Völlige Stille. Ich ging wieder zwei Schritte — und wieder hörte ich das Rascheln. Im Gehen sah ich nochmals zurück: aus dem Schatten hob sich die Gestalt eines Mannes ab, doch es war zu dunkel, um ihn zu erkennen. Ich sah nur, daß er groß und ein Weißer sein mußte.

Er merkte, daß ich ihn entdeckt hatte, und sprang vorwärts, direkt auf mich zu. Ich rannte um mein Leben; die weißen Randsteine wiesen mir den Weg. Doch plötzlich trat mein Fuß ins Leere. Ich hörte den Mann hinter mir lachen, ein böses, finsteres Lachen. Es hallte in meinen Ohren nach, als ich kopfüber in die Tiefe stürzte — tief, immer tiefer ins Nichts.

## 25

Mein Erwachen war langsam und schmerzhaft. Mein Kopf brummte, und scharfe Stiche durchzuckten meinen linken Arm, wenn ich ihn zu bewegen versuchte. Alles erschien mir unwirklich, wie ein böser Traum. Wieder hatte ich das Gefühl, zu fal-

len. Einmal war es mir, als beuge sich Harry Rayburn wie ein Schemen über mich. Dann zerfloß sein Gesicht wieder in der Dunkelheit. Irgend jemand hielt mir eine Schale an den Mund, ich trank gierig. Ein schwarzes Gesicht grinste mich an, wie ein Teufel. Ich schrie laut auf. Dann wieder Träume. Dunkle Fieberträume, in denen ich vergeblich versuchte, Harry Rayburn zu warnen. Vor was? Ich wußte es nicht. Doch rings um ihn lauerte Gefahr, und nur ich allein konnte ihn retten. Wieder zerfloß alles in Dunkelheit, doch diesmal in eine ruhige Zuversicht, und ich schlief ein, tief und fest.
Endlich kam ich wieder zu mir, der lange Alpdruck war vorbei. Ich erinnerte mich wieder, was geschehen war: meine hastige Flucht aus dem Hotel, um Harry Rayburn zu treffen, der Mann im Schatten, und dieser letzte, entsetzliche Sturz ins Leere...
Auf wundersame Weise hatte ich mir nicht den Hals gebrochen. Ich war zerschlagen und sehr müde, aber ich lebte! Doch wo befand ich mich? Mühsam bewegte ich den Kopf und blickte mich um. Ich lag in einem kleinen Raum mit rohen Holzwänden, an denen Tierfelle und Elfenbeinzähne hingen. Mein Lager war ebenfalls mit Fellen bedeckt. Mein linker Arm war verbunden. Erst wähnte ich mich allein im Zimmer, doch dann entdeckte ich, daß ein Mann zwischen mir und dem Fenster saß. Er drehte mir den Rücken zu und schien unbeweglich wie eine Holzfigur. Sein kurzgeschorener dunkler Kopf schien mir bekannt, doch ich wagte es nicht, meiner Einbildung zu trauen. Doch auf einmal wandte er sich um, und ich hielt den Atem an: es war Harry Rayburn, wirklich und wahrhaftig.
Er erhob sich und trat neben mein Lager.
«Fühlen Sie sich jetzt besser?» fragte er etwas verlegen.
Ich konnte nicht antworten, die Tränen strömten über mein Gesicht.
«Nicht weinen, Anne! Bitte, nicht weinen. Sie sind in Sicherheit, niemand wird Ihnen etwas tun.»
Er holte eine Schale und hielt sie mir hin.
«Trinken Sie etwas von dieser Milch.»
Gehorsam trank ich. Er redete weiter, in dem leisen, beruhigenden Ton, mit dem man zu einem Kinde spricht.
«Stellen Sie keine weiteren Fragen; Sie müssen jetzt schlafen, Anne, dann werden Sie sich wieder kräftiger fühlen. Soll ich weggehen?»
«Nein!» flüsterte ich drängend, «nein, o nein!»

«Dann bleibe ich bei Ihnen.»
Er holte einen kleinen Hocker und setzte sich neben mich. Seine Hand legte sich über meine, warm und besänftigend, und ruhig schlief ich wieder ein.

Es mußte heller Tag sein, als ich wieder erwachte; die Sonne stand hoch am Himmel. Ich war allein in der Hütte, doch sobald ich mich regte, kam eine alte Negerin herein. Sie war häßlich wie die Sünde, doch sie lachte mich aufmunternd an, brachte Wasser in einem Becken und half mir, Gesicht und Hände zu waschen. Dann stellte sie einen großen Topf Suppe an mein Bett, und ich trank sie bis zum letzten Tropfen aus. Auf alle meine Fragen grinste sie nur, nickte und schnatterte in einer gutturalen Sprache, so daß ich annehmen mußte, sie verstünde kein Englisch.
Plötzlich erhob sie sich und trat respektvoll zurück. Harry Rayburn war eingetreten. Er nickte ihr freundlich zu; sie zog sich zurück und ließ uns allein. Er lächelte mich an.
«Jetzt geht es Ihnen aber bedeutend besser!»
«Ja — aber ich bin sehr verwirrt. Wo bin ich eigentlich?»
«Auf einer kleinen Insel im Sambesi, etwa vier Meilen oberhalb der Viktoria-Fälle.»
«Wissen meine Freunde, daß ich hier bin?»
Er schüttelte den Kopf.
«Wie lange bin ich schon hier?»
«Nahezu einen Monat.»
«Oh!» rief ich erschrocken. «Ich muß unbedingt Suzanne benachrichtigen. Sie wird in großer Angst um mich sein.»
«Wer ist Suzanne?»
«Mrs. Blair. Ich wohnte mit ihr im Hotel, mit ihr und Oberst Race und Sir Eustace. Doch das werden Sie sicherlich wissen?»
Er schüttelte wiederum den Kopf.
«Ich weiß gar nichts — außer, daß ich Sie in der Gabel eines Baumes fand, ohnmächtig und mit einem ausgerenkten Arm.»
«Wo stand dieser Baum?»
«Er hing dicht über der Schlucht. Wenn sich Ihre Kleider nicht in den Ästen verfangen hätten, wären Sie in die Tiefe gefallen und zerschellt.»
Ich schauderte. Dann überfiel mich ein schrecklicher Gedanke.
«Sie sagen, Sie hätten nicht gewußt, daß ich hier sei — wie verhält es sich dann mit dem Brief?»

«Was für ein Brief?»
«Sie schrieben mir doch, ich möchte Sie bei der Lichtung an den Fällen treffen.»
Er starrte mich verblüfft an.
«Ich habe Ihnen keinen Brief gesandt.»
Ich fühlte, daß ich bis zu den Haarwurzeln errötete. Glücklicherweise schien er es nicht zu bemerken.
«Wie kam es dann, daß Sie gerade im richtigen Moment dort auftauchten?» Meine Frage sollte möglichst leicht klingen. «Und was tun Sie überhaupt in dieser Gegend?»
«Hier wohne ich», sagte er schlicht.
«Auf dieser Insel?»
«Ja. Ich kam nach dem Krieg hierher. Manchmal fahre ich Gäste des Hotels in meinem Boot herum, aber das Leben kostet mich hier fast nichts, und meistens tue ich einfach, was mir beliebt.»
«Sie leben ganz allein?»
«Ich habe nicht die geringste Sehnsucht nach Gesellschaft», versicherte er kalt.
«Oh, es tut mir leid, daß ich Ihnen die meine aufgedrängt habe», gab ich zurück. «Doch mir scheint, ich hatte wenig zu sagen in dieser Angelegenheit.»
Zu meinem Erstaunen zwinkerte er lustig.
«Überhaupt nichts. Ich habe Sie über die Schultern geworfen wie einen Sack Kohle und Sie in mein Boot getragen.»
«Sie haben mir aber immer noch nicht erklärt, wie es kam, daß Sie mich wie einen Sack abschleppen konnten?»
«Ich war an diesem Abend unruhig und nervös. Irgendwie hatte ich das Gefühl, daß etwas geschehen würde. Schließlich stieg ich ins Boot, ging an Land und stapfte zu den Fällen hinüber. Da hörte ich Ihren Aufschrei.»
«Und weshalb haben Sie nicht versucht, Hilfe aus dem Hotel zu holen, statt mich den ganzen langen Weg hierherzuschaffen?»
Sein gebräuntes Gesicht überzog sich mit tiefer Röte.
«Ich weiß, Sie müssen mich für unglaublich eigenmächtig halten — aber Sie machen sich immer noch nicht klar, in welcher Gefahr Sie schweben! Sie sind der Ansicht, ich hätte Ihre Freunde informieren sollen! Nette Freunde, die Sie in den Tod locken wollten. Nein, ich habe mir geschworen, daß ich besser auf Sie aufpassen werde. Hierher kommt keine Seele. Ich habe die alte Batani, die ich einst vom Fieber kurierte, gebeten, mir bei Ihrer Pflege zu helfen. Sie ist treu und wird nie ein Wort

verlauten lassen. Ich könnte Sie monatelang bei mir versteckt halten, ohne daß ein Mensch eine Ahnung hätte davon.»
«Sie haben vollständig richtig gehandelt», sagte ich ruhig, «und ich werde auch niemanden benachrichtigen. Ein paar Tage machen keinen Unterschied mehr aus. Schließlich sind sie alle nur flüchtige Bekannte, selbst Suzanne. Und wer diesen Brief geschrieben hat, der muß — sehr vieles wissen. Das war nicht das Werk eines Außenstehenden.»
Ich brachte es fertig, die Worte des Briefes ohne Erröten zu wiederholen.
«Wenn Sie einen guten Rat von mir annehmen wollen . . .» sagte er zögernd.
«Ich bezweifle, daß ich ihm folgen werde», meinte ich aufrichtig, «aber lassen Sie nur hören.»
«Sie folgen wohl stets Ihrem eigenen Kopf, Miss Beddingfield?»
«Meistens», entgegnete ich vorsichtig. Zu jedem anderen Menschen hätte ich gesagt: «Immer!»
«Ihr Mann kann mir leid tun», kam es unerwartet zurück.
«Dazu besteht keine Veranlassung. Ich werde nie heiraten ohne die ganz große Liebe — und es gibt nichts Schöneres für eine Frau, als *alles* zu tun für den Mann, den sie liebt. Je eigenwilliger sie sonst ist, desto glücklicher wird sie dabei sein.»
«Da kann ich Ihnen nicht beistimmen; meistens ist es umgekehrt.» Seine Worte klangen verbittert.
«Leider!» rief ich eifrig. «Und deshalb sind so viele Ehen unglücklich. Immer sind die Männer daran schuld. Entweder lassen sie ihrer Frau jeden Willen — und dann werden sie von ihr verachtet. Oder sie sind maßlos selbstsüchtig und haben nie ein Wort des Dankes. Kluge Ehemänner wissen ihre Frau so zu leiten, daß sie alle ihre Wünsche erfüllt — und loben sie dann sehr dafür. Frauen ordnen sich gern unter, aber sie möchten wenigstens eine Anerkennung. Andererseits schätzen es die Männer gar nicht, wenn eine Frau immer unterwürfig ist. Wenn ich einmal heiraten sollte, werde ich meinem Mann von Zeit zu Zeit die Hölle heiß machen, damit er nachher erkennt, was für ein Engel ich im Grunde bin.»
Harry lachte hellauf. Dann wandte er sich zur Feuerstelle um.
«Wollen Sie noch etwas Suppe haben?» fragte er.
«Ja, bitte. Ich bin hungrig wie ein Nilpferd.»
«Fein!»

Er beschäftigte sich am Herd, und ich schaute ihm zu.
«Sobald ich aufstehen kann, werde ich für Sie kochen», versprach ich.
«Sie werden wohl kaum viel davon verstehen.»
«Ich kann genausogut die Sachen aus den Büchsen wärmen wie Sie», begehrte ich auf.
Er lachte wieder. Sein ganzes Gesicht wandelte sich, wenn er lachte. Es wurde kindlich froh, ein völlig neuer Mensch.
Meine Suppe schmeckte herrlich. Während des Essens erinnerte ich ihn daran, daß er mir seinen guten Rat noch immer vorenthalten habe.
«Richtig! Ich bin der Meinung. Sie sollten sich vorerst hier ganz ruhig verhalten, bis Sie sich gründlich gestärkt haben. Ihre Feinde halten Sie für tot. Daß Ihr Körper nicht gefunden wurde, kann sie nicht erstaunt haben. Sie wären auf den Felsen zerschmettert worden, und der Strom hätte Sie mit fortgerissen.»
Ich schüttelte mich.
«Sobald Sie wieder bei Kräften sind, können Sie ruhig und unbehelligt nach Beira fahren und dort ein Schiff nach England besteigen.
«Nein, so gefügig bin ich nicht!» erklärte ich wütend.
«Eigensinnig wie ein Backfisch!» Er schüttelte den Kopf und ging hinaus.

Meine Besserung machte rasche Fortschritte. Die beiden Verwundungen, die ich davongetragen hatte, waren ein Loch im Kopf und ein verstauchter Arm. Dieser brauchte länger zur Heilung; zuerst hatte mein Retter geglaubt, er sei gebrochen. Doch eine genaue Untersuchung hatte ihn darüber beruhigt, und obwohl ich immer noch Schmerzen fühlte, ging es mir doch von Tag zu Tag besser.
Es war eine seltsame Zeit. Ich beharrte darauf, mit meinem einen gesunden Arm so gut als möglich zu kochen. Harry war oft fort, doch dann lagen wir wieder lange Stunden im Schatten der Palmen vor der Hütte, plauderten und stritten und versöhnten uns wieder. Wir zankten uns sehr häufig, und doch wuchs zwischen uns eine echte und dauerhafte Freundschaft, wie ich sie nie für möglich gehalten hätte. Freundschaft — und noch etwas anderes.
Mit Riesenschritten näherte ich mich der Zeit, da ich kräftig ge-

nug sein würde, um fortzugehen. Der Gedanke daran machte mir das Herz schwer. Würde er mich wirklich ziehen lassen? Ohne ein Wort, ohne ein Zeichen? Manchmal hatte er schweigsame Anwandlungen, manchmal Momente, in denen er aufsprang und einfach davon lief. Und eines Abends kam die Krisis. Wir hatten unser einfaches Mahl beendet und saßen auf der Schwelle der Hütte. Die Sonne war am Sinken.
Haarnadeln gehörten zu den Dingen, die mir Harry nicht verschaffen konnte; mein Haar hing offen. Ich stützte mein Kinn in die Hand und gleichzeitig fühlte ich, wie Harry mich ansah.
«Sie sehen aus wie eine kleine Hexe, Anne», sagte er schließlich, und in seiner Stimme klang ein Ton auf, den ich noch nie gehört hatte.
Er streckte die Hand aus und berührte mein Haar. Plötzlich sprang er auf.
«Morgen müssen Sie von hier fort, Anne», rief er. «Sie wissen schließlich selbst, daß dies nicht ewig so weitergehen kann.»
«Nein, wahrscheinlich nicht», sagte ich langsam. «Wenn Sie wollen, daß ich gehe – gehe ich morgen. Doch wenn Sie möchten, daß ich bleibe, dann bleibe ich!»
«Führen Sie mich nicht in Versuchung, Anne!» rief er. «Wissen Sie denn, wer ich bin? Ein Verbrecher, der von der Polizei gehetzt wird – ein Verfolgter. Man kennt mich hier als Harry Parker, und die Leute glauben, ich hätte einen weiten Treck durch das Land gemacht. Aber eines Tages zählen sie vielleicht zwei und zwei zusammen – und dann fällt der Schlag. Anne, Sie sind so jung und schön! Die ganze Welt steht Ihnen offen – Liebe, Leben, alles. Mein Leben liegt hinter mir, versengt, zerstört...»
«Wenn Sie mich nicht brauchen...»
«Sie wissen, wie sehr ich Sie brauche! Sie wissen, daß ich mein Seelenheil dahingäbe, um Sie für immer hierzubehalten. Aber ich muß Sie retten – vor sich selbst und vor mir. Sie werden heute noch aufbrechen. Sie werden nach Beira fahren...»
«Ich gehe niemals nach Beira», unterbrach ich ihn.
«Sie müssen! Und wenn ich Sie selbst hinschleppen müßte. Glauben Sie, ich will jede Nacht mit der fürchterlichen Angst erwachen, daß man Sie vielleicht wieder erwischt hat? Sie müssen nach England zurückkehren, Anne – und heiraten und glücklich sein.»
«Und was geschieht mit Ihnen?»

Sein Gesicht wurde hart.
«Ich habe mein Werk zu vollenden. Fragen Sie mich nicht danach; wahrscheinlich können Sie es erraten. Eines kann ich Ihnen sagen: ich will meinen Namen reinwaschen oder daran sterben. Doch vorher bringe ich den Mann um, der versuchte, Sie zu ermorden.»
«Wir müssen gerecht sein: er hat mich nicht eigentlich in den Abgrund gestoßen.»
«Das hatte er gar nicht nötig. Ich bin später dem Pfad gefolgt. Alles sah ganz harmlos aus, doch ich konnte an den Zeichen deutlich sehen, daß die Markierungssteine entfernt und versetzt worden waren, so daß sie direkt zum Abgrund hinführten.»
Er hielt inne und fuhr dann in völlig verändertem Ton fort:
«Wir haben nie davon gesprochen, Anne, nicht wahr? Aber jetzt ist die Zeit gekommen, daß Sie meine ganze Lebensgeschichte hören sollen — von Anfang bis zu Ende.»
«Wenn es Ihnen weh tut, von der Vergangenheit zu sprechen, dann lassen Sie es», sagte ich leise.
«Ich möchte alles wissen.»
Einige Zeit saß er schweigend da. Die Sonne war untergegangen, und der samtene Mantel der afrikanischen Nacht hüllte uns ein.
«Einiges weiß ich bereits», bemerkte ich zaghaft.
«Was wissen Sie?»
«Ihr wirklicher Name ist Harry Lucas.»

## 26

«Sie haben recht», begann er, «mein Name ist Harry Lucas. Mein Vater übernahm als ausgedienter Offizier eine Farm in Rhodesien. Er starb, als ich mein zweites Jahr in Cambridge verbrachte.»
«Haben Sie ihn sehr geliebt?» unterbrach ich ihn.
«Warum fragen Sie das, Anne? Natürlich liebte ich meinen Vater. Wir sagten uns bittere Dinge, als wir uns zum letztenmal sahen, und wir hatten oft Streit wegen meiner Wildheit und meiner Schulden, aber ich hing sehr an dem alten Mann. Wie sehr — das weiß ich erst jetzt, da es zu spät ist», fuhr er ruhiger

fort. «In Cambridge habe ich auch meinen Freund kennengelernt...»
«Den jungen Eardsley?»
«Ja — Eardsley. Sein Vater war einer der prominentesten Männer in Südafrika. Wir verstanden uns von allem Anfang an sehr gut, mein Freund und ich. Unsere Liebe für Rhodesien brachte uns zusammen, und beide hatten wir eine Vorliebe für unbetretene Landstriche. Nachdem er Cambridge verlassen hatte, entzweite er sich endgültig mit seinem Vater. Mehrmals war dieser für seine Schulden aufgekommen, doch diesmal weigerte er sich energisch. Es kam zu einem bösen Streit zwischen ihnen. Sir Laurence erklärte, er sei am Ende seiner Geduld und er würde keinen Finger mehr für seinen Sohn rühren. Er solle ihm jetzt beweisen, daß er auf eigenen Füßen stehen könne. Das Ergebnis davon war, daß die beiden jungen Männer gemeinsam nach Südamerika fuhren, um dort nach Diamanten zu schürfen. Ich will mich nicht in Einzelheiten einlassen, aber wir durchlebten eine herrliche Zeit. Viel Mühsal und Härte natürlich, doch wir waren glücklich. Wir lebten von der Hand in den Mund und kämpften oft ums nackte Leben. Bei Gott, dabei lernt man einen Freund erkennen! Das Band zwischen uns vermochte nur der Tod zu lösen. — Nun, Oberst Race hat Ihnen erzählt, daß unsere Mühen nicht umsonst waren. Wir entdeckten eine Art von neuem Kimberley mitten im Dschungel von Britisch-Guayana. Ich kann Ihnen unsere Erregung nicht schildern. Es war nicht eigentlich der Wert des Fundes, der uns so glücklich machte. Eardsley war an Geld gewöhnt und wußte, daß er von seinem Vater Millionen erben würde, und Lucas war immer arm gewesen und kannte nichts anderes. Nein, es ging nicht um Geld, es handelte sich einfach um das Glück des Entdeckens.»
Er hielt inne und fügte dann fast entschuldigend hinzu:
«Macht es Ihnen nichts aus, Anne, wenn ich es so erzähle — so, als ob es sich gar nicht um mich selbst handeln würde? Wenn ich daran zurückdenke, vergesse ich beinahe, daß der eine dieser jungen Männer — Harry Rayburn hieß.»
«Erzählen Sie ganz, wie Sie wollen», sagte ich, und er fuhr fort:
«Wir kamen nach Kimberley, frohlockend über unseren Fund. Eine prächtige Kollektion Diamanten brachten wir mit, um sie den Experten vorzuweisen. Und dann, im Hotel in Kimberley, trafen wir — *sie*.»
Ich erstarrte, meine Finger krampften sich um den Türpfosten.

«Anita Grünberg hieß sie. Sie war Schauspielerin, sehr jung und sehr schön. Ihre Heimat war Südafrika, doch ihre Mutter war Ungarin, soviel ich weiß. Irgendein Geheimnis umschwebte sie, und das war natürlich ein Anziehungspunkt mehr für zwei junge Burschen, die aus der Wildnis kamen. Ihre Aufgabe war leicht, wir verliebten uns beide Hals über Kopf in sie. Ein erster Schatten senkte sich über unsere Freundschaft, doch nicht einmal das vermochte uns zu entzweien. Jeder von uns war ehrlich gesonnen, zurückzutreten, wenn sie sich für den andern entscheiden sollte. Doch sie war gar nicht auf Heirat aus, o nein! Später habe ich mich öfters gefragt, weshalb dies nicht ihr Ziel war, denn Sir Laurence Eardsleys einziger Sohn durfte ja wohl eine gute Partie genannt werden. Und dann habe ich erfahren, daß sie schon verheiratet war, mit einem Aufseher im Diamantenlager. Kein Mensch wußte davon. Sie zeigte größtes Interesse für unseren Fund; wir erzählten ihr alles darüber und zeigten ihr sogar die Steine.
Der Diebstahl der De-Beer-Diamanten wurde entdeckt, und der Schlag fiel für uns wie aus heiterem Himmel. Die Polizei erschien und nahm unsere Steine mit. Zuerst lachten wir darüber, die ganze Sache erschien uns so absurd. Doch dann wurden die Diamanten dem Gerichtshof vorgelegt – und es wurde eindeutig nachgewiesen, daß es sich um die gestohlenen handelte. Anita Grünberg war verschwunden. Auf schlaue Weise hatte sie den Austausch der Steine zustande gebracht, und unsere heiligen Eide, es handle sich bei den Diamanten gar nicht um unsere Steine, fanden natürlich keinen Glauben.

Sir Laurence Eardsley hatte einen gewaltigen Einfluß. Es gelang ihm, den Fall zu unterdrücken – aber zwei junge Menschen waren vernichtet, ihre Namen auf ewig gebrandmarkt. Und dem alten Sir Eardsley brach das Herz. Er hatte eine letzte, bittere Unterredung mit seinem Sohn, in der er ihm die schlimmsten Vorwürfe ins Gesicht schleuderte. Seinen Namen hatte er, soweit er konnte, zu schützen versucht – doch sein Sohn existierte hinfort für ihn nicht mehr. Der junge Mann aber war zu stolz, um vor dem Vater seine Unschuld zu beteuern. Er schwieg und ging zu seinem Freund, der auf ihn wartete. Eine Woche später wurde der Krieg erklärt; beide meldeten sich als Freiwillige. Was dann geschah, das wissen Sie. Der Tod zerbrach eine Freundschaft, die ihresgleichen nicht wiederfindet.

Ich schwöre Ihnen, Anne, daß ich nur um seinetwillen diese Frau derart gehaßt habe. Er hat den Tod gesucht, er war tollkühn und gleichgültig gegen jede Gefahr. Die Enttäuschung, die er an ihr erlebt hatte, traf ihn schwerer als mich. Ich war wohl kurze Zeit irrsinnig verliebt — ein Strohfeuer, das rasch erlosch. Für ihn aber bedeutete sie den ganzen Lebensinhalt, ihr Verrat traf ihn im innersten Mark. An diesem Schlag ist er zerbrochen.»

Er schwieg, und ich überließ ihn den Gedanken an den toten Freund. Endlich fuhr er fort:

«Sie wissen, daß ich als vermißt gemeldet wurde. Mir war es gleichgültig, ich ließ es dabei bewenden. Ich nahm den Namen Parker an und kam auf diese Insel, die ich von Kindheit an kannte. Zu Beginn des Krieges hatte ich noch die ehrgeizige Hoffnung gehegt, meine Unschuld eines Tages beweisen zu können. Doch nach dem Tode meines Freundes hatte mich jede Energie verlassen.

Wozu? fragte ich mich. Er war gefallen, und nähere Verwandte besaßen wir beide nicht mehr. Auch mich hielt man für tot — sollte es dabei bleiben! Ich führte ein friedliches Leben hier, weder glücklich noch besonders unglücklich. Jedes Fühlen in mir war erstorben.

Dann geschah eines Tages etwas, das mich aufrüttelte. Ich sollte eine Gesellschaft auf meinem Boot herumführen und stand am Landungssteg, um den Leuten beim Einsteigen zu helfen, als ich plötzlich einen erschrockenen Ausruf vernahm. Ich wandte mich um und bemerkte einen kleinen Mann, der mich anstarrte, als ob ich ein Gespenst wäre. Sein Entsetzen war so auffallend, daß es meine Neugier erregte. Ich erkundigte mich im Hotel nach ihm und erfuhr seinen Namen. Er hieß Carton, kam aus Kimberley und war Aufseher im Diamentanlager De Beers. In dieser Sekunde überfiel mich auf einmal wieder der ganze Jammer meiner verpfuschten Existenz. Ich verließ die Insel und fuhr nach Kimberley.

Dort konnte ich nicht viel über ihn erfahren. Schließlich entschied ich mich dafür, ihn direkt zu stellen. Ich nahm meinen Revolver und ging zu ihm. Rasch genug erkannte ich, daß er Angst vor mir hatte — weniger vor meiner Waffe als vor meiner Person. Bald hatte ich alles erfahren, was ich wissen wollte. Er war es, der damals den Diebstahl der Diamanten bei De Beer ausgeführt hatte, und Anita Grünberg war seine Frau. Einmal hatte er uns gesehen, als wir mit Anita im Hotel saßen. Er hatte gelesen, daß ich gefallen sei, und mein Wiederauftauchen mußte ihn daher zu Tode erschrecken. Sie hatten sehr jung geheiratet, doch ihr Zusammenleben dauerte nur kurze Zeit. Anita verließ ihn und geriet in schlechte Gesellschaft. Als er davon erzählte, erfuhr ich zum erstenmal von der Existenz des geheimnisvollen ‹Oberst›. Carton selbst wurde nur ein einziges Mal in dessen Machenschaften verwickelt, nämlich bei diesem Diamantendiebstahl. Dies versicherte er mir nachdrücklich, und ich war geneigt, ihm zu glauben. Er war ganz entschieden nicht der Mann für eine Verbrecherlaufbahn.

Aber trotzdem war ich überzeugt, daß er mir noch etwas verheimlichte. Um das herauszufinden, bedrohte ich ihn mit der Pistole. In seiner Todesangst stotterte er die ganze Geschichte heraus. Anscheinend war Anita Grünberg dem ‹Oberst› gegenüber mißtrauisch gewesen. Statt ihm, wie vereinbart, alle unsere Diamanten auszuhändigen, hatte sie einen Teil davon zurückbehalten. Die Fachkenntnisse von Carton waren ihr dabei von Nutzen gewesen, denn sie hatte nur solche Steine unterschlagen, bei denen eine genaue Prüfung sofort ergeben mußte, daß sie niemals aus den Minen von De Beer stammen konnten.

Hier lag eine Möglichkeit für mich! Meine Behauptung, man habe uns andere Steine untergeschoben, bekam nun Hand und Fuß; ich würde den Fall noch einmal vor Gericht aufrollen, unsere Namen könnten rehabilitiert werden, und der Verdacht würde in die richtigen Bahnen gelenkt. Aus Cartons Erzählung mußte ich entnehmen, daß bei diesem Unternehmen ausnahmsweise der ‹Oberst› persönlich beteiligt war, denn Anita hatte ihn offenbar in der Hand. Carton schlug mir vor, ein Abkommen mit seiner Frau zu treffen, die sich jetzt Nadina nannte. Er glaubte, sie würde für eine hohe Geldsumme bereit sein, sich von den Diamanten zu trennen und ihren früheren Verbündeten zu verraten. Er erklärte sich sogar bereit, ihr sofort in dieser Sache zu telegrafieren.

Doch ich vermochte Carton noch nicht recht zu trauen. Wohl ließ er sich leicht einschüchtern, aber in seiner Angst mochte er mir so viele Lügen aufgetischt haben, daß sich die Wahrheit schwer herausschälen ließ. Am folgenden Abend begab ich mich wiederum zu ihm, in der Hoffnung, er habe inzwischen Antwort auf sein Kabel erhalten. Man teilte mir mit, er sei verreist, würde aber bestimmt am nächsten Tag zurückkehren. Mein

Mißtrauen verstärkte sich. Ich zog Erkundigungen ein und vernahm, daß er sich am übernächsten Tag in Kapstadt auf der *Kilmorden* einschiffen werde, um nach England zu fahren. Es gelang mir noch rechtzeitig, ebenfalls an Bord des Schiffes zu kommen.

Ich hatte nicht die Absicht, Carton durch meine Anwesenheit auf dem Schiff zu verängstigen. In Cambridge war ich seinerzeit öfters als Schauspieler aufgetreten, und es fiel mir nicht schwer, einen älteren, bärtigen Herrn mit Brille zu mimen. Ich ging ihm auf dem Schiff aus dem Wege, indem ich vorgab, seekrank zu sein, und in meiner Kabine blieb.
In London war es leicht, ihm auf den Fersen zu bleiben. Er fuhr direkt zu einem Hotel und ging erst am folgenden Mittag wieder aus, kurz vor ein Uhr. Ich folgte ihm. Er fuhr zu einem Häusermakler in Knightsbridge und erkundigte sich dort nach einem Haus, das am Ufer des Flusses zu vermieten sei. Ich stand am nächsten Tisch und sprach mit einem anderen Angestellten, als plötzlich Anita Grünberg — oder Nadina — erschien, anmaßend und schön wie immer. Gott, wie ich sie haßte! Hier stand eine Frau, die mein Leben zerstört hatte, meines — und ein anderes, weit wertvolleres. Es zuckte mir in den Fingern, ihr jetzt, sofort, meine Hände um den Hals zu legen und sie zu erdrosseln. Ich sah rot und hörte kaum, was der Agent zu mir sagte. Dann vernahm ich ihre Stimme, hell und mit übertrieben fremdländischem Akzent: ‹Das Haus zur Mühle in Marlow, Eigentum von Sir Eustace Pedler. Das scheint mir das richtige zu sein; auf jeden Fall werde ich hingehen und es ansehen.›
Der Beamte stellte ihr eine Bescheinigung aus, und sie entfernte sich ebenso stolz, wie sie gekommen war. Kein Wort, kein Zeichen, daß sie Carton erkannt hatte, und dennoch war ich überzeugt, daß das Treffen beabsichtigt war. Doch dann ließ ich mich zu einem Trugschluß verleiten. Da ich nichts von der Abwesenheit von Sir Eustace wußte, hielt ich die Geschichte mit der Hausbesichtigung für einen bloßen Vorwand, um mit ihm zusammenzutreffen. Mir war bekannt, daß sich Sir Eustace zur Zeit des Diamantendiebstahls in Afrika aufgehalten hatte, und da ich ihn nie gesehen hatte, nahm ich an, er müsse der geheimnisvolle ‹Oberst› sein.
Ich folgte meinen beiden Verdächtigen. Nadina ging direkt zum Hyde-Park-Hotel und begab sich in das Restaurant. Ich wollte

nicht riskieren, von ihr erkannt zu werden, und folgte daher Carton, in der Hoffnung, daß er auf dem Wege sei, die Steine abzuholen. Dann wollte ich mich ihm überraschend zu erkennen geben, um so die Wahrheit von ihm zu erfahren. Ich folgte ihm zur Untergrundbahn am Hyde Park Corner. In seiner Nähe stand nur ein junges Mädchen, sonst niemand. Daher entschloß ich mich, ihn jetzt direkt zu stellen.
Sie wissen, was dabei herauskam, Anne. In seinem Entsetzen, plötzlich einen Menschen vor sich zu sehen, den er in Afrika wähnte, verlor er den Kopf und fiel auf die Schienen. Ich gab mich als Arzt aus, und so gelang es mir, seine Taschen zu durchsuchen. Ich fand eine dünne Brieftasche mit ein paar wenigen Noten, einen oder zwei unwichtige Briefe, einen Rollfilm, den ich später irgendwo wieder verloren haben muß — ferner einen Zettel mit einer Verabredung auf der *Kilmorden Castle*. In meiner Hast verlor ich auch diesen Zettel, doch glücklicherweise hatte ich mir die Ziffern gemerkt.
Ich eilte zur nächstgelegenen Garderobe und entledigte mich meiner Verkleidung, um nicht als Taschendieb verhaftet zu werden. Dann kehrte ich zum Hyde-Park-Hotel zurück. Nadina saß immer noch beim Essen. Es ist wohl nicht nötig, Ihnen genau zu schildern, auf welche Weise ich ihr nach Marlow folgte. Sie ging in das Haus, und ich erlangte ebenfalls Einlaß, indem ich der Pförtnerin gegenüber behauptete, ein Freund der Dame zu sein.»
Harry hielt inne. Wir schwiegen bedrückt.
«Sie werden mir glauben, Anne, nicht wahr? Ich schwöre vor Gott, daß alles wahr ist, was ich Ihnen jetzt noch zu sagen habe. Ich ging hinter ihr her mit Mordlust im Herzen — und fand sie tot! Es war entsetzlich. Tot — und ich war nur drei Minuten nach ihr ins Haus gegangen! Kein einziges Zeichen, daß außer mir noch ein anderer Mensch dort war. Natürlich erkannte ich sofort, in welch furchtbarer Lage ich mich befand. Mit einem einzigen Schlag hatte sich der ‹Oberst› von seiner Erpesserin befreit und gleichzeitig ein Opfer gefunden, das für seine Tat herhalten sollte.
Ich weiß kaum, was ich nachher tat. Es gelang mir, das Haus zu verlassen und einen einigermaßen normalen Eindruck zu machen. Doch es war mir völlig klar, daß der Mord über kurz oder lang entdeckt werden mußte und bald jeder Polizist in ganz England meine Beschreibung erhalten würde.

Ein paar Tage verhielt ich mich ruhig und wagte nichts zu unternehmen. Schließlich kam mir ein Zufall zu Hilfe. Ich hörte ein Gespräch zwischen zwei Herren mittleren Alters, aus dem ich ersah, daß der eine von ihnen Sir Eustace Pedler war. Sofort tauchte der Gedanke in mir auf, mich ihm als Sekretär für die Reise anzubieten. Die Möglichkeit dazu bot mir das erlauschte Gespräch. Nach allem glaubte ich nicht mehr daran, daß Sir Eustace und der ‹Oberst› identisch seien. Möglicherweise handelte es sich um einen bloßen Zufall, daß gerade in seinem Haus das Zusammentreffen zwischen Carton und Nadina stattfinden sollte.»

«Wissen Sie nicht», unterbrach ich ihn, «daß Guy Pagett zur Zeit des Verbrechens in Marlow war?»

«Das macht vieles klar; ich glaubte immer, er habe sich mit Sir Eustace an der Riviera aufgehalten.»

«Er hatte Urlaub, um nach Florenz zu gehen — aber er ist *nie* dort gewesen, das habe ich herausgefunden. Ich bin ziemlich sicher, daß er in Marlow war, aber ich kann es natürlich nicht beweisen.»

«Und dabei habe ich Pagett nicht eine Sekunde verdächtigt, ehe er den Versuch unternahm, Sie über Bord zu werfen. Der Mann muß ein perfekter Schauspieler sein.»

«Nicht wahr? Der Meinung bin ich auch.»

«Das erklärt auch, weshalb gerade das Haus in Marlow gewählt wurde. Pagett konnte dort aus und eingehen, ohne daß ihn jemand sah. Natürlich machte er keine Einwendungen, als Sir Eustace meine Begleitung akzeptierte. Man wünschte nicht, daß ich sofort verhaftet würde, denn Nadina hatte jedenfalls die Diamanten zu der Verabredung nicht mitgebracht. Vielleicht waren sie auch von Anfang an in Cartons Händen, und er hat sie irgendwo auf der *Kilmorden* versteckt, und der ‹Oberst› hoffte, über Pagett durch mich an dieses Versteck heranzukommen. Jedenfalls fühlte er sich, solange er nicht im Besitz der Steine war, immer noch gefährdet — daher seine Anstrengungen, sich ihrer um jeden Preis zu bemächtigen. Doch wo zum Teufel Carton diese Diamanten versteckt haben mag — wenn er es tat! — das übersteigt meine Vorstellungskraft.»

«Hier beginnt eine andere Geschichte — meine nämlich», warf ich ein. «Und ich werde sie Ihnen sogleich erzählen.»

## 27

Harry hörte aufmerksam zu, während ich ihm eine gedrängte Schilderung aller Vorkommnisse gab, die mir bekannt waren. Am meisten verblüffte ihn die Tatsache, daß seine Steine schon lange Zeit in *meinem* Besitz waren – oder genauer gesagt, in Suzannes Besitz. Diese Lösung war ihm niemals in den Sinn gekommen. Jetzt, wo ich seine Geschichte kannte, begriff ich natürlich Cartons und Nadinas Plan: die Diamanten sollten nicht bei ihnen gefunden werden, falls die beabsichtigte Erpressung fehlschlug. Der «Oberst» würde nie auf die Vermutung kommen, daß die Steine einem einfachen Schiffssteward anvertraut waren.

Harrys Freispruch vom Verdacht des Diamantendiebstahls schien gesichert. Doch der Mordverdacht lastete noch immer auf ihm. Bevor wir ihn nicht entkräften konnten, durfte er sich nicht in die Öffentlichkeit wagen.

Die wichtigste Frage erwogen wir immer und immer wieder: Wer war der «Oberst»? Konnte es wirklich Guy Pagett sein?

«Aus einem einzigen Grund bin ich davon nicht restlos überzeugt», sagte Harry. «Er war auf dem Schiff, und er kann den Versuch gemacht haben, Sie über Bord zu werfen, das ist richtig. Wie er es jedoch fertiggebracht haben sollte, am ersten Abend Ihrer Anwesenheit hier bei den Fällen aufzutauchen und einen erneuten Mordversuch zu unternehmen, das ist mehr, als ich mir vorstellen kann. Sie sahen ihn ja noch bei Ihrer Abfahrt in Kapstadt auf dem Bahnsteig stehen.»

Wir saßen eine Weile schweigend, dann fuhr Harry zögernd fort:

«Sie sagen, daß Mrs. Blair fest geschlafen hat, als Sie das Hotel verließen. Sir Eustace hat diktiert – wo aber war Oberst Race? Könnte er nicht der geheimnisvolle ‹Oberst› sein?»

«Das wäre nicht ausgeschlossen», meinte ich. «Er ist eine sehr starke Persönlichkeit, aber ich glaube es eigentlich nicht. Ich vermute eher, er gehört zum britischen Geheimdienst.»

«Es ist nicht schwer, dieses Gerücht auszustreuen. Niemand vermag es zu kontrollieren, es zieht immer weitere Kreise, und schließlich ist jedermann überzeugt davon. Natürlich wäre es eine ideale Tarnung für zweifelhafte Unternehmungen. Anne, mögen Sie Race?»

«Ja – und nein. Manchmal stößt er mich ab, aber gleichzeitig

faszíniert er mich. Sicher ist, daß ich stets eine leise Angst vor ihm habe.»
«Es war zur Zeit des Kimberley-Diebstahls in Afrika, wußten Sie das?» fragte Harry langsam.
«Aber *er* war es, der Suzanne und mir alles über den ‹Oberst› erzählt hat — auch, daß er versuchte, ihn in Paris aufzustöbern.»
«Das könnte ein besonders geschicktes Manöver sein.»
«Und was hätte dann Pagett damit zu tun? Steht er vielleicht in Oberst Races Sold?»
«Es wäre denkbar, daß er überhaupt nichts mit der ganzen Sache zu schaffen hat», meinte Harry gedehnt.
«Wie?»
«Überlegen Sie gut, Anne: haben Sie jemals Pagetts Version über die Geheimnisse jener Nacht auf der *Kilmorden* gehört?»
«Ja — durch Sir Eustace.»
Ich wiederholte, was mir dieser erzählt hatte, und Harry lauschte aufmerksam.
«Pagett behauptet also, einen Mann gesehen zu haben, der aus der Richtung von Sir Eustaces Kabine kam. Nun, wer bewohnte die Kabine Sir Eustace gegenüber? Oberst Race. Stellen wir uns nun folgende Situation vor: Oberst Race klettert an Deck und unternimmt den Anschlag auf Sie. Er schlägt fehl. Race flieht rings um das Deck und trifft dabei auf Pagett, der eben aus dem Salon kommt. Was bleibt ihm übrig, als ihn niederzuschlagen und selbst durch den Salon nach unten zu eilen? Dann biegen wir um die Ecke und finden Pagett. Was halten Sie von dieser Darstellung?»
«Sie vergessen dabei eines: Pagett soll steif und fest behauptet haben, daß *Sie* ihn niederschlugen.»
«Das wäre nicht schwierig zu erklären. Er kommt wieder zu sich — und sieht mich im gleichen Moment um die Ecke verschwinden. Muß er da nicht annehmen, ich sei sein Angreifer? Besonders, da er überzeugt war, *mir* gefolgt zu sein.»
«Das wäre denkbar», sagte ich. «Aber es würde alle unsere Folgerungen auf den Kopf stellen. Wir haben jedoch noch andere Beweise — denken Sie an Kapstadt.»
«Auch dies ließe sich erklären. Der Mann, der Ihnen dort folgte, sprach mit Pagett auf der Straße, und dieser blickte auf seine Uhr. Wie, wenn er ihn bloß nach der Zeit gefragt hätte?»
«Sie halten es also für ein zufälliges Zusammentreffen?»
«Nicht unbedingt; die ganze Sache hat Methode. Möglicher-

weise wollte man Pagett in die Geschichte verwickeln. Weshalb fand der Mord an Nadina ausgerechnet im Haus zur Mühle statt, wo Pagett aus und eingehen konnte? War es deshalb, weil er zur Zeit des Diamantendiebstahls ebenfalls in Kimberley war? Sollte *er* den Sündenbock abgeben, wenn ich nicht durch eine günstige Fügung auf dem Schauplatz erschienen wäre?»

«Ihrer Meinung nach wäre er also ganz unschuldig?»

«Es sieht beinahe so aus, aber erst müssen wir herausfinden, was er zur fraglichen Zeit in Marlow machte. Wenn er eine glaubwürdige Erklärung dafür hat, sind wir auf der richtigen Fährte.»

Er erhob sich.

«Mitternacht ist vorüber, Anne. Sie müssen schlafen gehen. Kurz vor Tagesanbruch fahre ich Sie im Boot ans Festland hinüber, damit Sie den Zug in Livingstone erreichen. Sie fahren nach Bulawayo und nehmen dann die Bahn nach Beira.»

«Beira . . .», sagte ich nachdenklich.

«Ja, Anne, es muß dabei bleiben.»

«Gut, wenn es denn sein soll . . .» flüsterte ich und ging an ihm vorbei in die Hütte.

Ich lag auf dem fellbedeckten Lager, doch an Schlaf war nicht zu denken. Ich hörte, wie Harry draußen auf und nieder schritt, auf und nieder, die ganzen, langen Stunden. Endlich rief er:

«Anne, kommen Sie! Es ist Zeit.»

Es war noch dunkel, doch die Morgendämmerung nicht mehr fern.

«Wir nehmen das Kanu, nicht das Motorboot . . .» begann Harry, doch plötzlich unterbrach er sich und hielt, Schweigen gebietend, den Arm hoch.

«Still! Was ist das?»

Ich lauschte, doch ich vernahm keinen Laut. Seine Ohren waren schärfer als meine – die Ohren eines Menschen, der lange Zeit in der Wildnis gelebt hat. Doch dann hörte ich es auch: ein leises Plätschern von Rudern im Wasser, das sich vom rechten Ufer her deutlich unserem kleinen Landungssteg näherte.

Wir strengten unsere Augen an und konnten unklar einen Fleck auf dem Strom unterscheiden. Ein Boot, das rasch näher kam. Dann eine kleine Flamme – jemand zündete ein Streichholz an. In seinem Licht erkannte ich den rotbärtigen Holländer aus jener Villa. Die übrigen Insassen waren Eingeborene.

«Rasch – in die Hütte zurück!»
Harry riß mich mit sich. Er nahm ein paar Gewehre und einen Revolver von der Wand.
«Können Sie ein Gewehr laden?»
«Ich habe es noch nie versucht; zeigen Sie mir, wie es gemacht wird.»
Bald hatte ich seine Anweisungen begriffen. Wir verschlossen die Tür, und Harry stellte sich ans Fenster, das den Landungssteg überblickte. Eben legte das Boot an.
«Wer ist da?» rief Harry.
Wenn wir noch Zweifel über die Absichten unserer Besucher gehabt hätten, wären sie jetzt behoben worden. Ein Hagel von Geschossen ergoß sich über uns. Glücklicherweise wurde keiner von uns verletzt. Harry hob das Gewehr. Ein weiterer Kugelregen. Ein Geschoß streifte Harrys Wange. Ich brachte es fertig, das Gewehr wieder zu laden, ehe er danach griff. Plötzlich stieß er einen Freudenschrei aus. «Sie fliehen, Anne – sie haben genug!»
Er warf das Gewehr hin und riß mich in seine Arme.
«Anne, du warst wundervoll!» Er küßte mich, doch plötzlich ließ er mich los. «Und jetzt ans Geschäft, mein Kind! Bring die Petroleumkannen her.»
Ich tat, wie er befahl, während er auf dem Dach herumkletterte. Gleich darauf war er wieder bei mir.
«Jetzt zum Boot hinunter; wir müssen es auf die andere Inselseite tragen.»
Wir rannten zum Fluß.
Am Ufer sahen wir zu unserem Schrecken, daß beide Boote gekappt waren. Sie trieben weit draußen auf dem Strom. Harry stieß einen leisen Pfiff aus.
«Wir sitzen bös in der Klemme, Liebling. Macht es dir was aus?»
«Nicht, wenn du bei mir bist.»
Fast in der gleichen Sekunde schoß aus der Hütte eine hohe Flamme empor. Ihr Schein beleuchtete zwei zusammengekauerte Gestalten auf dem Dach.
«Meine alten Kleider, mit Decken ausgestopft. Es wird einige Zeit dauern, bis sie dahinterkommen. – Los, Anne, jetzt müssen wir einen verzweifelten Ausweg suchen.»
Hand in Hand rannten wir quer über die Insel. Dort trennte sie nur ein schmaler Kanal vom Festland.
«Wir müssen hinüberschwimmen. Kannst du schwimmen?»

«Gibt es hier Krokodile?»
«Ja. Denk nicht dran – oder sprich ein Stoßgebet. Was du vorziehst.»
Wir warfen uns ins Wasser. Meine Gebete müssen wirksam gewesen sein, denn wir erreichten glücklich das andere Ufer und zogen uns naß und tropfend zur Sandbank empor.
«Jetzt heißt es für uns, auf nach Livingstone. Es ist ein langer Marsch, und unsere nassen Kleider erleichtern ihn nicht gerade. Aber es hilft nichts. Wir müssen es schaffen.»
Als wir in Livingstone ankamen, hing ich über Harrys Schulter wie ein nasser Kohlensack. Eben begann sich der Himmel zu lichten.
Wir suchten Zuflucht bei Harrys Freund Ned, der ein kleines Geschäft mit Eingeborenenarbeiten führte.
Er gab uns zu essen und brachte heißen Kaffee herbei. Wir hüllten uns in grellbunte Wolldecken, während er unsere nassen Kleider zum Trocknen aufhängte. In dem kleinen Hinterzimmer seiner Hütte waren wir vor neugierigen Blicken sicher, und er verließ uns, um Erkundigungen über die Gesellschaft von Sir Eustace und deren Verbleib einzuziehen.
Hier gestand ich Harry, daß nichts, absolut nichts mich veranlassen könnte, nach Beira zu fahren. Natürlich hatte ich überhaupt nie die Absicht gehabt; aber jetzt waren auch seine Gründe hinfällig geworden. Meine Gegner wußten nun, daß ich lebte, also war auch meine Flucht sinnlos. Meine Feinde konnten mir mit Leichtigkeit nach Beira folgen und mich dort ermorden, wo mich niemand schützte.
Schließlich beschlossen wir, daß ich mich mit Suzanne – wo immer sie sich auch befinden mochte – treffen und mich nur noch um meine Sicherheit kümmern sollte. Ich versprach, keine Abenteuer mehr zu suchen und den «Oberst» einzig und allein Harry zu überlassen. Die Diamanten sollten auf der Bank in Kimberley unter dem Namen *Parker* deponiert werden.
«Wir müssen ein geheimes Erkennungszeichen vereinbaren», meinte ich überlegend. «Es darf nicht wieder vorkommen, daß wir durch falsche Botschaften in eine Falle getrieben werden.»
«Das ist ganz einfach. Jede Botschaft, die *wirklich* von mir stammt, wird irgendwo ein durchgestrichenes *und* haben.»
«Ohne Erkennungszeichen – eine Falle», murmelte ich. «Und bei Telegrammen?»
«Ich unterzeichne jedes Telegramm mit dem Namen ‹*Andy*›.»

Ned streckte den Kopf herein. «Der Zug wird gleich eintreffen», bemerkte er und zog sich rasch wieder zurück.
Ich stand auf.
«Und soll ich nun einen netten Mann heiraten, wenn ich einem begegne?» fragte ich demütig.
Harry kam auf mich zu.
«Großer Gott, Anne, wenn du jemals einen anderen Mann heiratest als mich, dann drehe ich ihm den Hals um. Und dich . . .»
«Ja?» fragte ich selig.
«Dich schleppe ich fort und schlage dich braun und blau!»

## 28

*Aus dem Tagebuch von Sir Eustace Pedler*

Ich habe schon einmal bemerkt, daß ich in erster Linie ein Mann der Ruhe bin. Ich sehne mich nach einem friedlichen Leben – und anscheinend ist gerade dies das einzige Ziel, das ich nie erreiche. Immer ist Trubel und Aufregung um mich herum. Es war eine wahre Erlösung für mich, Pagett mit seiner ewigen Schnüffelei nach Ränken und Schlichen los zu sein. Und Miss Pettigrew ist eine recht brauchbare Kreatur. Sie ist zwar keine Schönheit, aber sie besitzt ein paar unschätzbare Vorzüge. Leider hatte ich in Bulawayo eine Leberattacke. Auch wurde meine Nachtruhe im Zug gründlich gestört. Um drei Uhr früh kam ein schneidig gekleideter junger Mann in mein Abteil, der sich erkundigte, wohin ich führe. Mein gemurmeltes «Tee, und zwar ohne Zucker», beachtete er gar nicht, sondern wiederholte seine Frage und betonte, er sei Einwanderungsoffizier, der Auskunft wünsche über mein Woher und Wohin. Schließlich gelang es mir, ihn zufriedenzustellen durch meine Angaben, daß ich an keinen ansteckenden Krankheiten leide, Rhodesien nur aus den reinsten Motiven besuche, und indem ich ihm meinen vollen Namen sowie meinen Geburtsort angab.
Dann versuchte ich ein wenig zu schlafen, doch um halb sechs Uhr erschien ein uniformierter Laffe mit einer Tasse heißem Zuckerwasser, das er großartig als Tee bezeichnete. Ich hatte große Lust, es ihm an den Kopf zu werfen. Um sechs Uhr

brachte er mir ungezuckerten Tee, der eiskalt war. Völlig erschöpft fiel ich wieder in Schlaf und erwachte kurz vor Bulawayo, als man mir eine scheußliche Holzgiraffe in den Arm legte.
Doch außer diesen Zwischenfällen verlief die Reise ruhig, bis eine neue Kalamität auftauchte.
Dies geschah am Abend, als wir bei den Viktoria-Fällen eintrafen. Ich diktierte Miss Pettigrew in meinem Hotelzimmer, als plötzlich Mrs. Blair ohne ein Wort der Entschuldigung hereinplatzte.
«Wo ist Anne?» schrie sie aufgeregt.
Nette Frage, das! Als ob ich für das Mädchen verantwortlich wäre. Was soll Miss Pettigrew davon denken? Daß ich die Gewohnheit habe, Anne Beddingfield um Mitternacht herum einfach aus meiner Tasche zu ziehen? Sehr kompromittierend für einen Mann in meiner Position.
«Ich darf wohl annehmen», sagte ich kalt, «daß sie in ihrem Bett liegt.»
Dabei räusperte ich mich und blickte Miss Pettigrew an, um zu zeigen, daß ich weiterdiktieren wollte. Aber Mrs. Blair verstand den Wink nicht. Sie sank in einen Stuhl und wippte aufgeregt mit dem Fuß.
«Sie ist nicht in ihrem Zimmer, ich habe nachgesehen. Ich habe einen fürchterlichen Traum gehabt und stand auf, nur um mich zu vergewissern, daß ihr nichts fehlt. Sie war nicht im Zimmer, ihr Bett ist noch unberührt.»
Flehend blickte sie mich an.
«Was soll ich bloß tun, Sir Eustace?»
Ich unterdrückte die Antwort, die ich ihr gern gegeben hätte: ‹Zu Bett gehen und sich um nichts kümmern. Ein so energisches Geschöpf wie Anne Beddingfield wird wohl imstande sein, auf sich selbst aufzupassen.› Statt dessen runzelte ich die Stirn und fragte:
«Was sagt Race dazu?»
«Ich kann ihn nirgends finden.»
Ich seufzte und setzte mich.
«Ich verstehe den Grund Ihrer Aufregung nicht», bemerkte ich geduldig.
«Mein Traum . . .»
«Sie haben zu schwer gegessen.»
«Oh, Sir Eustace!»

Sie war ganz entrüstet. Und doch weiß jedermann, daß Alpdrücken von unbesonnnenem Essen herrührt.
«Schließlich ist es doch kein Verbrechen», sagte ich, «wenn Anne Beddingfield und Race noch einen kleinen Mondscheinspaziergang unternehmen, ohne es gleich dem ganzen Hotel mitzuteilen.»
«Glauben Sie, daß dies möglich wäre? Es ist aber bereits nach Mitternacht.»
«Wenn man jung ist, begeht man leicht eine solche Narretei», murmelte ich. «Immerhin hätte ich Race für vernünftiger gehalten.»
«Meinen Sie das wirklich im Ernst?»
«Wahrscheinlich sind sie durchgebrannt, um rasch zu heiraten», fuhr ich lächelnd fort, obgleich ich mir völlig klar darüber war, was für einen Unsinn ich schwatzte. Denn wohin sollten sie von einem Ort wie diesem schon durchbrennen?

Ich weiß nicht, wie lange ich mich noch hätte zusammennehmen müssen, aber in diesem Moment erschien Race persönlich auf dem Plan. Es erwies sich, daß ich zum Teil recht hatte: *er* war auf einem Spaziergang gewesen — allerdings allein und ohne Anne. Dagegen war es falsch von mir, die Situation auf die leichte Achsel zu nehmen. Das erwies sich alsbald. Race stellte in drei Minuten das Hotel auf den Kopf. Ich habe noch nie einen Mann so aufgeregt gesehen.
Die Sache ist wirklich sehr seltsam. Wohin ist das Mädchen verschwunden? Sie spazierte um zehn Minuten nach elf aus dem Hotel — und wurde seither nicht mehr gesehen. Der Gedanke an einen Selbstmord scheint ausgeschlossen. Sie gehört zu den unternehmungslustigen jungen Frauen, die das Leben lieben und nicht daran denken, es freiwillig von sich zu werfen. Sie konnte auch nicht auf und davon gehen, weil vor morgen mittag kein Zug fährt. Wo, zum Teufel, ist sie geblieben?
Race ist völlig außer sich, der arme Kerl. Jeden Stein hat er umgedreht. Jeden Menschen im ganzen Distrikt hat er aufgeboten. Die eingeborenen Spürhunde kriechen auf allen vieren herum. Und trotzdem: nicht das geringste Anzeichen von Anne Beddingfield. Man neigt zu der Vermutung, daß sie schlafgewandelt sei. Gewisse Anzeichen auf dem Pfad bei der Brücke deuten darauf hin, daß sie dort über den Rand gefallen sein könnte. Wenn das stimmt, dann muß sie natürlich auf den

Felsen zerschellt sein. Leider sind bereits alle Fußstapfen verwischt worden durch die Gesellschaft, die heute in aller Herrgottsfrühe dort herumgetrampelt ist.
Ich halte das für keine sehr befriedigende Theorie. Man spricht doch immer davon, daß Schlafwandler einen sechsten Sinn besitzen, der sie vor allem Ungemach schützt. Auch Mrs. Blair scheint nicht recht befriedigt davon.
Diese Frau ist mir unverständlich. Ihr ganzes Verhalten Race gegenüber hat sich gewandelt. Sie beobachtet ihn wie die Katze ihre Maus und muß sich offensichtlich anstrengen, wenigstens höflich zu ihm zu sein. Dabei waren sie bisher die engsten Freunde. Sie ist überhaupt nicht mehr sie selber, ist nervös, hysterisch geworden, fährt beim leisesten Laut in die Höhe.
Ich glaube, es ist höchste Zeit, daß ich nach Johannesburg abreise.

Gestern tauchte ein Gerücht auf über eine geheimnisvolle Insel mitten im Strom, die von einem Mann und einem jungen Mädchen bewohnt sein soll. Race wurde ganz aufgeregt. Die Sache erwies sich jedoch als harmlos, denn der Mann auf der Insel lebt seit Jahren dort und ist dem Hotelleiter gut bekannt. Er führt Gesellschaften auf seinem Boot im Strom herum und zeigt ihnen, wo es Krokodile gibt und dergleichen. Wahrscheinlich hat er eines darauf abgerichtet, daß es von Zeit zu Zeit Stücke aus dem Boot beißt. Dann wird er es mit dem Haken fortjagen, und die ganze Gesellschaft ist selig, weil sie ein echtes, gefräßiges Krokodil gesehen hat. Ich weiß, wie solche Dinge gedreht werden. Man hat nicht herausgefunden, wie lange das Mädchen schon bei ihm lebt; aber es scheint ziemlich sicher, daß es sich nicht um Anne handeln kann. Und so ohne weiteres darf man sich nicht in das Privatleben des jungen Menschen einmischen. Wenn ich an seiner Stelle wäre, würde ich mir das hübsch verbitten und Race mit Fausthieben von der Insel jagen. Liebesgeschichten gehen uns nichts an.

Später.

Es ist vereinbart, daß ich morgen nach Johannesburg fahre. Race hat mich ebenfalls dazu gedrängt. Hoffentlich werde ich nicht von einem Streikenden niedergeschossen. Mrs. Blair wollte mich begleiten, aber jetzt hat sie plötzlich ihre Absicht geändert und will hierbleiben. Es sieht fast so aus, als ob sie

Race nicht aus den Augen lassen wollte. Heute abend erschien sie bei mir und bat mich zögernd, ihr einen Gefallen zu erweisen. Würde ich wohl ein paar ihrer kleinen Andenken mitnehmen?
«Doch nicht etwa die Holztiere?» fragte ich erschrocken. Komischerweise hatte ich schon lange das Empfinden, dieses Viehzeug würde mich noch einmal in Verlegenheit bringen.
Schließlich einigten wir uns auf einen Kompromiß. Ich erklärte mich bereit, zwei kleinere Holzkisten mit zerbrechlichen Artikeln für sie in Verwahrung zu nehmen, während die Tiere in große Kisten gepackt und mit der Post nach Kapstadt gesandt werden sollen, wo Pagett für ihre weitere Unterbringung Sorge tragen kann.
Pagett zerrt wie wild an seiner Leine; er möchte unbedingt nach Johannesburg fahren und mich dort treffen. Mrs. Blairs Kisten geben einen guten Vorwand ab, um ihn in Kapstadt zurückzuhalten. Ich habe ihm bereits geschrieben, daß er vorläufig dort bleiben muß, um sie in Empfang zu nehmen und in sichere Verwahrung zu bringen, da sie von unermeßlichem Wert seien.
Alles ist also gut vorbereitet, und ich werde mit Miss Pettigrew zusammen ins Blaue hinausfahren. Wer Miss Pettigrew einmal gesehen hat, kann nicht an der völligen Harmlosigkeit dieser Reise zweifeln!

## 29

Johannesburg, den 6. März.

Ich habe endlose Ausreden erfunden, um Pagett in Kapstadt zurückzuhalten. Schließlich ist meine Einbildungskraft versiegt. Morgen kommt er her, um wie ein treuer Hund an der Seite seines Herrn zu sterben. Und dabei bin ich mit meinen *Erinnerungen eines Politikers* so schön vorwärtsgekommen während seiner Abwesenheit!
Heute morgen bin ich von einem hohen Regierungsbeamten interviewt worden. Er zeigte sich zu gleicher Zeit höflich, überredend und geheimnisvoll. Gleich zu Beginn sprach er von meiner exponierten Stellung und meiner Wichtigkeit, um zu be-

tonen, daß es besser für mich wäre, raschestens nach Pretoria abzureisen. Er würde mir gern dabei behilflich sein.
«Sie erwarten also hier größere Schwierigkeiten?» fragte ich.
Seine Antwort war so gewunden, daß sich nichts daraus entnehmen ließ. Und das bestärkte mich in meiner Annahme. Ich bemerkte höflich, daß seine Regierung dem Streik leider zu lange zugesehen hatte, ohne einzugreifen.
«Es sind ja gar nicht die Streikenden allein», verteidigte er sich. «Hinter ihnen ist eine ganze Organisation am Werk. Plötzlich sind Waffen und Munition in Mengen vorhanden. Wir haben ein paar Dokumente erbeutet, die Licht auf die Methoden werfen, wie sie ins Land gelangten. Ein regelrechter Kode wurde verwendet: *Kartoffeln* bedeutet Sprengstoffe, *Kohl* Gewehre, und so geht es weiter, alle Waffen sind mit dem Namen eines Gemüses bezeichnet.»
«Das ist höchst interessant», bemerkte ich.
«Mehr als das, Sir Eustace, weit mehr als das! Wir haben sogar Grund zu der Annahme, daß der Mann, der diese ganzen Unruhen angestiftet hat — der Spiritus rector sozusagen — zur Zeit in Johannesburg weilt.»
Er starrte mich so lange an, daß ich beinahe den Eindruck gewann, er halte mich für diesen Staatsverbrecher. Kalter Schweiß überlief mich bei dem Gedanken, und ich begann meine Neugier zu verwünschen, die mich in diesem dramatischen Augenblick nach Johannesburg geführt hatte.
Doch dann fuhr er fort: «Momentan verkehren keine Züge zwischen Johannesburg und Pretoria, aber ich könnte Ihnen einen Privatwagen zur Verfügung stellen. Und für den Fall, daß man Sie unterwegs anhalten sollte, würde ich Ihnen zwei Pässe ausstellen, den einen von der Regierung der Südafrikanischen Union, den anderen mit einer offiziellen Bestätigung, daß Sie ein englischer Tourist sind, der mit der Union nicht das geringste zu schaffen hat.»
«Mit anderen Worten: einen für Ihre Regierungsleute, den anderen für die Streikenden?»
«Genau so, Sir Eustace.»
Der Vorschlag sagte mir gar nicht zu — ich weiß, was in solchen Fällen nur allzuleicht geschieht. Im kritischen Moment wird man verwirrt und bringt alles durcheinander. Ich würde bestimmt den falschen Paß den falschen Leuten aushändigen und schließlich entweder von einem blutdürstigen Rebellen oder

von einem Vertreter des Rechts kurzerhand erschossen werden. Außerdem: was habe ich schon in Pretoria zu suchen? Die Regierungsgebäude bewundern und das Echo der Zeitungen über die Schießereien in Johannesburg studieren? Gott weiß, wie lange ich dort eingepfercht wäre. Die Eisenbahnschienen sind bereits in die Luft gesprengt, wie ich gehört habe. Und über die Stadt selbst ist seit zwei Tagen der Ausnahmezustand verhängt worden.

«Aber, mein lieber Freund», wandte ich ein, «Sie sind sich nicht klar darüber, daß ich eigens hierhergekommen bin, um die politischen Verhältnisse zu studieren. Wie, zum Teufel, kann ich die Sache von Pretoria aus verfolgen? Ich bin Ihnen sehr dankbar für Ihre Hilfsbereitschaft, aber Sie brauchen sich wirklich nicht um mich zu sorgen.»

«Ich muß Sie warnen, Sir Eustace: die Lebensmittel werden knapp.»

«Etwas fasten wird meiner Figur guttun.»

Wir wurden durch einen Boten unterbrochen, der mir ein Telegramm aushändigte. Ich las mit Verblüffung:

«Anne bei mir in Kimberley – Suzanne Blair.»

In diesem Moment wurde mir klar, daß ich nie ernstlich daran geglaubt hatte, Anne Beddingfield sei umgekommen. Das Mädchen ist ein Stehaufmännchen, sie hat ein ganz besonderes Geschick, lächelnd wieder aufzutauchen, als ob nichts geschehen wäre. Ich verstehe immer noch nicht, weshalb sie mitten in der Nacht das Hotel verließ und wie sie überhaupt nach Kimberley gelangte. Jedenfalls fuhr zu dieser Zeit kein Zug. Sie muß ein Paar Engelsflügel besessen haben. Und wie ich sie kenne, wird sie nicht daran denken, die Sache aufzuklären – wenigstens mir gegenüber nicht. Gegen mich hüllt sich alles in Schweigen, ich bin immer nur aufs Raten angewiesen. Und das wird auf die Dauer langweilig.

Nun gut, sie ist also wieder aufgetaucht. Ich faltete das Telegramm und machte mich von dem Regierungsbeamten los. Es sagt mir nicht besonders zu, hungern zu müssen, aber um meine persönliche Sicherheit bin ich nicht besorgt. General Smuts wird mit diesem Revolutiönchen schon fertig werden. Aber ich würde viel darum geben, jetzt eine Flasche Whisky zu bekommen! Hoffentlich ist Pagett gescheit genug, morgen eine mitzubringen.

Ich setzte meinen Hut auf und ging aus, um ein paar kleine

Andenken zu kaufen. Die Antiquitätengeschäfte in Johannesburg führen recht originelle Sachen. Ich blieb an einem Schaufenster stehen und betrachtete die Auslage, als ein Mann herauskam. Zu meiner Überraschung erkannte ich Race.
Ich kann nicht behaupten, daß er glücklich schien, mich zu sehen. Er machte im Gegenteil ein recht verstörtes Gesicht, aber ich bestand darauf, daß er mich zum Hotel zurückbegleitete. Es ist etwas eintönig, wenn man immer nur Miss Pettigrew zur Unterhaltung hat.
«Ich hatte keine Ahnung, daß Sie in Johannesburg sind», bemerkte ich. «Wann sind Sie eingetroffen?»
«Gestern abend.»
«Wo wohnen Sie?»
«Bei Freunden.»
Er spielte wieder einmal den großen Schweiger, und meine Frage schien ihn in Verlegenheit zu bringen.
Als wir im Hotel waren, sagte ich: «Sie werden wohl bereits vernommen haben, daß Miss Beddingfield wieder aufgetaucht und höchst lebendig ist?»
Er nickte.
«Sie hat uns allen einen tüchtigen Schrecken eingejagt», meinte ich leichthin. «Wohin, zum Teufel, ist sie eigentlich in jener Nacht verschwunden?»
«Sie war die ganze Zeit auf der Insel versteckt.»
«Auf welcher Insel? Doch nicht bei diesem jungen Mann?»
«Doch.»
«Das gehört sich einfach nicht! Mein guter Pagett wird sehr schockiert sein. Weiß man, wer dieser Bursche ist?»
«Ich vermute, es handelt sich dabei um einen jungen Mann, den wir alle sehr gern in die Finger bekämen.»
«Doch nicht etwa . . .?» rief ich in steigender Erregung.
Er nickte.
«Harry Rayburn — alias Harry Lucas, wie er wirklich heißt. Einmal ist er uns durch die Maschen geschlüpft, aber diesmal soll er uns nicht entkommen.»
«Du liebe Zeit!» murmelte ich.
«Es ist nicht anzunehmen, daß das Mädchen seine Komplizin ist. Bei ihr handelt es sich bloß um eine Liebesgeschichte.»
Ich war immer der Meinung gewesen, Race sei selbst in das Mädchen verliebt. Die Art, wie er die letzten Worte sagte, überzeugte mich noch mehr davon.

«Sie ist nach Beira gefahren», fuhr er hastig fort.
«Tatsächlich?» Ich starrte ihn erstaunt an. «Woher wissen Sie das?»
«Sie schrieb mir ein paar Zeilen von Bulawayo aus, in denen sie mir mitteilte, sie fahre direkt nach England zurück. Das Beste, was sie tun kann, die Arme.»
«Ich glaube nicht recht daran, daß sie in Beira ist», bemerkte ich nachdenklich.
«Als sie mir schrieb, befand sie sich auf dem Wege dorthin.»
Ich war sehr verblüfft. Irgend etwas lag in der Luft. Ohne zu überlegen, daß Anne wahrscheinlich einen guten Grund für ihre Täuschungsmanöver besaß, zog ich das Telegramm aus der Tasche und reichte es Race.
«Wie erklären Sie sich dann das?» fragte ich. «Beide Damen in Kimberley! Was haben sie dort zu tun?»
«Ja, das hat mich auch verblüfft. Ich hätte eher angenommen, daß Miss Anne schleunigst hierher nach Johannesburg führe, um aus erster Hand Berichte über die Revolte ans *Daily Budget* zu liefern.»
«Kimberley!» wiederholte er nochmals. «Dort gibt es überhaupt nichts zu sehen — in den Minen wird nicht gearbeitet.»
Er ging kopfschüttelnd davon. Ich hatte ihm anscheinend etwas zum Nachdenken aufgegeben.
Kaum war er fort, erschien mein Regierungsbeamter wieder auf dem Plan.
«Verzeihen Sie, wenn ich Sie nochmals störe, Sir Eustace», entschuldigte er sich. «Aber ich muß Ihnen leider noch eine kleine Frage stellen.»
«Fragen Sie, fragen Sie ruhig, mein Freund», sagte ich herzlich.
«Es betrifft Ihre Sekretärin . . .»
«Miss Pettigrew?» rief ich erstaunt.
«Jawohl, Sir Eustace. Man hat sie gesehen, als sie aus Agrasatos Antiquitätengeschäft kam.»
«Du, lieber Himmel», unterbrach ich ihn, «ich selbst wollte heute nachmittag ebenfalls bei Agrasato einkaufen. Sie hätten also auch *mich* dort entdecken können.»
Anscheinend kann man in Johannesburg nicht den harmlosesten Schritt tun, ohne bespitzelt zu werden.
«Sie ist aber mehr als einmal dort gesehen worden — und zwar unter recht eigenartigen Umständen. Ich kann Ihnen im Vertrauen sagen, Sir Eustace, daß gerade dieses Geschäft im Ver-

dacht steht, ein geheimer Treffpunkt der Organisation zu sein, die hinter dieser Rebellion steckt. Ich wäre Ihnen daher sehr dankbar, wenn Sie mir genauere Auskünfte über Ihre Sekretärin geben könnten. Auf welche Weise ist sie in Ihre Dienste gekommen?»
«Sie wurde mir durch Ihre eigene Regierung in Kapstadt empfohlen», sagte ich kalt.
Er fiel beinahe in Ohnmacht.

## 30

### *Annes Berichterstattung*

Sobald ich in Kimberley eintraf, sandte ich Suzanne ein Telegramm. Sie folgte mir mit dem nächsten Zug und meldete mir ihre Ankunft telegrafisch. Ihre Eile verriet mir, daß sie mich wirklich ins Herz geschlossen hatte. Das überraschte und rührte mich sehr, denn ich war immer der Meinung gewesen, ich bedeute bloß eine kurzweilige Sensation für sie. Aber bei ihrer Ankunft fiel sie mir um den Hals und brach in Tränen aus.
Als wir uns etwas erholt hatten, erzählte ich ihr die ganze Geschichte haarklein von A bis Z.
«Du hast Oberst Race stets im Verdacht gehabt», sagte sie nachdenklich, als ich geendet hatte. «Ich war anderer Ansicht — bis zu dem Abend, als du verschwandest. Ich habe so viel von ihm gehalten und dachte, er wäre ein guter Ehemann für dich. O Anne, sei mir nicht böse — aber woher willst du wissen, daß dein junger Freund die volle Wahrheit sagt? Du scheinst an jedes Wort von ihm wie an das Evangelium zu glauben.»
«Selbstverständlich tue ich das!» rief ich voller Empörung.
Suzanne zuckte die Achseln. Dann sagte sie:
«Ich muß dir vieles erklären, Anne. Siehst du, sobald auch ich Oberst Race verdächtigte, wurde ich sehr unruhig wegen der Diamanten. Ich wußte nicht, wie ich die Steine loswerden sollte. Ich wagte nicht, sie länger bei mir zu behalten . . .»
Suzanne blickte sich ängstlich um, als ob sie einen Lauscher befürchtete, und dann flüsterte sie mir etwas ins Ohr.
«Ein ausgezeichneter Gedanke», stimmte ich ihr bei. «Was hat Sir Eustace mit den Kisten gemacht?»

«Die großen sind nach Kapstadt gesandt worden. Pagett hat mir berichtet, daß sie gut eingetroffen sind, und hat mir gleichzeitig die Quittung für die Lagerung zugestellt. Übrigens verläßt er heute Kapstadt, um sich mit Sir Eustace in Johannesburg zu treffen.»

«Das scheint also in Ordnung», meinte ich. «Und wo befinden sich die kleinen Holzkisten?»

«Ich nehme an, daß Sir Eustace sie bei sich hat.»

Ich überlegte die Sache.

«Schön», sagte ich schließlich. «Es ist zwar keine Ideallösung, aber ich glaube, wir lassen es im Augenblick dabei.»

Ich sah im Fahrplan nach, wann Guy Pagetts Zug durch Kimberley fuhr. Ich fand heraus, daß er am nächsten Tag um 5 Uhr 40 eintreffen und um 6 Uhr weiterfahren sollte. Ich hatte meine Gründe, Pagett so bald wie möglich zu sprechen, und dies schien mir eine günstige Gelegenheit. Die Lage in Johannesburg wurde immer kritischer, und es war ungewiß, wann ich wieder eine Gelegenheit zu einer Unterhaltung mit ihm finden würde.

Das einzige, das diesen Tag für mich lebenswert machte, war ein Telegramm aus Johannesburg, ein kurzer, harmlos scheinender Bericht:

«Glücklich eingetroffen. Alles geht gut, Eric hier, ebenso Eustace, jedoch nicht Guy. Verhalte dich ruhig, Andy.»

«Eric» war unser Pseudonym für Oberst Race. Ich hatte diesen Namen gewählt, weil er mir von jeher äußerst unsympathisch war. Mir blieb also nur abzuwarten, bis ich mit Pagett gesprochen hatte.

Mit nur zehn Minuten Verspätung dampfte der Zug ein. Sämtliche Reisenden stürzten sich auf den Bahnsteig, um sich etwas Bewegung zu verschaffen. Es war nicht schwierig, Pagett zu entdecken. Ich war bereits gewohnt, daß er nervös zusammenzuckte, wenn er mich sah, doch diesmal geschah es noch auffallender als sonst.

«Guter Gott — Miss Beddingfield! Man hat mir gesagt, Sie seien verschwunden.»

«Ich bin wieder aufgetaucht», erklärte ich. «Wie geht es Ihnen?»

«Danke, danke, sehr gut — ich freue mich darauf, die Arbeit mit Sir Eustace wieder aufnehmen zu können.»

«Mr. Pagett», sagte ich, «ich möchte Sie etwas fragen und hoffe, daß Sie nicht gekränkt sein werden. Aber es hängt viel mehr von Ihrer Antwort ab, als Sie vermuten können. Würden Sie mir sagen, weshalb Sie am 8. Januar in Marlow waren?»
Er fuhr wie gestochen zurück.
«Aber, Miss Beddingfield – ich – wirklich ...»
«Sie waren doch dort, nicht wahr?»
«Ja – das heißt – aus ganz bestimmten privaten Gründen hielt ich mich in der Nachbarschaft auf.»
«Wollen Sie mir diese Gründe nicht verraten?»
«Hat Sie Sir Eustace nicht aufgeklärt?»
«Sir Eustace? Weiß er es denn?»
«Ich bin dessen fast sicher. Ursprünglich glaubte ich, er habe mich nicht erkannt, aber seine spöttischen Bemerkungen beweisen mir, daß es doch der Fall war. Ich war bereits entschlossen, ihm alles zu sagen und um meine Entlassung zu bitten. Er hat einen eigentümlichen Humor, und es macht ihm Vergnügen, mich auf die Folter zu spannen. Ich bin überzeugt, daß er mein Geheimnis kennt – wahrscheinlich seit vielen Jahren.»
Früher oder später würde sich hoffentlich herausstellen, worüber Pagett eigentlich sprach. Vorläufig begriff ich keine Silbe davon.
«Ein Mensch wie Sir Eustace kann sich natürlich nur schwer in meine Lage versetzen. Ich weiß, daß ich Unrecht tat, aber die Täuschung schien so harmlos. Es wäre weniger peinlich für mich gewesen, wenn er mich direkt gestellt hätte, als daß er mich ständig mit Andeutungen quälte.»
Eine Pfeife schrillte, die Reisenden begaben sich auf ihre Plätze zurück.
«Ja, ja, Mr. Pagett. Sie haben sicherlich recht», unterbrach ich ihn. «Aber Sie haben mir immer noch nicht gesagt, weshalb Sie damals in Marlow waren.»
«Es war unrecht von mir, zugegeben, aber ich dachte, daß unter diesen Umständen ...»
«Was für Umstände, Mr. Pagett?» rief ich verzweifelt.
Endlich schien Pagett zu merken, daß ich ihm eine klare Frage stellte.
«Entschuldigen Sie, Miss Beddingfield», sagte er steif, «aber ich sehe nicht ein, was Sie das angeht.»
Er bestieg hastig den Zug. Ich war verzweifelt; was konnte man mit einem solchen Menschen anfangen?

«Natürlich – wenn Ihr Geheimnis so schmachvoll ist, daß Sie sich schämen, darüber zu sprechen», rief ich ihm nach.
Endlich hatte ich den richtigen Ton gefunden. Pagett kam zurück.
«Schmachvoll? Ich verstehe Sie nicht!»
«Dann reden Sie – reden Sie doch endlich!»
In drei kurzen Sätzen klärte er alles auf – ich wußte nun um sein Geheimnis, doch es war keineswegs das, was ich erwartet hatte.
Langsam ging ich zum Hotel zurück. Dort wurde mir ein Telegramm ausgehändigt; es enthielt genaue Anweisungen, wie ich sogleich nach Johannesburg fahren sollte, oder vielmehr bis zu einer Station in der Nähe der Stadt, wo ich mit einem Wagen abgeholt würde. – Doch das Telegramm war nicht mit Andy gezeichnet, sondern die Unterschrift lautete Harry.
Ich setzte mich in einen Sessel, um sehr ernsthaft nachzudenken.

## 31

*Aus dem Tagebuch von Sir Eustace Pedler*

Johannesburg, den 7. März.

Pagett ist eingetroffen, natürlich in Todesängsten. Schlug mir sofort vor, wir sollten uns nach Pretoria verziehen. Ich unterbrach sein Geschwätz mit dem Befehl, die große Schreibmaschine auszupacken. Es war anzunehmen, daß sie auf der langen Reise gelitten hatte, und ich hoffte, daß ihre Instandsetzung ihn einige Zeit beschäftigen würde. Aber ich hatte Pagett wieder einmal verkannt.
«Die Kisten sind bereits ausgepackt, Sir, und die Maschine ist kontrolliert. Alles in bester Ordnung.»
«Von welchen Kisten sprechen Sie?»
«Ich habe die beiden kleinen Holzkisten geöffnet.»
«Zum Teufel, wenn Sie doch bloß nicht so übereifrig wären! Diese beiden Kisten gehen Sie gar nichts an, sie gehören Mrs. Blair.»
Pagett schien sehr niedergeschlagen; er haßt es, Fehler zu machen.

«Packen Sie sie also sorgfältig wieder ein», fuhr ich fort. «Nachher können Sie ausgehen und sich ein wenig umsehen. Morgen wird Johannesburg wahrscheinlich nur noch eine rauchende Trümmerstätte sein; es ist also Ihre letzte Gelegenheit.» Auf diese Weise hoffte ich, ihn wenigstens für den Vormittag loszuwerden.

«Ich möchte Ihnen noch etwas melden, Sir, wenn Sie die Geduld haben, mir zuzuhören.»

«Aber nicht jetzt», unterbrach ich ihn hastig. «Momentan verspüre ich nicht die leiseste Lust dazu.»

Pagett zog sich zurück.

«Übrigens», rief ich hinter ihm her, «was befindet sich eigentlich in diesen Kisten von Mrs. Blair?»

«Ein paar Felldecken – und Pelzhüte, glaube ich.»

«In Ordnung», bestätigte ich befriedigt. «Das hat sie alles unterwegs gekauft. Sonst nichts?»

«Oh, einige Rollfilme und ein paar Kleinigkeiten wie Handschuhe und Schleier und solches Zeug.»

«Wenn Sie kein ausgemachter Dummkopf wären, Pagett, hätten Sie doch sofort merken müssen, daß diese Sachen nicht mir gehören.»

«Ich nahm an, einiges davon stamme aus dem Besitz von Miss Pettigrew.»

«Apropos Miss Pettigrew – was fiel Ihnen eigentlich ein, mir eine derart verdächtige Person als Sekretärin anzuschleppen?»

Ich erzählte ihm von dem Kreuzverhör, das ich gestern durchzustehen hatte. Allerdings bereute ich dies sogleich, denn damit hatte ich Pagetts Schleusen geöffnet. Er witterte schon wieder Verdacht, und ließ es sich nicht nehmen, mich mit einer langatmigen Geschichte über die *Kilmorden* anzuöden. Es handelte sich um einen Rollfilm und um eine Wette. Der Film sei von einem Steward mitten in der Nacht durch den Ventilator auf ein Bett geworfen worden. Ich hasse jede Art von Wetten, und als ich dies sagte, begann Pagett die ganze Geschichte noch einmal von vorne. Seine Redeweise ist sehr unklar, und es dauerte eine Weile, ehe ich begriff.

Bis zur Essenszeit sah ich ihn nicht mehr. Dann aber stürzte er voller Aufregung auf mich zu. Der Sinn seines Gestammels war, daß er Rayburn gesehen hatte.

«Was?» rief ich überrascht.

Jawohl, er hatte ihn auf der Straße sofort erkannt. Und natürlich war er ihm gefolgt, das ließ sich von Pagett nicht anders erwarten.
«Und können Sie sich vorstellen, mit wem er gesprochen hat, Sir? Mit Miss Pettigrew!»
«Was?» rief ich wiederum.
«Jawohl, Sir. Und dann ist er mit Miss Pettigrew in das Antiquitätengeschäft an der Ecke gegangen ...»
Ich stieß einen unfreiwilligen Ausruf der Überraschung aus. Pagett hielt mit fragendem Ausdruck inne.
«Es ist nichts», bemerkte ich. «Fahren Sie fort!»
«Ich blieb draußen stehen und habe eine ganze Ewigkeit gewartet – aber sie kamen nicht mehr heraus. Schließlich ging ich ebenfalls in das Geschäft. Sir Eustace, kein Mensch war dort! Es muß einen zweiten Ausgang auf der Rückseite haben.»
Ich starrte ihn ungläubig an.
«Dann kehrte ich zum Hotel zurück und zog ein paar Erkundigungen über Miss Pettigrew ein.» Pagett senkte seine Stimme wie immer, wenn er vertraulich wird. «Sir Eustace, letzte Nacht sah man einen Mann aus ihrem Zimmer herauskommen!»
Ich hob erstaunt die Brauen. «Und dabei habe ich sie immer für eine höchst anständige Dame gehalten.»
Pagett fuhr fort, ohne meinen Einwurf zu beachten. «Ich bin hinaufgegangen und habe ihr Zimmer untersucht. Und was, glauben Sie, habe ich gefunden?»
Ich schüttelte bloß den Kopf.
«Dies hier!»
Pagett hielt mir einen Rasierapparat unter die Nase.
«Was tut eine *Frau* mit einem Rasierapparat?»
Wahrscheinlich liest Pagett die Anzeigen in den Frauenzeitschriften nicht. Ich aber lese sie. Doch ich bezeigte keine Lust, mich mit Pagett in einen Streit über Miss Pettigrews Geschlecht einzulassen, sondern erklärte nur, der Besitz eines Rasierapparates beweise nicht das geringste. Pagett ist so entsetzlich rückständig! Es hätte mich keineswegs erstaunt, wenn er auch ein Zigarettenetui als verdächtiges Indiz ausgegraben hätte.
«Ich habe noch mehr Beweise, Sir, was sagen Sie hierzu?»
Er zog triumphierend eine Perücke aus der Tasche. «Sind Sie nun überzeugt, daß Miss Pettigrew ein verkleideter Mann ist?»
«Mag sein, daß Sie recht haben, Pagett. Wenn ich an ihre großen Füße denke ...»

Scheinbar befriedigt über meine Bekehrung, schnitt er unvermittelt ein neues Thema an.
«Und nun, Sir Eustace, möchte ich mit Ihnen über eine Privatangelegenheit reden. Alle Ihre spitzen Bemerkungen beweisen mir, daß Sie mein Geheimnis entdeckt haben; jawohl, ich war nicht in Florenz! Doch ich hatte immer gehofft, ich sei von Ihnen nicht bemerkt worden.»
«*Wo* sollte ich Sie bemerkt haben, Pagett?»
«Natürlich in Marlow, Sir!»
«In Marlow? Was, zum Teufel, haben Sie denn dort zu schaffen gehabt?»
«Ich hoffte, daß Sie es verstehen würden...»
«Ich verstehe immer weniger. Können Sie sich nicht etwas klarer ausdrücken? Sie waren also gar nicht in Florenz – und weshalb nicht? Und wo haben Sie die ganze Zeit gesteckt?»
«Sie wußten es also wirklich nicht – und Sie haben mich gar nicht erkannt?»
«Soweit ich überhaupt verstehe, hat Ihnen einfach Ihr schlechtes Gewissen einen Streich gespielt. Mehr weiß ich vorläufig nicht. Wo sind Sie also hingegangen, wenn Sie nicht in Florenz waren?»
«Ich fuhr heim – nach Marlow. Ich wollte meine Frau besuchen...»
«Ihre Frau? Ich wußte gar nicht, daß Sie verheiratet sind!»
«Nein, Sir Eustace, deshalb erzähle ich Ihnen ja die ganze Sache. Ich habe Sie getäuscht! Ich konnte mir nicht leisten, meinen Posten zu verlieren. Und ich wußte, daß Sie einen ledigen Sekretär vorziehen würden...»
«Das verschlägt mir den Atem», bemerkte ich. «Wo hat denn Ihre Frau all die Jahre gelebt?»
«Wir hatten ein kleines Häuschen am Fluß bei Marlow, ganz in der Nähe Ihres Hauses.»
«Du meine Güte», murmelte ich verstört. «Haben Sie Kinder?»
«Vier Kinder, Sir Eustace.»
Ich starrte ihn an. Das war echt Guy Pagett – heimlich eine Frau und vier Kinder zu haben.
«Wem haben Sie sonst noch von diesem Besuch erzählt?» fragte ich endlich, als ich mich etwas erholt hatte.
«Nur Miss Beddingfield. Sie stand in Kimberley am Bahnhof, um mich auszufragen.»

32

*Annes Berichterstattung*

Suzanne widersetzte sich anfangs meinem Plan. Als ich jedoch darauf beharrte, versprach sie, meine Anweisungen genauestens auszuführen. Sie brachte mich zum Bahnhof und entließ mich tief besorgt.
Am nächsten Morgen erreichte ich meinen Bestimmungsort. Ein unbekannter Mann erwartete mich und brachte mich zu einem Wagen. In der Ferne grollte Kanonendonner. Wir fuhren zu einem etwas baufälligen Haus am Stadtrand. Der Mann führte mich durch eine schäbige Halle und öffnete eine Tür.
«Die junge Dame, die Mr. Harry Rayburn zu sehen wünscht», meldete er mich an und grinste.
Ich trat in einen spärlich möblierten Raum. Hinter dem Schreibtisch saß ein Mann und schrieb. Er blickte auf.
«Du liebe Zeit», sagte er, «das ist doch Miss Beddingfield!»
«Verzeihen Sie bitte die Frage», sagte ich kühl, «aber soll ich Sie nun mit ‹Hochwürden Chichester› oder mit ‹Miss Pettigrew› anreden?»
«Wie es Ihnen beliebt. Ich habe allerdings momentan meine Unterröcke ausgezogen. Wollen Sie nicht Platz nehmen?»
Ruhig zog ich einen Stuhl heran.
«Sie verstehen es wirklich großartig, Maske zu machen», sagte ich anerkennend. «Solange Sie die Rolle von Miss Pettigrew spielten, hatte ich Sie nie im Verdacht – nicht einmal damals in Kapstadt, als Sie vor Schreck über mein Erscheinen im Zug Ihren Bleistift zerbrachen.»
Auch diesmal hielt er wieder einen Bleistift in der Hand und klopfte damit ärgerlich auf den Tisch.
«Das ist alles gut und schön, Miss Beddingfield, doch wir müssen zum Geschäft kommen. Vielleicht ahnen Sie bereits, weshalb wir Sie unbedingt hier haben wollten.»
«Ich muß schon um Entschuldigung bitten», sagte ich liebenswürdig, «aber ich bespreche Geschäfte prinzipiell nur mit dem Chef. Ich denke gar nicht daran, mit Untergebenen zu verhandeln. Sie würden sich viel Ärger ersparen, wenn Sie mich sogleich zu Sir Eustace Pedler führen wollten.»
«Zu ...?» Er war sprachlos.
«Ja», wiederholte ich, «zu Sir Eustace Pedler.»

Als er zurückkam, hatte sich sein Ton wesentlich geändert.
«Wollen Sie bitte mit mir kommen, Miss Beddingfield?»
Ich folgte ihm die Treppe hinauf. Er klopfte an eine Tür, worauf ein kurzes «Herein!» erscholl und ich gelassen eintrat.
Sir Eustace Pedler sprang auf, um mich herzlich und lächelnd wie immer zu begrüßen.
«Miss Anne – wirklich, ich freue mich, Sie zu sehen.» Warm drückte er mir die Hand. «Setzen Sie sich bitte. Hat Sie die Reise nicht ermüdet?»
Er setzte sich mir gegenüber, immer noch strahlend und lächelnd. Das verwirrte mich einigermaßen, denn er wirkte so vollkommen natürlich und ungezwungen.
«Sehr richtig von Ihnen, daß Sie verlangten, direkt zu mir geführt zu werden», sagte er munter. «Minks ist ein Narr – ein ganz guter Schauspieler, aber trotzdem ein Narr. Das war Minks, den Sie eben sahen.»
«Wirklich?» bemerkte ich schwach.
«Und nun lassen Sie uns Tatsachen besprechen, mein liebes Kind», fuhr er fort. «Seit wann wissen Sie, daß ich der ‹Oberst› bin?»
«Leider erst seit dem Moment, da mir Mr. Pagett in aller Harmlosigkeit verriet, daß er Sie in Marlow sah zu einer Zeit, als Sie eigentlich in Cannes weilen sollten.»
Sir Eustace nickte reuig. «Ja, und dem Trottel ist nicht mal aufgegangen, was das zu bedeuten hatte. Alle seine Gedanken kreisten nur darum, ob ich ihn gesehen hätte. Keinen Augenblick überlegte er, was ich eigentlich in Marlow zu suchen hatte. Das Ganze war wirklich ein großes Pech für mich – und dabei war alles so sorgfältig geplant! Ich hatte ihn nach Florenz geschickt und im Hotel hinterlassen, daß ich für einen oder zwei Tage nach Nizza führe. Und als der Mord entdeckt wurde, befand ich mich längst in Cannes, ohne daß auch nur ein Mensch ahnte, daß ich nicht die ganze Zeit an der Riviera war.»
Immer noch sprach er ganz ungezwungen. Ich mußte mich in den Arm kneifen, um zu merken, daß ich nicht bloß träumte – daß der Mann mir gegenüber wirklich und wahrhaftig der lang gesuchte Verbrecher war.
Ich ließ die Geschehnisse noch einmal an mir vorüberziehen.
«Sie waren es also», sagte ich langsam, «der mich auf der *Kilmorden* über Bord zu werfen versuchte. Und *Ihnen* ist Pagett gefolgt.»

Er zuckte die Achseln.
«Es tut mir leid, mein liebes Kind, wirklich sehr leid! Ich habe Sie immer gern gemocht, aber Sie sind mir überall in den Weg getreten. Ich konnte Sie doch nicht meine ganzen Pläne durchkreuzen lassen.»
«Großartig haben Sie das in jener Nacht an den Viktoria-Fällen gemacht», sagte ich. «Ich hätte jeden Eid darauf abgelegt, daß Sie im Hotel beim Diktat waren, als ich mich hinausstahl.»
«Ja, Minks hatte großen Erfolg als Miss Pettigrew, und außerdem ist er ein vorzüglicher Stimmenimitator. Meine Stimme hat er jedenfalls ausgezeichnet getroffen.»
«Eines möchte ich gern wissen: wie haben Sie es fertiggebracht, daß Pagett gerade Miss Pettigrew engagierte?»
«Oh, das war ganz einfach, Sie paßte Pagett im Korridor der Handelskammer ab, machte ihm weis, daß ich vor ein paar Minuten dort angerufen hätte und daß man sie abgestellt habe, um die Stelle anzunehmen. Pagett schluckte den Köder.»
«Sie sind sehr offen zu mir», bemerkte ich und beäugte ihn scharf.
«Es besteht nicht der geringste Grund für mich, anders zu sein.»
Sein Ton mißfiel mir sehr.
«Anscheinend glauben Sie fest an den Erfolg Ihrer Revolution? Sonst hätten Sie nicht alle Boote hinter sich verbrannt.»
«Für eine so kluge junge Dame ist das eine sehr dumme Bemerkung. Nein, mein gutes Kind, ich glaube nicht an diese Revolution. Ich gebe ihr höchstens noch ein paar Tage, dann wird sie schmählich verpuffen und im Sande verlaufen.»
«Also ein Mißerfolg für Sie?» fragte ich spöttisch.
«Sie sind wie alle Frauen: vom Geschäft keine Ahnung. Meine Aufgabe war es, Waffen und Sprengstoffe zu liefern, und ich versichere Ihnen, ich bin gut dafür bezahlt worden. Außerdem sollte ich gewisse Personen bis zum Halse belasten, und auch das habe ich erfolgreich durchgeführt. Im übrigen ließ ich mir meine Bezahlung natürlich im voraus anweisen. Ich bin in der Tat sehr überlegt vorgegangen, denn ich gedenke, mich nach diesem letzten Coup endgültig vom Geschäft zurückzuziehen.»
«Und was geschieht mit mir?» fragte ich.
«Sie haben es erfaßt», sagte Sir Eustace sanft. «Nun stellt sich natürlich die Frage, was mit Ihnen zu geschehen hat. Der einfachste Weg – und für mich der angenehmste – wäre es,

wenn ich Sie heiraten würde. Eine Frau kann, wie Sie wissen, nicht gegen ihren Ehegatten aussagen. — Blitzen Sie mich bitte nicht so böse an. Ich sehe, daß Ihnen dieser Plan nicht zusagt?»

«Nein!»

«Schade, ewig schade! Sie hätten eine so entzückende Lady Pedler abgegeben. Die anderen Möglichkeiten sind leider recht grausam.»

Ich fühlte ein leises Kribbeln im Rücken. Natürlich hatte ich genau gewußt, welch großes Risiko ich auf mich nahm. Würden sich die Dinge so gestalten, wie ich es geplant hatte — oder würde ich scheitern?

«Ich habe tatsächlich eine gewisse Schwäche für Sie», fuhr Sir Eustace fort, «und würde nur ungern zum Äußersten greifen. Ich bin nämlich ein gutmütiger Mensch, solange ich nicht bedroht werde. Aber denken Sie an Nadina. Auch Nadina wußte zuviel. Nadina hat mich bedroht und verraten, als ich kurz vor dem Gipfel meines Erfolges stand. Erst wenn sie tot war und die Diamanten sich in meiner Hand befanden, durfte ich mich wieder sicher fühlen.

Aber leider habe ich die Sache selber verpfuscht. Dieser Idiot von Pagett mit seinen vier Kindern! Ich hatte seit Jahren das Gefühl, daß es besser wäre, ihn los zu sein, aber ich konnte mich nie entschließen, ihn zu entlassen. Für diese meine Gutmütigkeit bin ich nun gestraft.

Doch ich bin schon wieder abgeschweift. Kommen wir zur Hauptfrage zurück, was mit Ihnen geschehen soll. Wie gesagt, ich würde höchst ungern ... Am besten, Sie erzählen mir Ihre ganze Geschichte von Anfang an — aber bitte die Wahrheit!»

Es kam mir gar nicht in den Sinn, etwas anderes zu sagen, denn ich hatte einen gewaltigen Respekt vor seiner Schlauheit. Ich erzählte ihm alles und ließ nicht das geringste aus, bis zu meiner Rettung durch Harry. Als ich geendet hatte, nickte er beifällig.

«Ihr Bericht war bewunderungswürdig klar, aber eines haben Sie vergessen: wo befinden sich die Diamanten jetzt?»

«Harry Rayburn hat sie«, sagte ich und beobachtete ihn genau. Sein Gesicht blieb gleichmütig.

«Hm — ich brauche sie aber.»

«Ich sehe nicht recht, wie Sie in ihren Besitz gelangen könnten, Sir Eustace», gab ich zurück.

«Nein? Da bin ich anderer Meinung. Ich möchte nicht unfreundlich sein, doch ich gebe Ihnen zu bedenken, daß es hier keineswegs auffallen wird, wenn man ein totes Mädchen findet. Einer meiner Männer ist Fachmann auf diesem Gebiet. Aber Sie sind doch eine vernünftige junge Dame. Ich mache Ihnen einen Vorschlag: setzen Sie sich an den Schreibtisch und senden Sie Harry Rayburn ein paar Worte des Inhalts, daß er sich hier mit Ihnen treffen soll und die Steine mitbringt ...»
«Ich werde nichts Derartiges tun!» rief ich mit gespielter Empörung.
«Ich schlage Ihnen einen Tauschhandel vor: die Diamanten gegen Ihr Leben. Und bitte, täuschen Sie sich nicht – Ihr Leben befindet sich völlig in meiner Gewalt.»
«Und Harry?»
«Ich bin viel zu weichherzig, um zwei junge Liebende zu trennen. Auch er soll frei ausgehen, natürlich unter der Bedingung, daß Sie beide nie mehr meinen Weg kreuzen.»
«Was habe ich denn für eine Garantie, daß Sie Ihr Wort halten werden?»
«Überhaupt keine, mein liebes Kind. Sie müssen sich einfach auf mein Versprechen verlassen. Doch vielleicht ziehen Sie einen heroischen Tod vor?»
Ich stellte mich, als ginge ich nur ungern auf seinen Vorschlag ein. Erst nach und nach gab ich seinen schmeichlerischen Worten nach und schrieb schließlich nach seinem Diktat:

> «Lieber Harry!
> Ich habe eine Möglichkeit entdeckt, Deine Unschuld auf sichere Art zu beweisen. Bitte, befolge meine Anweisungen ganz genau: geh in Agrasatos Antiquitätengeschäft und verlange dort ‹etwas ganz Besonderes für eine spezielle Gelegenheit› zu sehen. Der Besitzer wird Dich sogleich in das Hinterzimmer führen. Dort wartet ein Bote, der Dich zu mir bringen wird. Tu alles, was er Dir sagt – und vergiß nicht, unbedingt die Diamanten mitzubringen. Doch vor allem: kein Wort darüber zu irgendeinem Menschen!»

Sir Eustace streckte seine Hand nach dem Brief aus und las ihn aufmerksam durch. Dann drückte er auf einen Knopf an seinem Schreibtisch. Chichester-Pettigrew alias Minks kam auf das Klingeln herbei.

«Dieser Brief ist sofort zu überbringen.»
«Sehr wohl, Herr Oberst.»
Minks schaute auf die Adresse. Sir Eustace beobachtete ihn.
«Ein Freund von Ihnen, wie es scheint?»
«Von mir?» Minks blickte verwirrt auf.
«Hatten Sie nicht gestern eine längere Unterredung mit ihm?»
«Ein Mann folgte mir und wollte verschiedenes über Sie und über Oberst Race wissen. Ich gab ihm natürlich falsche Auskünfte.»
«Ausgezeichnet, mein lieber Freund, ausgezeichnet», sagte Sir Eustace. «Ich habe mich geirrt.»
Als Chichester-Pettigrew hinausging, warf ich einen Blick auf ihn. Er war kreideweiß, und in seinen Augen glomm eine tödliche Angst. Kaum hatte er die Tür hinter sich geschlossen, hob Sir Eustace einen Telefonhörer ab und sagte kurz:
«Sind Sie am Apparat, Schwart? Minks ist unter Beobachtung zu stellen; er darf das Haus ohne strikten Befehl von mir nicht verlassen.»
Er legte den Hörer wieder auf und klopfte nachdenklich mit den Fingern auf den Tisch.
«Darf ich Ihnen ein paar Fragen stellen, Sir Eustace?» bemerkte ich nach einer längeren Pause.
«Aber gewiß, mein Kind! Ich muß Ihnen das Kompliment machen, daß Sie ausgezeichnete Nerven besitzen. In einer Lage, wo die meisten Mädchen jammern und betteln würden, sind Sie imstande, ein gelassenes, sachliches Interesse zu zeigen.»
«Weshalb haben Sie Harry Rayburn als Sekretär angenommen, statt ihn sogleich der Polizei zu übergeben?»
«Ich wollte doch diese verfluchten Diamanten haben! Nadina, dieser kleine Satan, hat Ihren Harry gegen mich ausgespielt. Sie drohte mir, *ihm* die Steine zu übergeben, wenn ich ihr nicht einen enormen Preis dafür bezahlte. Damals habe ich einen zweiten Fehler begangen: ich war überzeugt, daß sie das Zeug bei sich habe. Aber sie war zu schlau dazu. Dann kam auch Carton, ihr Mann, ums Leben, und ich hatte keine Ahnung mehr, wo sich die Steine befinden könnten. Doch ich hatte bei Nadina die Abschrift eines Telegramms gefunden, das ihr jemand von Bord der *Kilmorden* gesandt hatte und das die Worte *siebzehn eins zweiundzwanzig* enthielt. Ich vermutete, daß es sich um eine Verabredung mit Rayburn handele, und fand meine Ansicht bestätigt, als er so wild darauf war, mit

der *Kilmorden* zurückzufahren. Daher gab ich mir den Anschein, als würde ich seinen Angaben glauben, und nahm ihn als Sekretär auf. Ich hoffte, durch ihn zu dem Versteck zu gelangen. Dann entdeckte ich Minks auf dem Schiff, der sein eigenes Spiel versuchte und mir dadurch in die Quere kam. Das habe ich rasch abgestellt, und er kroch ganz brav zu Kreuze. Es war sehr unangenehm für mich, daß ich mir die Kabine siebzehn nicht sichern konnte. Und außerdem tauchten plötzlich *Sie* auf, und ich wußte Sie nirgends unterzubringen. Als Rayburn in der Nacht vom Zweiundzwanzigsten seine Kabine verließ, um die Verabredung einzuhalten, ist ihm Minks auf meinen Befehl gefolgt. Aber er hat die Sache natürlich gründlich vermasselt.»
«Wieso stand aber auf dem Telegramm *siebzehn* statt einundsiebzig?»
«Ich habe darüber nachgedacht. Es kann sich nur um einen Irrtum des Schiffstelegrafisten handeln.»
«Was hat Oberst Race mit der Sache zu tun?»
«Ja, das war ein böser Schock für mich. Als Pagett mir erzählte, er sei ein höheres Tier im Geheimdienst, da lief es mir eiskalt über den Rücken. Ich erinnerte mich, daß er während des Krieges in Paris hinter Nadina her war — und jetzt schien er mich selbst zu beargwöhnen. Und dann seine Art, sich an meine Fersen zu heften! Er ist unzweifelhaft ein stilles Wasser.»
Ein leises Summen ertönte. Sir Eustace ergriff den Hörer und lauschte eine Weile, ehe er antwortete:
«Schön, ich werde sofort mit ihm sprechen.»
«Entschuldigen Sie mich, Miss Anne», wandte er sich an mich, «eine kleine geschäftliche Besprechung. Ich werde Sie inzwischen in Ihr Zimmer führen.»
Er geleitete mich zu einem kleinen, schäbigen Raum« ein junger Kaffer brachte mein Handköfferchen, und Sir Eustace zog sich zurück — das Vorbild eines höflichen Gastgebers. Eine Kanne mit heißem Wasser stand im Waschbecken; ich packte mein Handtuch und den Seifenbeutel aus, um mich etwas zu erfrischen. Im Beutel fühlte ich einen harten Gegenstand, der nicht hineingehörte. Zu meiner größten Überraschung zog ich einen kleinen, handlichen Revolver heraus, der sich ganz bestimmt in Kimberley noch nicht dort befunden hatte. Er schien geladen zu sein.

Mit einem Gefühl der Beruhigung wog ich ihn in der Hand – in einem Haus wie diesem war eine solche Waffe unschätzbar. Doch wo sollte ich sie verstecken? Schließlich schob ich ihn in meinen Strumpf. Es sah zwar häßlich aus, und ich befürchtete jeden Moment, er könnte losgehen; aber das schien die einzige Stelle, wo ich ihn unterbringen konnte.

## 33

Erst am späten Nachmittag wurde ich wieder zu Sir Eustace gerufen. Tee und ein ausgiebiger Lunch waren mir ins Zimmer gebracht worden, und ich fühlte mich nun stark genug, um weiteren Konflikten standzuhalten.
Sir Eustace war allein; er schritt im Raum auf und ab, und es entging mir nicht, daß er aus irgendeinem Grunde innerlich frohlockte. Sein Ton mir gegenüber erfuhr eine leichte Wandlung.
«Ich habe Neuigkeiten für Sie. Ihr Freund ist auf dem Wege hierher. Dämpfen Sie Ihr Entzücken – ich habe Ihnen noch einiges zu sagen. Heute früh versuchten Sie mich zu hintergehen. Ich hatte Sie gewarnt, mir nur die Wahrheit zu sagen, und bis zu einem gewissen Grade haben Sie es auch getan. Aber in einem sehr wichtigen Punkt haben Sie mich belogen. Sie versuchten mir weiszumachen, daß Harry Rayburn im Besitz der Diamanten sei. Für den Moment ließ ich es dabei bewenden, weil mir sehr viel daran lag, den jungen Mann hierherzukriegen. Aber Sie dürfen mich nicht für dumm halten: ich weiß, daß die Steine in meiner eigenen Obhut sind, seit ich die Viktoria-Fälle verlassen habe – allerdings gebe ich zu, daß ich es erst gestern erfuhr.»
«Sie wissen . . .!» Ich rang nach Atem.
«Vielleicht interessiert es Sie, zu hören, daß es Pagett war, dem ich diese Kenntnis verdanke. Der Idiot erzählte mir eine langatmige Geschichte über Rollfilme und eine Wette auf dem Schiff. Da genügte es, zwei und zwei zusammenzuzählen – Mrs. Blairs Verdacht gegen Race, ihre Angst und ihr Drängen, *ich* möchte ihre Andenken in Verwahrung nehmen. In seinem Arbeitseifer hat Pagett die beiden Kisten ausgepackt, und ehe ich das Hotel heute verließ, steckte ich die Filme in meine Ta-

sche. Ich hatte allerdings noch nicht Zeit, sie zu öffnen, aber ich bemerkte sofort das besondere Gewicht der einen Kapsel, die zu allem Überfluß beim Schütteln klirrt. Außerdem ist sie fest verschlossen, und ich werde sie aufbrechen müssen.
Der Fall liegt klar, nicht wahr? Und nun habe ich Sie also samt Ihrem geliebten Harry hübsch in der Falle – wirklich schade, jammerschade, daß Sie absolut nicht Lady Pedler werden wollen!»

Auf der Treppe ertönten hastige Schritte, die Tür flog auf, und Harry stürzte ins Zimmer – eskortiert von zwei Männern. Sir Eustace warf mir einen Blick des Triumphes zu.
«Alles verläuft plangemäß», kicherte er.
«Was soll das alles heißen?» schrie Harry.
«Willkommen in meinem Haus, sagte die Spinne zur Fliege», bemerkte Sir Eustace scherzend. «Mein lieber Rayburn, Sie haben wirklich Pech.»
«Anne, du hast mir geschrieben, ich könne unbesorgt hierherkommen!»
«Sie dürfen ihr keinen Vorwurf machen, mein Guter. Dieses Briefchen wurde nach meinem Diktat geschrieben, und die Dame vermochte nichts dagegen zu unternehmen. Allerdings wäre es klüger gewesen, wenn sie nicht geschrieben hätte – aber ich hielt es nicht für nötig, ihr das zu sagen.»
Harry warf mir einen Blick zu. Ich verstand und trat näher zu Sir Eustace.
«Ja», fuhr dieser fort, «Sie haben entschieden kein Glück! Dies ist, wenn ich mich recht entsinne, unser dritter Zusammenstoß.»
«Stimmt», sagte Harry. «Zweimal haben Sie mich übertölpelt – haben Sie noch nie davon gehört, daß sich beim drittenmal das Blatt wendet? Dies ist *meine* Runde – Anne, halt ihn in Schach!»
Ich war bereit. In einer Sekunde hatte ich den Revolver herausgezogen und hielt ihn Sir Eustace an die Schläfe. Die beiden Wachen sprangen vor, doch Harrys Stimme hieß sie innehalten.
«Einen Schritt weiter – und er ist ein toter Mann! Schieß, Anne, sobald sie sich bewegen – zögere nicht!»
«Du kannst dich darauf verlassen – wenn ich auch vor dem Abdrücken ein wenig Angst habe.»

Sir Eustace schien meine Angst zu teilen, er zitterte wie eine Qualle.
«Stehenleiben!» rief er seinen Leuten zu, und sie gehorchten blind.
«Schicken Sie sie fort!» befahl Harry.
Sir Eustace tat es ohne langes Zögern, und Harry verschloß die Tür hinter ihnen.
«Und jetzt wollen wir uns unterhalten», sagte er mit grimmiger Miene, während er zu mir herüberkam und mir den Revolver aus der Hand nahm.
Sir Eustace seufzte erleichtert auf und wischte sich die Stirn mit einem Taschentuch.
«Ich bin in keiner guten Verfassung», bemerkte er. «Eine kleine Herzschwäche, wissen Sie. Mir ist wohler, den Revolver in einer geübten Hand zu wissen. Zu Miss Anne hatte ich wenig Vertrauen. – Und nun, mein junger Freund, können wir sprechen, wie Sie es wünschen. Ich gebe zu, daß Sie eine Runde gewonnen haben. Der Teufel mag wissen, wo diese Waffe herkommt. Das Gepäck des Mädchens ist genau untersucht worden – und vor einer Minute noch war sie nicht in ihrem Besitz.»
«O doch», gab ich zu, «ich hatte sie im Strumpf versteckt.»
«Ich weiß viel zu wenig über Frauen», klagte Sir Eustace. «Ob Pagett wohl darauf verfallen wäre?»
Harry klopfte auf den Tisch.
«Spielen Sie nicht den Narren! Sie dürfen es Ihren grauen Haaren danken, daß ich Sie nicht zum Fenster hinauswerfe, Sie verdammter Schuft. Aber graue Haare oder nicht, ich . . .»
Er trat einen Schritt vor, und Sir Eustace duckte sich behende hinter seinen Schreibtisch.
«Ihr jungen Leute seid gleich so heftig», beschwerte er sich. «Lassen Sie uns vernünftig reden. Im Augenblick haben Sie die Oberhand, doch das wird nicht so weitergehen. Das Haus ist voll mit meinen Leuten, und Sie sind hoffnungslos in der Minderheit. Ihr augenblicklicher Vorteil ist bloß ein Zufall . . .»
«Wirklich?» sagte Harry. «Ich glaube, diesmal haben Sie das Spiel verloren. – Hören Sie *das*?» Er machte eine leichte Kopfbewegung nach der Tür.
Ein lautes Hämmern an der Haustür – Schreie, Flüche – dann das Geräusch von Schüssen. Sir Eustace wurde bleich.

«Was bedeutet das?»
«Race und seine Leute. Sie konnten natürlich nicht wissen, daß Anne und ich unsere Geheimzeichen vereinbart hatten, damit wir sicher waren, ob briefliche oder telegrafische Mitteilungen echt waren oder nicht. Telegramme sollten mit *Andy* unterzeichnet werden, und Briefe ein durchgestrichenes *und* aufweisen. Anne wußte also sofort, daß Ihr Telegramm eine Fälschung war. Sie kam aus freiem Willen her und tappte absichtlich in die Falle, in der Hoffnung, Sie in Ihrer eigenen Schlinge zu fangen. Ehe sie jedoch Kimberley verließ, sandte sie sowohl an Oberst Race wie an mich ein Telegramm. Seitdem hat Mrs. Blair ständig in Verbindung mit uns gestanden. Annes Brief war genau das, was ich ewartet hatte. Sie sehen, Sir Eustace – das Spiel ist aus!»
Sir Eustace wandte sich heftig um.
«Sehr schlau – meine Hochachtung! Doch ich habe noch ein Wort zu sagen. Gut, ich habe das Spiel verloren – aber *Sie* ebenfalls. Sie werden niemals den Beweis erbringen können, daß ich Nadina umgebracht habe. Sie können höchstens sagen, ich sei an dem betreffenden Tag in Marlow gewesen, und Pagett wird es wohl bestätigen – das ist aber auch alles. Kein Mensch weiß, ob ich diese Frau überhaupt kannte – *Sie* aber kannten sie genau. Sie hatten ein starkes Motiv, sie zu töten – *und* Ihren schlechten Leumund. Sie gelten noch immer als Dieb, vergessen Sie das nicht! Und vielleicht ist Ihnen eine Kleinigkeit noch unbekannt: die Diamanten sind in meinem Besitz.
Ich bin jedoch bereit, ein Abkommen mit Ihnen zu treffen. Sie haben mich in die Enge getrieben. Wenn Race mich in diesem Haus findet, ist es aus mit mir – mit *Ihnen* aber auch, mein Freund. Im nächsten Zimmer befindet sich eine Dachluke; geben Sie mir ein paar Minuten Vorsprung, und ich bin in Sicherheit. Meine Vorbereitungen für den Notfall sind längst getroffen. Lassen Sie mir diesen Ausweg, und ich gebe Ihnen dafür ein unterzeichnetes Dokument, daß ich Nadinas Mörder bin.»
Das Krachen von splitterndem Holz ertönte, und eilende Füße jagten die Treppe herauf. Harry zog den Riegel zurück.
Oberst Race war der erste, der ins Zimmer stürzte. Sein Gesicht hellte sich auf, als er uns erblickte.
«Gott sei Dank, Anne, Sie sind unverletzt! Ich hatte Angst.» Er wandte sich an Sir Eustace. «Ich bin lange hinter Ihnen her gewesen, Pedler. Endlich haben wir Sie.»

«Hier scheint alles verrückt zu spielen!» rief Sir Eustace. «Diese beiden jungen Leute bedrohen mich mit Revolvern und erheben die unsinnigsten Anschuldigungen. Ich verstehe nicht, was das alles bedeuten soll.»

«Nein, verstehen Sie wirklich nichts? Dann will ich es Ihnen erklären. Es bedeutet einmal, daß wir den ‹Oberst› zur Strecke gebracht haben. Es bedeutet ferner, daß Sie am achten Januar nicht in Cannes, sondern in Marlow waren. Es bedeutet, daß Sie Ihr Werkzeug, Madame Nadina, ermordeten, als sie Ihnen gefährlich wurde — und daß wir endlich die Beweise dafür erbringen können.»

«Tatsächlich? Und wer hat Ihnen all diese interessanten Informationen verschafft? Der junge Mann hier, der von der Polizei gesucht wird? Seine Aussage wird nicht sehr glaubhaft klingen.»

«Wir haben andere Zeugen — einen Mann, der Bescheid darüber wußte, daß Nadina eine Verabredung mit Ihnen im Haus zur Mühle in Marlow hatte.»

Sir Eustace blickte erstaunt auf, und Oberst Race machte eine leichte Handbewegung. Arthur Minks alias Hochwürden Chichester alias Miss Pettigrew trat einen Schritt vor. Er war bleich und erregt, aber er sprach klar und deutlich:

«Ich sprach mit Nadina am Vorabend ihrer Abreise nach England. Damals trat ich als russischer Graf auf. Sie sagte mir, was sie vorhatte. Ich warnte sie, weil ich wußte, mit wem sie sich einlassen wollte, aber sie schlug meine Warnung in den Wind. Als sie tot war, versuchte ich, selber an die Diamanten heranzukommen; deshalb fuhr ich mit der *Kilmorden*. In Johannesburg hat mich Mr. Rayburn gestellt, und ich entschloß mich, auf die Seite des Rechts überzugehen.»

Sir Eustace starrte ihn an. «Die Ratten verlassen das sinkende Schiff», murmelte er.

«Auch ich habe noch eine Überraschung für Sie, Sir Eustace», sagte ich. «Die Rollfilmkapsel, die Sie in Ihrem Besitz haben, enthält keineswegs Diamanten, sondern nur gewöhnliche Kieselsteine. Die Diamanten sind sicher untergebracht. Um es Ihnen genau zu sagen: sie stecken im Bauch der großen Giraffe. Mrs. Blair hat sie ausgehöhlt, die Steine in Watte verpackt, damit sie nicht klirren, und den Hals wieder festgeklebt.»

Sir Eustace blickte mich blinzelnd an.

«Ich habe dieses Vieh schon immer gehaßt, das muß geradezu Vorahnung gewesen sein», sagte er.

## 34

In dieser Nacht konnten wir nicht nach Johannesburg zurückkehren, weil die Rebellen einen Teil des Vororts besetzt hatten. Unsere Zufluchtsstätte war eine Farm, die etwa zwanzig Meilen von Johannesburg entfernt lag. Ich fiel vor Erschöpfung beinahe um. All die Aufregungen und Ängste der letzten Tage waren doch zuviel für mich gewesen.

Sir Eustace war unter sicherer Bewachung in die entgegengesetzte Richtung abtransportiert worden.

Immer wieder sagte ich mir, daß unsere Sorgen vorüber seien, doch ich vermochte es noch nicht wirklich zu glauben. Harry und ich waren wieder vereint, und nichts sollte uns mehr trennen. Und dennoch fühlte ich eine Schranke zwischen uns — eine Zurückhaltung von seiner Seite, die mir unverständlich war.

Am folgenden Morgen stand ich schon frühzeitig auf der Terrasse und blickte über das *Veld* nach Johannesburg. Ich hörte das dumpfe Grollen der Geschütze. Die Revolution war noch nicht beendet.

Die Farmersfrau rief mich zum Frühstück. Sie war eine warmherzige, mütterliche Seele, die mich bereits ins Herz geschlossen hatte. Wie sie mir berichtete, war Harry bereits vor langer Zeit ausgegangen und noch nicht zurückgekehrt. Wieder überfiel mich die Unsicherheit. Was für ein Schatten hatte sich zwischen uns geschlichen?

Später setzte ich mich wieder auf die Terrasse und nahm ein Buch zur Hand; doch zu lesen vermochte ich nicht. Ich war so in meine trüben Gedanken versunken, daß ich nicht bemerkte, wie Oberst Race heransprengte und von seinem Pferd stieg. Erst als er mir «Guten Morgen, Anne!» zurief, kehrte ich in die Wirklichkeit zurück.

«Oh», rief ich errötend, «Sie sind es.»

«Ja. Darf ich mich setzen?»

Seit unserem Ausflug zu den Matopos war dies das erste Mal, daß wir allein beieinandersaßen. Und auch jetzt wieder überfiel mich das eigenartige Gemisch von Bewunderung und Angst, das dieser Mann mir ständig einflößte.

«Was gibt es Neues?» fragte ich.

«General Smuts wird morgen in Johannesburg eintreffen. Bis dahin wird weitergekämpft. — Aber ich habe noch eine andere Nachricht für Sie, Anne: Pedler ist entwischt.»

«Was sagen Sie da?»
«Er ist ausgebrochen. Man hatte ihn über Nacht auf einer Farm in Gewahrsam gehalten. Doch heute früh war der Vogel ausgeflogen, obschon das Zimmer im oberen Stockwerk lag.»
Ganz im geheimen fühlte ich eine leichte Befriedigung. Bis heute ist es mir nicht gelungen, eine gewisse Sympathie für Sir Eustace zu überwinden. Er hatte dreimal versucht, mich umzubringen – und dennoch! Er war so amüsant und liebenswürdig.
Natürlich verschwieg ich meine Gefühle, denn Oberst Race mußte sicherlich anderer Auffassung sein. Er wünschte, daß der Gerechtigkeit Genüge getan würde. Wenn ich es mir jedoch richtig überlegte, war Sir Eustaces Entkommen nicht besonders erstaunlich. Rings um Johannesburg mußte er Dutzende von Agenten und Spionen haben, und was auch Oberst Race darüber denken mochte: ich war beinahe sicher, daß man ihn nie fassen würde.
Unser Gespräch flaute ab. Doch dann erkundigte sich Oberst Race plötzlich nach Harry. Ich vermochte ihm nur zu sagen, daß ich ihn an diesem Morgen noch nicht gesehen hatte.
«Sie wissen natürlich, Anne, daß seine völlige Unschuld bereits festgestellt ist? Es wird noch einige Untersuchungen geben, doch die Schuld von Sir Eustace ist erwiesen. Nichts braucht Sie mehr von Harry zu trennen.»
«Ja, ich verstehe», sagte ich dankbar.
«Und es besteht kein Grund mehr für ihn, unter falschem Namen zu leben.»
«Natürlich nicht.»
«Sie kennen seinen richtigen Namen?»
Die Frage überraschte mich.
«Selbstverständlich – Harry Lucas.»
Er gab keine Antwort, doch sein Schweigen verwirrte mich.
«Anne, erinnern Sie sich noch meiner Worte bei den Matopos? Ich sagte Ihnen damals, jetzt wisse ich wenigstens, was ich zu tun hätte.»
«Ich erinnere mich genau.»
«Ich glaube, mein Versprechen gehalten zu haben: der Mann Ihrer Liebe ist von jedem Verdacht gereinigt.»
Ich senkte den Kopf, beschämt über meinen damaligen Argwohn. Nachdenklich sprach er weiter:
«Als ich ein junger Bursche war, verliebte ich mich in ein Mädchen, das mich betrog. Und dann lebte ich nur noch meiner Ar-

beit — bis ich Ihnen begegnete, Anne. Aber es war zu spät für mich, Jugend drängt zu Jugend ... und mir bleibt immer noch mein Beruf.»
Wir schwiegen beide. Ich blickte ihn an.
«Sie haben noch eine große Zukunft vor sich», meinte ich. «Sie werden eine wichtige Persönlichkeit sein, eine hohe Stellung einnehmen.»
«Aber ich werde einsam sein.»
In diesem Moment schlenderte Harry um die Hausecke, Oberst Race erhob sich.
Guten Morgen — Lucas», sagte er.
Aus einem mir unverständlichen Grunde errötete Harry.
«Ja», meinte ich froh, «jetzt darfst du wieder deinen eigenen Namen tragen.»
Harry blickte nicht mich, sondern Oberst Race an.
«Sie wissen es also?» sagte er.
«Ich vergesse kein Gesicht. Ich kannte Sie, als Sie ein Junge waren.»
«Was verdeutet das alles?» fragte ich verwirrt.
Die beiden Männer fochten einen wortlosen Kampf aus. Schließlich gab Harry nach.
«Sie haben recht, Sir. Sagen Sie ihr, wie ich heiße.»
«Anne, das ist nicht Harry Lucas. Harry Lucas fiel im Krieg. Der Mann, der vor Ihnen steht, heißt Harold John Eardsley.»

## 35

Mit diesen letzten Worten wandte sich Oberst Race um und ließ uns allein
«Anne, verzeih! Sag, ob du mir verzeihen kannst.» Harry ergriff meine Hand, doch fast mechanisch zog ich sie fort.
«Weshalb hast du mich getäuscht?»
«Ich weiß nicht, ob ich es dir begreiflich machen kann. Ich hatte Angst, Angst vor der Macht des Geldes. Du solltest mich nur um meiner selbst willen lieben, nur den schlichten Harry Rayburn — ohne äußere Vergoldung.»
Ich blickte ihm in die Augen und lachte.
«Harry, du Narr! Ich will doch nur dich, dich und nichts anderes.»

Wir kehrten so bald wie möglich nach Kapstadt zurück. Dort erwartete uns auch Suzanne, und gemeinsam weideten wir die dicke Giraffe aus. Als die Revolte niedergeschlagen war, traf auch Oberst Race in Kapstadt ein. Auf seinen Vorschlag hin übernahmen wir alle die große Villa, die Sir Eustace gehört hatte, und richteten uns dort ein.

Dort machten wir auch unsere Pläne für die Zukunft. Ich sollte mit Suzanne nach England zurückkehren; in ihrem Haus sollte meine Hochzeit stattfinden. Und die Aussteuer wollten wir in Paris kaufen. Suzanne machte es viel Vergnügen, all dies zu planen und auszudenken – mir übrigens auch. Und trotzdem schien mir alles irgendwie unwahr, und oft überfiel mich ein Gefühl der Enge, des Erstickens, als ob ich nie wieder frei würde atmen können.

Es geschah in der letzten Nacht vor unserer Abfahrt. Ich konnte nicht schlafen, fühlte mich elend und wußte nicht, weshalb. Es war schrecklich, Afrika verlassen zu müssen. Könnte es jemals wieder so werden wie jetzt – so herrlich und unbeschwert?

Ein gebieterisches Klopfen an die Fensterläden schreckte mich aus meinem Grübeln. Ich sprang auf und öffnete; Harry stand draußen auf der Terrasse.

«Zieh dich rasch an, Anne. Ich muß mit dir sprechen.»

Ich warf ein Kleid über und rannte in die kühle Nacht hinaus. Harry faßte mich bei der Hand. Sein Gesicht war bleich und entschlossen, seine Augen brannten.

«Anne, erinnerst du dich daran, wie du mir einmal sagtest, eine Frau sei bereit, für den Mann ihrer Liebe Opfer zu bringen?»

«Natürlich», sagte ich.

Er riß mich heftig an sich.

«Anne, komm mit mir fort – jetzt – heute nacht! Zurück nach Rhodesien, zurück auf unsere Insel. Ich ertrage all diesen Unsinn nicht mehr, ich will nicht länger auf dich warten.»

Er stakte mit Riesenschritten voran. Ich folgte ihm demütig wie eine Eingeborenenfrau. Er lief so rasch, daß ich ihn kaum einzuholen vermochte.

«Harry», rief ich schließlich, «werden wir denn den ganzen Weg nach Rhodesien zu Fuß wandern müssen?»

Er drehte sich um und brach in ein helles, glückliches Lachen aus, während er mich in seine Arme schloß.

Dies alles geschah vor zwei Jahren – und wir leben immer noch auf unserer Insel. Vor mir liegt ein alter Brief:

«Meine liebe Anne Beddingfield,
Ich kann nicht widerstehen, Ihnen zu schreiben, weniger aus Freude am Schreiben, als aus dem Bewußtsein des Vergnügens, das ich Ihnen damit bereite. Unser alter Freund Race war doch nicht ganz so klug wie er dachte, nicht wahr?
Ich setze Sie zu meinem literarischen Nachlaßverwalter ein, indem ich Ihnen mein Tagebuch sende. Race kann es nicht interessieren, doch Ihnen machen gewisse Passagen darin sicherlich Spaß. Ich überlasse es Ihnen, welchen Gebrauch Sie davon machen wollen – ich würde einen Artikel im *Daily Budget* vorschlagen: *Verbrecher, mit denen ich zu tun hatte.* Eine einzige Bedingung knüpfe ich daran: ich möchte die Hauptfigur sein.
Wenn Sie mein Schreiben erhalten, werden Sie bestimmt nicht mehr Anne Beddingfield, sondern Lady Eardsley heißen und im vornehmsten Viertel von London residieren. Ich möchte Ihnen sagen, daß ich Ihnen nichts nachtrage. Es ist natürlich schwer, in meinem Alter wieder ganz von vorne beginnen zu müssen, aber – unter uns gesagt – ich hatte für einen solchen Fall bereits meine kleine Reserve angelegt.
Sollten Sie einmal unseren komischen Freund Minks treffen, so richten Sie ihm doch bitte aus, ich hätte ihn keineswegs vergessen. Das wird ihm einen hübschen Schreck versetzen.
Alles in allem habe ich eigentlich eine recht christliche Denkart bewiesen und meinen Feinden vergeben – selbst Pagett. Kürzlich hörte ich, daß seine Frau bereits das sechste Kind auf die Welt gesetzt hat. England wird bald von lauter kleinen Pagetts bevölkert sein. Ich habe dem Kind einen silbernen Becher gesandt und mich bereit erklärt, ihm Pate zu stehen. Ich sehe bereits den braven Pagett mit Brief und Becher stracks zur Polizei rennen, ohne auch nur zu lächeln über meinen Scherz.
Eines Tages werden Sie erkennen, welchen Fehler Sie begingen, mich nicht zu heiraten.
Für immer Ihr

Eustace Pedler.»

Harry war wütend. In diesem einen und einzigen Punkt verstehen wir uns nicht. Für ihn bleibt Sir Eustace stets der Mann,

der mich zu ermorden versuchte. Sir Eustaces Angriffe auf mein Leben haben mich immer verwirrt – sie paßten so gar nicht ins Bild. Denn ich bin fest überzeugt, daß er mich eigentlich gern hatte.
Mein Sohn liegt in der Sonne und spielt mit seinen Füßchen. Er könnte als kleiner «Mann im braunen Anzug» gelten – wenn auch sein ganzer Anzug aus seiner eigenen Haut besteht. Ständig buddelt er in der Erde herum – ich glaube, er schlägt seinem Großvater nach. Er zeigt schon jetzt die gleiche Vorliebe für diluvialischen Lehm.
Bei seiner Geburt hat mir Suzanne ein Telegramm gesandt:

> «Herzliche Glückwünsche und all meine Liebe dem jüngsten Ankömmling auf der Mondsüchtigen-Insel. Ist er nun langschädelig oder rundköpfig?»

Das durfte ich mir von Suzanne nicht bieten lassen! Ich habe ein einziges Wort zurückgekabelt, das meine Ansicht klar genug ausdrückte: «Glatzköpfig!»